磨铁经典第三辑·世界短篇经典

矛盾、虚伪、狂喜、忏悔、体谅、慰藉。
看似无所适从的人生里，有金光闪闪的心灵。

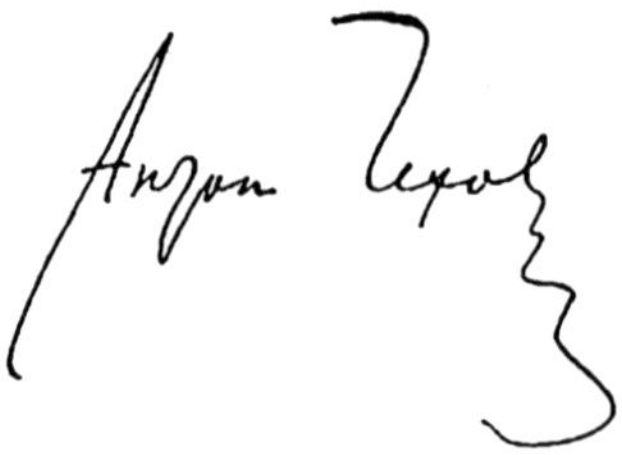

套中人

契诃夫
短篇小说集

〔俄〕安东·帕夫洛维奇·契诃夫 _ 著

艾欣 _ 译

江苏凤凰文艺出版社
JIANGSU PHOENIX LITERATURE AND
ART PUBLISHING

图书在版编目（CIP）数据

套中人：契诃夫短篇小说集 / （俄罗斯）安东·帕夫洛维奇·契诃夫著；艾欣译 . — 南京：江苏凤凰文艺出版社，2022.10（2023.4 重印）

ISBN 978-7-5594-6520-7

Ⅰ . ①套… Ⅱ . ①安… ②艾… Ⅲ . ①短篇小说 – 小说集 – 俄罗斯 – 近代 Ⅳ . ① I512.44

中国版本图书馆 CIP 数据核字 (2022) 第 158783 号

套中人：契诃夫短篇小说集

［俄］安东·帕夫洛维奇·契诃夫 著　　艾欣 译

出 版 人	张在健
责任编辑	周　璇
特约编辑	张雪帆
装帧设计	艾　藤　王　媛
责任印制	刘　巍
出版发行	江苏凤凰文艺出版社
	南京市中央路 165 号，邮编：210009
网　　址	http://www.jswenyi.com
印　　刷	河北鹏润印刷有限公司
开　　本	787×1092 毫米　1/32
印　　张	10
字　　数	215 千字
版　　次	2022 年 10 月第 1 版　2023 年 4 月第 4 次印刷
书　　号	ISBN 978 - 7 - 5594 - 6520 - 7
定　　价	38.00 元

江苏凤凰文艺版图书凡印刷、装订错误可随时向承印厂调换

目
录

1 小公务员之死 _001

2 变色龙 _005

3 忧愁 _010

4 万卡 _018

5 带阁楼的房子 _024

6 套中人 _048

7 醋栗 _066

8 关于爱情 _080

9 宝贝儿 _092

10 带小狗的女人 _108

11 洛希尔德的小提琴 _131

12 吻 _144

13 未婚妻 _167

14 六号病房 _193

15 在峡谷里 _264

1　小公务员之死

在一个美好的晚上，一位挺不赖的庶务官伊万·德米特里奇·切尔维亚科夫[1]正坐在剧院池座第一排，透过小双筒望远镜欣赏着歌剧《科尔涅维利的钟声》[2]。精彩的演出令他心旷神怡，但是突然……小说里常常蹦出"但是突然"这样的字眼。作者们没用错：生活就是这样充满了意外！但是突然，他的脸皱起来，眼睛向上翻，呼吸中止……他把望远镜从眼前移开，低下头，然后……阿嚏！如您所见，他打了个喷嚏。任何人在任何地方都有打喷嚏的自由。庄稼汉会打喷嚏，警察局局长会打喷嚏，就连枢密院委员[3]也会偶尔打个喷嚏。大家都打喷嚏。切尔维亚科夫一点儿也没觉得尴尬，他用小手帕擦了擦脸，礼貌性地环顾了一下四周，看看这个喷嚏是否打扰到了别人。这不看倒还好，一看他

——

1　其姓氏来自俄语"蠕虫"一词。

2　法国作曲家罗贝尔·普朗凯特（Robert Planquette，1848—1903）的作品，首演于 1877 年。

3　沙皇彼得一世时期颁布的《官秩表》将俄国军队、政府和宫廷中职位分为十四个等级，枢密院委员为其中的三级文官，属高级官员。《官秩表》于 1917 年二月革命后废除。

可真就要感到难堪了——他瞧见坐在自己前边，也就是池座第一排的小老头正用手套使劲擦着秃顶和脖子，嘴里还在嘟囔着些什么。切尔维亚科夫一下认出来，这个小老头是在交通部任职的将军级文官布里扎洛夫。

"我的唾沫星子喷到他了！"切尔维亚科夫想，"他不是我的上司，是其他部门的，但这还是有点儿不太好。我得给他道个歉。"

切尔维亚科夫咳嗽了一声，向前移了移身子，凑到将军旁边耳语道：

"不好意思，大人，我把唾沫喷到您身上了……我不是故意的……"

"没事，没事……"

"看在上帝的分上，请您原谅我，我其实……我真不是有意的！"

"哎呀，请您坐好！让我好好听戏！"

切尔维亚科夫感到很尴尬，傻笑了一下，坐回去接着看戏。戏还是同一部戏，但他再也没有刚刚那心旷神怡的感觉了。他开始忐忑不安，无法平静。幕间休息时，他走到布里扎洛夫附近，在他身边踱步了一阵，然后克服胆怯，上前咕哝道：

"我把唾沫喷到您身上了，大人……请您原谅……您瞧……我不是要……"

"哎，够了……我都忘记这事了，您怎么还一直在说！"将军说道，同时不耐烦地撇了撇下嘴唇。

"嘴上说忘记了，眼睛里却满是凶狠刻薄，"切尔维亚科夫怀疑地看着将军，心里想，"他连话都不想说。应该跟他解释清楚，我完全不是故意的……这是天性所致，不然他会觉得我是在有意啐他。现在他不这么想，但之后肯定得这么想！"

回到家中，切尔维亚科夫把自己的失态告诉了妻子。让他惊讶的是，妻子对这整件事并不特别上心。一开始她确实吓了一跳，但当她听到布里扎洛夫是"其他部门的"后，就立马安心了。

"不过你还是去一趟吧，跟他道个歉，"她说，"不然他会觉得你连公共场合的行为礼节都不懂！"

"说得是啊！我刚给他赔礼道歉的时候他看起来有些古怪……一句明白话都没说。不过他那时也没空儿搭理我。"

第二天，切尔维亚科夫穿上新制服，理了发，到布里扎洛夫那儿去解释……他走进将军的接待室，看到那里有不少求将军办事的人，将军本人就坐在这群人中间，开始听取他们的各种请求。在询问了几位求见者以后，将军抬头看到了切尔维亚科夫。

"昨天在'阿卡迪亚'剧院，不知大人您还记不记得，"庶务官开始做报告，"我打了个喷嚏……不小心把唾沫喷到了……请您原……"

"这都什么鸡毛蒜皮……天知道怎么回事！您有何贵干？"将军转头继续询问下一位求见者。

"连话都不想和我说！"切尔维亚科夫脸色苍白，心想，"说明他生气了……不，不能就这么算了……我要跟他解释清楚……"

等到将军结束和最后一位求见者的谈话，正准备回内屋的时候，切尔维亚科夫快步跟上，嘀嘀咕咕地说道：

"大人！如果我斗胆叨扰了大人您，那也纯粹是出自我的一颗悔过之心！……我不是故意的，望您明察！"

将军摆出一副哭丧的表情，挥了挥手。

"您是在开玩笑吧，先生！"他说着，把内室的门给带上了。

"这怎么会是开玩笑呢？"切尔维亚科夫心想，"我哪有一丁点儿开玩笑的意思！他可是将军，怎么连这都不明白呢！既然如此，我再也不会给这个自以为是的人赔不是了！让他见鬼去吧！我给他写封信吧，反正是不会再来了！我对天发誓，再也不来了！"

切尔维亚科夫就这样边想边往家走。那封给将军的信他迟迟没有写成。他想啊想，可怎么也想不出要在信里写些什么。他只好第二天亲自去解释。

"我昨天来打扰您，大人，"他嘀嘀咕咕地说，将军抬头用疑惑的目光打量着他，"不是像您说的那样为了找您开玩笑。我是来赔礼道歉的，因为我打了个喷嚏，唾沫喷到了……我绝没有要和您开玩笑的意思。我怎么敢开玩笑呢？如果我们真是在开玩笑，那么我们对大人们不就……大不敬了吗……"

"给我滚！"将军脸色发青，浑身发抖，突然大吼了一声。

"什么？"切尔维亚科夫低声问道，吓得目瞪口呆。

"给我滚！"将军又吼了一遍，气得直跺脚。

切尔维亚科夫肚子里好像有什么东西被扯掉了。他什么也看不见，什么也听不见，退到了房门口，出到了大街上，步履蹒跚地走着……他不知道怎么回到的家，制服也没脱，直接往沙发上一躺……死了。

1883 年

2 变色龙

  警长奥楚蔑洛夫[1]穿着一件崭新的制服大衣，手里提个小包，穿过集市广场。他身后跟着一位红头发的警察，捧着个水果筐，里边装着没收来的醋栗，筐子被填得满满当当的。周遭一片寂静……广场上一个人影也没有……店铺和小酒馆敞开大门，沮丧地面对着上帝创造的这个世界，就像一张张饥饿的嘴巴。店门旁连个乞丐都见不着。

  "你居然咬人，该死的东西！"奥楚蔑洛夫突然听见说话声，"伙计们，别放走它！如今可不许咬人！抓住它！啊……啊！"

  传来一阵刺耳的狗叫声。奥楚蔑洛夫朝那个方向望去，只见一只狗用三条腿一蹦一跳地从商人比丘金的木柴仓库里跑了出来，边跑还边回头看。后面追着一个人，身穿浆硬的印花衬衫和一件没系纽扣的背心。他奋力追赶，身子向前一倾，扑倒在地，抓住了狗的后腿。又一次传来了刺耳的狗吠，还伴着人的大喊

---

1 其姓氏来自俄语"失去理智的"一词。

声："别放走它！"从店铺里探出了一个个半梦半醒的面孔，仅是眨眼的工夫，木柴仓库附近就聚集了好一群人，像是从地里长出来似的。

"好像出什么乱子了，长官！……"警察说。

奥楚蔑洛夫向左转了半圈，踏步朝人群走去。就在仓库大门附近，他看到了前面提到的那个没系背心纽扣的人，这人站在那儿，抬起右手，正向人群展示一根血淋淋的手指。在他半醉的脸上，仿佛写着："我要把你一把扯碎，浑蛋！"而那手指本身看起来就像是胜利的标志。奥楚蔑洛夫认出了这个人就是首饰匠赫留金。这场乱子的罪魁祸首是一只白色的小猎犬，尖尖的脸，后背有一块儿黄色斑纹，这时就坐在人群中间的地上，前腿岔开，浑身发抖。它泪汪汪的眼睛里流露出苦恼和恐惧。

"这儿出什么事了？"奥楚蔑洛夫挤进人群，问道，"你在这儿做什么？为什么举着手指？……是谁在叫唤？"

"我正走着路呢，长官，也没招惹谁……"赫留金对着拳头咳了咳，开口说道，"我来和米特里·米特里奇谈木柴的事，突然，这下贱东西无缘无故地就把我手指给咬了……请您原谅我，我是个做工的人……我做的活儿很精细。得有人赔我一笔钱才是，瞧我手指伤成这样，也许一个星期都动不得呢……长官，法律里也没有哪条说，遭了畜生的害就得忍着……要是每只狗都胡乱咬人，那最好别活在这个世界上了……"

"嗯！……好……"奥楚蔑洛夫严厉地说，咳嗽着，动了动眉毛。"好……这是谁的狗？这事我不会就这么放任不管的。我要让那放狗出来惹祸的人吃点儿苦头！是时候好好管教管教那些不想遵守法令的老爷们了！该罚上他一笔钱，这个恶棍，好让他从我这儿知道，随便放狗或别的畜生遛街是个什么下场！我要罚到他哭爹喊娘！……叶尔德林，"警长转头对警察说，"你去打听清楚，谁是这狗的主人，然后做笔录！至于这只狗嘛，必须打死。立即执行！它可能是条疯狗……我倒是要问，这是谁家的狗啊？"

"这只貌似是日加洛夫将军的狗！"人群里有人大喊道。

"日加洛夫将军的？嗯！……快，叶尔德林，帮我把外套脱下来……怎么这么热！看起来是要下雨的样子……我只有一件事不明白：它怎么能咬得到你？"奥楚蔑洛夫转身对赫留金说，"难道它够得到你的手指吗？它那么小，而你呢——这么个彪形大汉！你一定是自己敲钉子戳伤的手指，然后脑子里冒出这么个主意，只是想勒索一笔钱而已。你呀……大家都知道，不就是这种人吗！我对你们这种人可是了解的，魔鬼！"

"他啊，长官，为了取乐，把烟头往狗脸上戳，这狗可不傻，就咬了他一口……好个瞎胡闹的人，长官！"

"你瞎说，独眼龙！你眼睛又看不见，为什么要瞎说？长官可是个聪明的老爷，明白谁在说谎，谁是在上帝面前凭良心说话的……如果我是在瞎说，那么就让调解法官来定夺吧。法律里面讲……如今人人平等……我有个亲兄弟就在当宪兵……不瞒您说……"

"别吵了！"

"不，这不是将军的……"警察认真一想，说道，"将军没有这样的狗。他的狗大多是大猎犬……"

"此话当真？"

"准没错，长官……"

"我当然也晓得了。将军的狗可都是些名贵的纯种狗，这只呢——鬼知道是个什么！要毛色没毛色，要模样没模样……就是一个下流胚子……他会养这样的狗？！……你们脑子简直坏了吧？要是这种狗在彼得堡或莫斯科让人碰上，你们猜会怎么着？那儿才不会讲什么法律不法律的，立马就会让它断了气！你呀，赫留金，遭了罪，这事可不能就这么算了……要给他们点儿教训！是时候了……"

"也许，它是将军的狗……"警察一边想，一边喃喃自语，"它脸上又没写着……前几天，我在他院子里倒是看到过这样一只狗。"

"那还用说，就是将军的！"人群中传来附和声。

"嗯！……快，叶尔德林老弟，帮我把外套穿上……好像起风了……冷得慌……你带上这只狗去将军府上问一问。你就说，是我找到它的，把它送来了……告诉他们别再把它放出街了……或许，它是只名贵的狗，如果每个下贱胚都用烟去戳它鼻子，那要不了多久就得把它作弄死了。狗是一种娇嫩的动物……你呢，蠢货，把手放下来！还伸着你这根可笑的手指做什么！要怪就怪你自己！……"

"将军家的厨子来了，我们去问问他吧……嘿，普罗霍尔！快来这儿，亲爱的，来啊！瞧瞧这狗……是你们家的吗？"

"瞎想什么呢！我们从来没有过这样的狗！"

"那没什么好再多问的了，"奥楚蔑洛夫说，"它就是条流浪狗！没什么好多说的……既然他说是流浪狗，那准是流浪狗没错了……直接打死就完事了。"

"这不是我们家的，"普罗霍尔继续说，"是将军兄弟的狗，他前不久来的。将军不喜欢这种小猎犬。他兄弟倒是挺喜欢……"

"难道他兄弟大人来了？弗拉基米尔·伊万内奇？"奥楚蔑洛夫问，整个脸上洋溢着动情的笑容，"嗬，老天！我都不知道！他是做客来了吗？"

"是做客……"

"嗬，老天！……看来是想念兄弟了……我居然都不知道！这么说这是他的狗喽？真是荣幸……你带走它吧……挺好一只小狗……怪伶俐的……一下就把这家伙的指头咬了！哈哈哈……哟，为什么发抖啊？啧啧啧……啧啧……生气了，小机灵鬼……多可爱的小狗……"

普罗霍尔唤了狗，带它离开了木柴仓库……人群就朝着赫留金哈哈大笑。

"我还会回来收拾你的！"奥楚蔑洛夫威吓他说，然后裹紧制服大衣，穿过集市广场，继续巡逻去了。

1884 年

3　忧愁

　　该向何人诉说我的悲伤？……[1]

　　暮色苍茫。大片大片的雪花夹杂着雨水，在刚刚点亮的路灯周围缓缓飞舞，屋顶、马背以及人的肩膀和帽子上，都覆上了一层轻薄而柔软的白色。马车夫约纳·波塔波夫周身雪白，像个幽灵。他尽可能地把自个儿的身子蜷缩起来，坐在驾车座位上，一动不动。就算有整个雪堆落在身上，他大概也会觉得没必要从里面挣脱出来……他的小马驹同样浑身雪白，一动不动。它呆滞的样子，棱角分明的形状加上木棍一般笔直的腿，使它看起来像极了那种一戈比一块的马形蜜糖饼。它多半是在想心事。它被硬生生从犁上拽下，与它熟悉的灰色景致剥离开，并被抛进这个充满古怪灯火、无止喧闹和熙攘人群的旋涡之中——换作其他任何一匹马，都没法心安理得地不去想心事……

───

1　出自东正教圣诗《约瑟哀歌》首句。

约纳和他的小马已经待在原地很久没动了。他们在午饭前就离开了马舍，但一趟活儿都没接到。现在，朦胧的夜色降临在这座城市。路灯发出的黯淡火光逐渐变得亮丽生动，街巷也越发喧嚣热闹了起来。

"赶车的，去维堡区[1]！"约纳听见有人在唤他，"赶车的！"

约纳打了个寒战，透过粘满冰雪的睫毛，看见一个军人，穿着件带风帽的制服大衣。

"去维堡区！"军人重复道，"你是睡着了吗？去维堡区！"

作为应答，约纳拉了拉缰绳，这一拉抖落了马背和自己肩膀上的一层雪……军人坐上雪橇。车夫吧嗒着嘴唇，像天鹅一样伸长脖子，稍微挺直了腰板，挥舞着鞭子——他挥鞭更多是出于习惯，而非需要。这匹小马也伸长了脖子，弯曲它木棍似的腿，犹豫不决地离开了原本的位置……

"你往哪儿走呢，该死的！"约纳立马从黑压压的、川流不息的人群里听到了惊叫声，"鬼东西怎么赶车的？靠右——走！"

"你会不会赶车！靠右走！"军人生气了。

一个赶四轮轿式马车的车夫破口大骂，一个行人恶狠狠地盯着他，一边抖袖子上的雪——他方才跑着横穿马路的时候肩膀撞到了小马的脸。约纳在驾车座位上烦躁不安，如坐针毡，胳膊肘往两旁胡乱地拐，像疯了似的一个劲儿地转眼珠，好像不明白自己现在在哪儿，以及为什么会在这里。

"都是些什么下流胚子！"军人打趣道，"像是成心要来撞你，

1　1718—1917 年彼得堡的一个历史城区。

或者故意往马蹄底下扑似的。他们是串通好了的。"

约纳扭头看着乘车的，微微动了动嘴唇……看样子像是想说些什么，但除了咝咝声，他嗓子里一个字也没挤出来。

"什么？"军人问。

约纳撇嘴微笑，然后绷紧喉咙，用嘶哑的声音说：

"老爷，那个……我的儿子这个礼拜死了。"

"嗯！……他怎么死的？"

约纳将整个上半身转向乘车的，说道：

"谁知道呢！应该是因为害了热病吧……他在医院躺了三天，然后就死了……这是上帝的旨意吧。"

"拐弯啊，见鬼！"黑暗里传来叫喊，"你眼睛瞎了吗，老狗？好好看路！"

"快走吧，快走吧……"乘车的说，"要这样我们明天也到不了。走快些！"

赶车的再次伸长脖子，稍微挺直了腰板，用一种沉稳的优雅姿态挥动鞭子。他又几次回头看了看乘车的，但这人已经闭上了眼睛，显然不愿意再听了。乘客在维堡区下车后，他在一间小酒馆跟前停下来，蜷缩在驾车座位上，就像先前那样，一动不动……掺着雨水的雪再次把他和小马盖上了一身白色。一个钟头过去了，又一个钟头过去了……

三个年轻人正沿着人行道走，防水套靴敲得生响，互相骂骂咧咧。其中两个人又高又瘦，第三个人又矮又驼背。

"赶车的，到警察桥¹去！"驼子用发颤的破嗓吼道，"三个人……二十戈比！"

约纳拉起缰绳，吧嗒着嘴。二十戈比的要价是不合理的，但他已经顾不上讲价了……一卢布也好，五戈比也罢，这时对他来说已经不重要了，只要有人愿意坐车就行……这几个年轻人互相推搡着，嘴里说着下流话，走到雪橇跟前，然后三人一齐爬上座位。这就冒出一个问题需要解决：哪两个人可以坐着，哪个人得站着？经过长时间的争吵、变卦和责备，他们决定让驼子站着，因为他个头最小。

"喂，快走吧！"驼子站定，用发颤的声音说，对着约纳的后脑勺呼气。"快点儿跑！瞧你戴的这顶帽子，老兄！整个彼得堡找不出比这更差劲的了……"

"嘿嘿……嘿嘿……"约纳哈哈大笑，"就这么凑合戴吧……"

"喂，你别废话了，快走吧！你一路都得照这个样子走吗？哈？欠抽吧？……"

"我的脑袋要裂开了……"其中一个高个子说，"昨儿在杜克马索夫家，我和瓦西卡两人喝了四瓶白兰地。"

"我不懂你为什么要扯谎！"另一个高个子动怒了，"他胡说八道，跟个畜生似的。"

"我要说了半点儿假话，天打雷劈。我可说的都是真话……"

"你说这是真话，那虱子能咳嗽也不假了。"

"嘿嘿！"约纳笑道，"真是些快活的老爷！"

---

1 位于彼得堡涅瓦大街，现名绿桥。

"呸，见鬼去吧！……"驼子激怒地说，"你走还是不走啊，老瘟神？你就是这么赶车的？快拿鞭子抽它！驾，见鬼！驾！使劲抽它！"

约纳感觉到身后的驼子在扭动身体，用颤抖的声音说话。他听着周围对他的咒骂声，看着来来往往的人，心中的孤独感开始一点一点地淡去。驼子骂个不停，变换着花样说出了一连串奇巧怪诞的脏话，气也来不及换一口，差点儿被咳嗽给呛到。那俩高个儿的开始谈论某个叫娜杰日达·彼得罗芙娜的女子。约纳不时回头看他们。他逮到一个短暂的停顿，于是又回过头来，喃喃地说：

"就在这个礼拜……那个……我的儿子死了！"

"所有人都会死的……"驼子咳嗽完，擦了擦嘴唇，呼了口气说，"喂，快走吧，快走吧！各位先生，再这么下去我可绝对是坐不住了！他什么时候能把咱们送到啊？"

"你得让他稍微精神起来……朝他脑勺给上一巴掌才是！"

"老瘟神，你听见了吗？我可要抽你脖儿拐喽！……跟你们这样的家伙讲客气，倒还不如走路的好！……你听见了吗，戈雷内奇龙[1]？还是你把我们的话当耳旁风呢？"

约纳与其说是感觉到，不如说是听到了后脑勺被拍巴掌的声音。

"嘿嘿……"他笑道，"快活的老爷们……愿上帝保佑你们！"

"赶车的，你有老婆吗？"高个子问道。

———
1 斯拉夫民间传说中的多头恶龙。

"我吗？嘿嘿……真是群快活的老爷！我那老婆呀，早就成泥浆啦……哈哈哈……我是说，早进坟墓了！……现在儿子也死了，我却还活着……真是怪事，死神认错了人……应该找我来着，却找上了我儿子……"

约纳转过身去，想说说儿子是怎么死的，但驼子只是在那儿轻轻地叹了口气，声明说——感谢上帝，他们终于到了。约纳收了二十戈比，久久望着这几个游手好闲之人的背影，直到他们在一栋建筑漆黑的大门处消失不见。他又是孤身一人了，寂寞再次将他吞噬……刚平息不久的忧愁又出现了，并用更大的力量溢进他的胸膛。约纳的目光在街道两旁川流不息的人群中来回游走，内心忐忑又痛苦：在这成千上万的人里能找到哪怕一个人愿意听他说话吗？可是这些人都只是自顾自地奔走着，注意不到他，也感觉不到他的忧愁……这番忧愁如此巨大，大到没有界限。倘若这忧愁胀破约纳的胸膛倾泻而出，似乎就能淹没整个世界，但尽管如此，它还是不为人所见。这种忧愁竟装在了这样一个微不足道的躯壳里，就算白天打着火把也看不见……

约纳瞧见一个扫院子的人拿着一个小纸袋，决定去跟他说说话。

"亲爱的，现在几点了？"他问道。

"九点多了……你干吗停在这里？快挪开！"

约纳把车往前挪了几步，蜷缩起来，任凭忧愁将自己笼罩……诉诸他人在他看来已经毫无用处了。然而，还不到五分钟，他就直起身子，晃了晃脑袋，仿佛感到了一股剧烈的疼痛，然后拉起缰绳……他实在忍不下去了。

"我们回马舍去，"他想，"回马舍去！"

小马驹好像领会了他的想法，快步跑了起来。大概一个半钟头后，约纳已经在一个脏兮兮的大火炉边上坐着了。火炉旁、地板上、长凳上到处是正在酣睡的人。空气又臭又闷……约纳望着熟睡中的人们，搔了几下身子，后悔自己回来得太早……

"连买燕麦的钱都没跑够呢，"他想，"这就是我忧愁的缘由吧。人呐，晓得自己该做些什么……能喂饱自己，喂饱自己的马，就不会有什么烦心事了……"

从一个角落里站起来一位年轻的赶车人，睡眼惺忪地清了清喉咙，朝水桶那边走去。

"你是想喝水吗？"约纳问。

"是啊，想喝水！"

"嗯……痛快喝吧……老弟啊，我的儿子死了……你听说了吗？就在这个礼拜，死在了医院里……竟出了这样的事！"

约纳想看看自己的话会产生怎样的效果，但他什么也没看见。年轻人把脑袋掩在被窝里，又睡去了。老人长叹了口气，搔了搔身子……就像年轻人渴望喝水一样，他渴望说话。儿子去世快满一周了，可他还没机会跟什么人好好说一说……必须有条有理、仔仔细细地说上一通才……得讲一讲儿子是怎么得病的，他遭了哪些罪，他死前说了些什么话，怎么死的……有必要描述一下葬礼以及去医院取死者衣物的场景。他在乡下还有个女儿阿尼西娅……也得说说她……他现在能说的事还少吗？聆听的人必定得感慨，叹息，痛哭流泪……要是能和村婆们聊一聊那就更好了。尽管她们都是傻瓜，可听不到两句话就得号啕大哭起来。

"去看看马吧，"约纳想，"睡觉嘛，怎么都来得及……不用担心，总是能睡够的……"

他穿好衣裳，往马厩走，他的马在那儿。他想到燕麦、干草、天气的事……可独自一人的时候，他却没法去想自己的儿子……跟别人去谈论他倒是可以的，可要自个儿去想他，在脑海中勾勒他的模样，却是那么让人毛骨悚然……

"你在嚼草料呢？"约纳问自己的马，看见了它闪亮的眼睛，"嗯，嚼吧，嚼吧……如果连买燕麦的钱都跑不够，咱们就只能吃干草喽……也是啊……我太老了，赶不动车喽……应该让儿子来赶才是，而不是我……他才是一个真正的马车夫……假如他还活着的话……"

约纳沉默了片刻，然后继续说：

"是啊，我的小母马……库兹马·约内奇不在了……他去另一个世界了……不明不白地死了……就比方说，你现在有一只小驹子，你是这只小驹子的亲娘……然后突然，这只小驹子死了……你就会觉得伤心，不是吗？"

小马边嚼草料，边听着主人说话，朝他的手上呼气。

约纳说得入了迷，便对它倾诉了一切……

1886 年

4　万卡

　　万卡·茹科夫——这个三个月前被送去鞋匠阿里亚辛那里做学徒的九岁男孩，在圣诞节前夜还没有躺下睡觉。等到老板夫妇带着徒工们出门做节日晨祷，他便从老板的柜子里拿出一小瓶墨水和一支笔尖生锈了的钢笔，在自个儿面前摊开一张皱巴巴的纸，开始写东西。在写出第一个字母之前，他好几次战战兢兢地回头往门窗那边看，瞥了一眼漆黑的圣像——圣像两边长长的架子上摆满了鞋植头，然后断断续续地叹了口气。纸铺在一条长凳上，他自己就在长凳跟前跪着。

　　"亲爱的爷爷康斯坦丁·马卡雷奇！"他写道，"我正在给你写信。祝你圣诞快乐，愿上帝保佑你万事顺意。我没了爸爸，也没了妈妈，只剩下你一个亲人了。"

　　万卡把视线移到一扇漆黑的窗户那边，他点着的蜡烛在窗子上反射出微弱的光亮，爷爷康斯坦丁·马卡雷奇的模样于是在脑海中鲜活地浮现出来。他在日瓦列夫老爷家做守夜人，是一个个头矮小，骨瘦如柴，但异常机灵敏捷的老头子，六十五岁左右，脸上总是挂着笑，长着双醉态的眼睛。他白天在下人的厨房里睡觉，要么和厨娘们说话逗乐，晚上就裹着肥大的皮袄，在宅院里巡视，敲梆子打更。他身后总是跟着两只狗，耷拉着脑袋走着，老的那只母狗叫卡什坦卡；另外一只公狗叫泥鳅，之所以叫这个名字，是因为它浑身黑溜溜的，身子呢，像伶鼬一样长。这泥鳅倒特别恭顺亲人，待主子和对生人都是同等地逢迎，不过它是靠不住的。在它恭顺温和的外表下藏匿着最为阴险诡诈的心。它最懂得如何找准时机悄悄溜来往人腿上咬上一口，如何潜入冰窖或是从农民家里偷鸡。它的后腿不止一次被人打断，还有两次被人吊了起来，它每周都会被打个半死，但又总是能活过来。

现在，爷爷或许正站在大门口，眯着眼睛看那乡村教堂亮红色的窗户，一边用毡靴踏着拍子，一边和家仆们耍嘴皮子。他打更用的梆子系在腰带上。说到起兴处，他就举起双手轻轻一拍，又因为冷缩了缩身子；他一会儿去掐掐扫屋子的女仆，一会儿又去逗逗厨娘，发出老年人的那种咯咯笑声。

"咱来嗅—嗅鼻烟，咋样？"他说着，把自己的鼻烟壶凑过去给村妇们闻。

村妇边闻边打喷嚏。爷爷乐得跟什么似的，发出了欢快的笑声，喊道：

"快擦一擦，一会儿该冻鼻子上喽！"

还有人拿鼻烟去给狗嗅。卡什坦卡嗅过也打喷嚏，晃晃脑袋，受委屈了似的，退到一边去。泥鳅呢，出于恭顺，它绝不打喷嚏，只在那儿摇摇尾巴。天气好极了。四下无风，空气洁净清新。夜晚一片漆黑，但整个村庄并没有消失在这黑暗中，能看见那些白色的屋顶和烟囱冒出的缕缕烟雾，能看见那些银装素裹的树木和雪堆。整个天幕上布满繁星，它们欢快地闪烁着；银河如此清晰可见，就好像在节庆日前被人特意用雪洗净、擦过一样……

万卡叹了口气，蘸了下笔尖，继续写道：

"昨天我挨了顿打。老板揪着我的头发把我拖到院子里，拿做工用的皮条狠狠揍了我一顿，就因为我给他们小孩晃摇篮的时候不小心睡着了。上个礼拜老板娘叫我去收拾鲱鱼，我是从尾巴开始弄的，结果她一把抓住鱼，拿鱼嘴往我脸上戳。那些个学徒都在拿我寻开心，他们打发我去小酒馆买伏特加，叫我去偷老板家的黄瓜，老板随手抓到什么就用什么打我。我没什么可吃的。早上就给点儿面包吃，午饭喝粥，晚上又是面包，至于茶啦，白菜汤啦，只有老板夫妇自己能大吃大喝个够。他们让我在过道里睡觉，他们的孩子哭起来的时候，我根本就没法睡，得去摇摇篮。亲爱的爷爷，求你可怜可怜我，把我从这儿接回家去吧，回到村子里，我实在是没有办法了……我跪下给你磕头了，我会一直为你向上帝祈祷，带我离开这里吧，不然我就要死了……"

万卡撇撇嘴，用黑乎乎的拳头揉了揉眼睛，哽咽起来。

"我会帮你搓烟叶，"他接着写道，"我会向上帝祈祷，如果我有什么事没做好，你就狠狠抽我，不要留情[1]。如果你觉得我没有可做的活儿，那我就去求管家看在基督的分上让我给他擦靴

1　原文直译为"像抽西多尔的山羊一样抽打"（секи как Сидорову козу），俄语俗语，意为"毫不留情地毒打"。

子，或是替费季卡放牛放羊。亲爱的爷爷，我实在是没有办法了，只有死路一条。我想步行逃回村子去，但是我没靴子，怕冷。我长大以后一定会为这件事供养你的，我不会让你受别人的欺负，要是你死了，我会为你做安灵祷告，就像为我妈别拉盖娅做祷告一样。

"莫斯科是座大城市。房子都是老爷们的，有许多马，但没有羊，狗也不凶人。这儿的孩子不举着星星串门，也没人放唱诗班进家来唱歌。[1]有一次，我看见一家店铺的窗子上挂了排小钩子在卖，都已经穿好了鱼线，能钓各种各样的鱼，挺棒，有个钩子甚至能拉起一普特[2]重的鲇鱼呢。我还看到有一些商店在卖各种枪，和老爷的枪一个样式，怕是每一支都得卖到一百卢布……还有那些个肉铺，里面卖黑松鸡、花尾鸡和野兔，至于在哪儿打到的这些东西，店伙计却不愿说。

"亲爱的爷爷，等老爷家摆好圣诞树，挂上小礼物的时候，替我拿一颗涂成金色的核桃，放到小绿箱子里藏好。你去和奥尔加·伊格纳季耶芙娜小姐要就成，就说是给万卡的。"

万卡抽噎着叹了口气，然后再次朝窗户那边看去。他记得每次去林子里给老爷家砍圣诞枞树的都是爷爷，而且他总带孙子一起去。那是多么欢快的一刻！爷爷喉咙里咯咯地响，寒风把林子也吹得咯咯响，万卡也学他们，发出咯咯的声音。有时，在把枞

1　俄国圣诞节传统宗教仪式，教堂神职人员带领儿童唱诗班举着星形标志，登门进各家唱圣诞颂歌。

2　1918年前俄国通用重量计量单位，1普特约合16.38千克。

树砍倒之前，爷爷会抽会儿烟斗，嗅很久的鼻烟，和冻僵了的万卡开开玩笑……一棵棵银装素裹的小枞树一动不动地站在那里，等待着，看它们中的哪一棵最先牺牲掉。不知从哪里忽然冒出一只野兔，像箭一般窜过雪堆……爷爷就忍不住大喊：

"抓住它，抓住它……快抓住它！唉，这短尾巴的小鬼！"

爷爷把砍倒的枞树拖到老爷的宅子里，大家就开始动手装扮它……这时最忙活的要数万卡最喜爱的奥尔加·伊格纳季耶芙娜小姐。万卡的母亲别拉盖娅还活着的时候，在老爷家里做女仆。奥尔加·伊格纳季耶芙娜老是拿水果糖给万卡吃，没事做的时候就教他读书、写字，从一数到一百，甚至还教会了他跳卡德里尔舞[1]。别拉盖娅死后，成了孤儿的万卡被打发去了下人的厨房，给爷爷抚养，接着又从厨房被赶走，打发到莫斯科的鞋匠阿里亚辛那里……

"快来接我吧，亲爱的爷爷，"万卡继续写，"看在基督和上帝的分上，我求你带我离开这里吧。可怜可怜我这个不幸的孤儿，要不然我得挨每个人的打，我肚子饿极了，也孤单极了，不知道该和谁说话，我一直在哭。前几天，老板拿鞋楦头砸我脑袋，我晕倒了，好不容易才醒了过来。我过得苦透了，连只狗都不如……还有，代我问候阿廖娜、独眼的叶戈尔卡和车夫。不要把我的手风琴拿给别人。你的孙儿伊万·茹科夫谨上。亲爱的爷爷，快来吧！"

万卡将写好的信折四折，塞进一个信封里，这信封是他前一

1　一种源自法国的民间舞蹈。

天花了一戈比买来的……他想了想，蘸了蘸笔尖，写下地址：

乡下爷爷收。

然后，他搔了搔头，又想了一会儿，补上一行："康斯坦丁·马卡雷奇收。"没人打扰他写信，他感到挺满意，于是他戴上帽子，皮袄也不披，穿着衬衫径直跑到了街上……

他昨天问了肉铺的伙计，说是信要投到邮筒里，然后会有喝得醉醺醺的车夫驾着三匹马拉的邮政马车，摇起叮当的铃子，把邮筒里的信都取走，分发到世界各地。万卡跑到离他最近的一个邮筒，把这封珍贵的信塞入邮筒缝……

一个钟头后，他陶醉在甜蜜的希冀中沉沉地睡去了……他梦见了一个火炉。爷爷就在炉灶上，打着赤脚垂腿坐着，正读信给厨娘们听……泥鳅在炉子旁边溜达，尾巴一摇一摆……

1886 年

5 带阁楼的房子

画家的故事

一

那是六七年前的事了。当时我在 T 省的一个县,就住在地主别罗库洛夫的庄园里。别罗库洛夫是个年轻人,总是起得很早,平日里穿着紧腰长外衣,每晚都要喝啤酒。他时常向我抱怨,说自己没有在任何地方和任何人那里感受到过同情。他在花园的一间小屋子里住着,我呢,则被安排住进庄园老宅中一个宽敞的、带圆柱的大厅里。那儿除了我睡觉用的大沙发和供我摆牌阵[1]的桌子,就再没什么别的家具了。即便在无风的日子,房子里老旧的暖气管也总是嗡嗡作响;而在雷雨天,整栋房子都在颤抖,就像要四分五裂似的。尤其是夜里,当十扇大窗户突然被闪电统统

1　一种纸牌接龙游戏,亦可用于占卜。

照亮的时候，着实有些吓人。

我命中注定要过一种游手好闲的生活，什么事也不做。我会盯着窗外一连发上好几个钟头的呆，看看天空，看鸟，看林荫道，或者把邮局捎来的信件都读个遍，要么睡觉。偶尔我也会出趟门，找个地方一直转悠到暮色苍茫时才返家。

一次在回家的路上，我不小心走进了一个陌生的庄园。太阳已经在落山了，黄昏的阴影铺洒在开花的黑麦田上。园里种着两排老枞树，栽得很密，长得很高，就像两堵连绵不断的墙，形成了一条阴暗却美丽的小径。我轻而易举地翻过围栏，然后沿着这条小径，踩着枞树的针叶滑溜溜地往前走——这些地上的针叶落了足有一俄寸厚[1]。周遭幽静而昏暗，只在那高高的树梢上，一道明亮的金光在某个地方闪烁着，在蜘蛛网上映出一片虹彩。针叶树枝散发出浓烈的味道，让人喘不过气来。接着，我拐到了一条长长的椴树林荫道上去。这里同样荒芜且陈旧。头年未扫走的落叶在我脚下悲惨地沙沙作响，一道道阴影藏匿在暮色中的树木间隙。在右边的一个老果园里，一只黄鹂用一种不情愿般的微弱声音在歌唱——它一定也老了。后来，椴树林也走到了尽头，我经过了一栋带露台和阁楼的白房子，然后眼前豁然出现了庄园的庭院和一片宽阔的池塘，边上有个浴棚，种了许多翠绿的柳树。池塘对岸是一个村庄，能看见一座又高又细的钟楼，顶上的十字架被西沉的夕阳照得熠熠生辉。顷刻间，我感受到了一种来自亲切且熟悉的事物所散发出的魅力，仿佛我小时候就已经看过这幅场

1　约 4.4 厘米。

景似的。

一个白色的石头大门从庭院通向田野，大门古老而坚固，上边雕刻着狮子。两个女孩站在那里，一个年纪稍大，身子纤细，苍白，十分漂亮，一头栗色头发浓密蓬松，长着一张倔强的小嘴，表情严肃，几乎没有注意到我。另一个还很年轻，十七八岁的样子，同样纤细且苍白，长着一张大嘴巴，一双大眼睛，惊讶地看着路过此地的我，用英语说了些什么话，貌似挺难为情。我觉得，这两张可爱的面孔我似乎在很久以前已经认识了似的。我带着这种感觉回到家中，就像是做了一场美妙的梦。

在这之后过了不久，在一天晌午时分，我正和别罗库洛夫在宅子周围散步，突然，草地沙沙作响，一辆带弹簧的四轮敞篷马车驶进了院子，上面坐着的正是那两个女孩中的一位。她是年纪稍大的那个，带着认捐人名单，来为火灾受害者募捐。她也不正眼瞧我们一下，只顾在那儿严肃而详尽地向我们描述西亚诺沃村有多少房屋被烧毁，有多少男女老少无家可归，以及她所在的赈灾委员会初步打算采取些什么办法。让我们签完字后，她便收好名单，立刻与我们道别。

"您完全忘记我们了吧，彼得·彼得洛维奇[1]，"她对别罗库洛夫说道，同时伸出手给他握，"来家里做客吧！如果 N 先生（她叫出了我的姓）想看看他才华的景仰者们过着怎样的生活，愿意赏光莅临寒舍，妈妈和我会非常高兴的。"

我鞠了个躬。

1　别罗库洛夫的名字和父称。

她离开后，彼得·彼得洛维奇和我聊了起来。据他说，这个女孩出生在一个好人家，名叫莉季娅·沃尔洽尼诺娃，而她与母亲跟妹妹所住的庄园，以及池塘对岸的那个村子，都叫作谢尔科夫卡。她的父亲曾在莫斯科担任要职，一直做到了三等文官，后来去世了。尽管家产丰厚，沃尔洽尼诺娃母女却常年住在乡下，深居简出。莉季娅在地方自治局所属的一个学校当老师，就在谢尔科夫卡村，每月收入二十五卢布。她一切的花销都来自这笔工资，并为自己能自食其力感到骄傲。

"真是个有趣的家庭，"别罗库洛夫说，"或许，我们什么时候去她们那儿一趟。她们见到您一定会很高兴。"

一个假日的午后，我们想起了沃尔洽尼诺娃一家人，于是出发去她们在谢尔科夫卡的庄园做客。她们三人——母亲和两个女儿——都在家。母亲叶卡捷琳娜·帕夫洛夫娜大概曾经是个美人，现在却已微微发福，未老先衰。她患有气喘病，一副愁容，精神涣散，尽力和我谈论关于绘画的事。她从女儿那里得知我可能会来谢尔科夫卡，便赶紧去回想自己在莫斯科的展览上看到的我的两三幅风景画，现在她正问我在这些画中想要表达些什么。莉季娅——她在家里被唤作莉达——不太和我说话，更多是在跟别罗库洛夫交谈。她神情严肃，不带笑颜地问他为什么没有在地方自治局里做事，为什么至今一次自治会的会议都没参加。

"这样不好，彼得·彼得洛维奇，"她责备地说道，"这样不好。该感到羞耻。"

"没错，莉达，没错，"母亲附和道，"这样不好。"

"我们整个县都被巴拉金把控着，"莉达把身子转向我，继续说，"他自己做地方议会主席，然后把县里的所有职位都分配给他那些个侄子和女婿，简直为所欲为。我们应当斗争。青年人应该自己组一个强大的党派，但如您所见，我们这儿的青年人都不成气候。该感到羞耻啊，彼得·彼得洛维奇！"

妹妹热尼娅在他们谈论地方自治局的时候一直默不作声。她从不参与严肃的谈话，家里人还没把她看作成年人，大家像叫小姑娘一样叫她蜜秀斯，因为她小时候就曾把自己的家庭女教师叫作"蜜斯"[1]。她一直好奇地看着我，当我看相册里的照片时，她就给我讲解说："这是叔叔……这是教父。"小小的手指在相片上来回移动。这时候，她就像个孩子一样用肩膀贴着我，近到我能看见她微微隆起而未发育完全的胸部、消瘦的肩膀、辫子和被腰带束紧的苗条身体。

我们打了槌球和 lawn tennis[2]，在花园里散步，喝茶，然后吃了很久的晚餐。在带圆柱的宽敞而空旷的大厅里住过以后，我在这间小巧舒适的房子里倒是感到轻松自在。屋里墙壁上没有粗劣的石印油画，和仆人说话也用"您"来称呼。在我看来，由于莉达和蜜秀斯的在场，这里的一切都显得青春而纯净，充满了正派的气息。晚餐时，莉达再次和别罗库洛夫谈起地方自治局、巴拉金和学校图书馆的事。她是一个活泼、真诚、有说服力的女孩，听她讲话挺有意思，尽管她说得很多，声音很大——也许因为她在学校就习惯了这么说话。可是我的彼得·彼得洛维奇呢，他

1　英语的"小姐"（miss）。

2　英语：草地网球。

从大学时代起就养成了一个习惯，非得把所有的谈话都变成争辩，讲起话来却枯燥乏味，冗长拖沓，还要一个劲把自己表现得头脑睿智、思想进步。他比画手势时，袖子打翻了盛酱汁的碟子，桌布上湿了一大片，可除了我，似乎没人注意到这事。

我们回家的时候，沿途黑暗又幽静。

"良好的教育并不是教你不把酱汁碰洒到桌布上，而是教你不去注意别人这么做。"别罗库洛夫叹了口气说，"是啊，真是个美好又有知识的家庭。我是赶不上这些优秀的人了，唉，真的落后了！而这都是因为要做事，做事！做个没完！"

他说，如果想要成为一名模范的农庄户主，就必须做很多工作。而我却心想：他是个多么沉闷又懒惰的家伙！他每次认真地谈论起某件事时，就会使劲把"ə"这个元音拖得老长，而他工作起来也和讲话一样慢吞吞的，总是误期，错过时限。我早就不相信他是个做事靠谱的人了，因为我托付他送去邮局的信过了好几周都还躺在他的口袋里。

"最痛心的，"他与我并肩走着，嘴里喃喃道，"最痛心的就是你辛辛苦苦地工作，却在任何人那里都感受不到同情。一点儿同情也感觉不到！"

二

打那时起，我便常常到沃尔洽尼诺娃家里去，照例坐在露台的下层台阶上。我对自己感到不满，因此深受折磨；我为自己过着一种转瞬即逝、了无生趣的生活而感到遗憾，我老是想，要是能把我这颗日渐沉重的心从胸膛里扯出来该多好。与此同时，她们在露台上聊天，能听到连衣裙发出的沙沙声和翻书的声音。我很快就习惯了这里的生活：莉达白天给病人看病，分发书籍；她也经常离家去村子里，帽子也不戴，只打一把阳伞；到了晚上，她就大声谈论地方自治局，谈论学校的事。这个纤细、美丽、永远一丝不苟的姑娘每次张开她那轮廓优美的小嘴谈论正经事的时候，都会干巴巴地对我说：

"您不会对这种事感兴趣的。"

她对我没什么好感。她之所以不喜欢我，是因为我是风景画家，不在作品里描绘百姓的贫苦，而且在她看来，我对她如此坚定信仰的东西却漠不关心。还记得我沿贝加尔湖旅行的时候曾遇到过一个布里亚特族[1]的女孩，穿着蓝色中国棉布做的衬衫和裤子骑在马上。我问她能不能把她的烟斗卖给我，我们讲话的时候，她用轻蔑的眼神看着我欧洲人的面孔和我的礼帽，一分钟后，她便厌倦了和我说话，吆喝着马，疾驰而去。莉达也用同样轻蔑的眼神看我，就像在看一个陌生人。表面上看来，她并没有以任何方式表达过对我的不喜欢，但我是能察觉到的。我坐在露台的下层台阶上感到一阵愤恨，就说，自己又不是医生还给农民看病，这就是在欺骗他们，而且自家有两千俄亩的地，做个慈善家也不是什么难事。

至于她妹妹蜜秀斯，倒是没有任何顾虑，像我一样，成天在无所事事中度过。早晨起床后，她便马上抓起一本书，去露台

1　蒙古族的一个分支，居住在西伯利亚南部地区。

上读。她坐在一把大沙发椅上，双脚几乎触不到地面。有时她也躲到椴树林荫道的某处读书，或者走出大门，到田野里去。她一整天都在读书，贪婪地读书，她的眼里有时流露出疲倦、呆滞的神情，脸色变得尤其苍白，可想而知，她读的东西是多么消耗脑力。我每次来，她看到我都会微微脸红，把书放下，恢复些生气，然后用她那双大眼睛盯着我的脸，和我说最近发生了什么事，比如仆人房间里的煤渣起火了，或者长工在池塘里抓了条大鱼。平日里，她通常会穿一件浅色衬衫和一条藏青色裙子。我们一起散步，摘樱桃做果酱，划船。她跳起来够樱桃或者划桨的时候，瘦弱的胳膊都会从宽口的袖子里露出来。有时我画习作，她就站在旁边，眼里满是钦佩。

七月底的一个星期天，我约莫上午九点钟来到沃尔洽尼诺娃家。我在远离正房的园子里闲逛，找白蘑菇，那年夏天这种蘑菇很多，我在它们旁边做上标记，以便随后和热尼娅一起来把它们拾走。暖风徐徐，我看到热尼娅和母亲从教堂走回家来，两人都穿着浅色的节日礼裙，热尼娅用手扶着帽子，以免被风吹掉。接着我听到她们在露台上喝茶的声音。

对我这种无牵无挂，总是为自己游手好闲的一贯品行寻找借口的人来说，庄园夏日里这些节日的早晨总是异常吸引人的。这时，花园里的露水还没蒸发，湿润的绿植在阳光下发出光泽，看起来幸福极了；房子周围弥漫着木樨草和夹竹桃的气味，年轻人刚从教堂回来，正在花园里喝茶；每个人都穿着漂亮的衣服，心情愉悦。一想到所有这些健康的、殷实的、美丽的人整整一天什么正事也不会做，你便希望自己的一生都像这样度过。现在，我就带着这般思绪漫步在花园里，打算一直这么走下去，一整天，一整个夏天，无所事事，漫无目的。

热尼娅提着一个篮子走了过来，脸上的表情显示，她似乎知道，或者预感到自己会在花园里找到我。我们边拾蘑菇边聊天，她每次问我什么问题的时候都要快步绕到我前面去，好看着我的脸说。

"昨天我们村出了件奇事，"她说，"瘸腿的佩拉盖娅病了整整一年，看医生吃药都治不好，可是昨天一个老太婆来念了几句咒语，就好了。"

"这算不了什么，"我说，"不应该只在病人和老太婆身上寻找奇迹。难道健康不是奇迹吗？生命本身不是吗？所有不能理解的事都可以算得上是奇迹。"

"那些不能理解的事不会让您感到害怕吗？"

"不会。对那些我没法理解的现象，我会勇敢面对它们，而不会屈服于它们。我比它们更高级。一个人应该意识到自己比狮子、老虎、繁星更高级，比自然界中的一切更高级，甚至比那些难以理解且看似神奇的事物更高级，否则他就不能叫作人，而是一只怕东怕西的老鼠。"

热尼娅想，我是一个画家，肯定知道很多事，就算是那些我不懂的东西，也能被我看得通透。她想让我带她走进永恒且美好的境界中去，进入那个高级的、我本体所在的世界。她和我谈论上帝，谈论永恒的生活，谈论奇妙的事。我深信人和人的意识并不会因为死亡而永远消失，便这么回应她："是的，人是不朽的。""是的，永恒的生活在等待着我们。"她听着，相信了，也没要我给出什么证据。

我们朝正房走的时候，她突然停下来说道：

"我们的莉达是个很了不起的人，不是吗？我深爱着她，时刻都能为了她牺牲我的生命。但您说说看，"热尼娅用手指碰了一下我的袖口，"您能告诉我为什么您老是跟她吵架吗？为什么您这么生气？"

"因为她说得不对。"

热尼娅不以为然地摇了摇头，眼里涌出了泪水。

"这真是让人难以理解！"她说。

就在这时，莉达刚从什么地方回来，手里拿着马鞭，正站在门廊附近向工人嘱咐些什么，她苗条又漂亮，整个人在阳光下显得容光焕发。她忙前忙后，用很大的声音说着话，一连接诊了两三个病人，然后带着一种务实的、忧虑的神情在各个房间窜来窜去，先打开一个柜子，又打开另一个柜子，接着又上阁楼去了。大家找了她半天，叫她来吃午饭，我们喝完汤的时候她才赶过来。不知何故，我一直记得并留恋所有这些琐碎的细节，尽管没发生什么特别的事，但这一整天都被我牢记在心。午餐后，热尼娅躺在大沙发椅上看书，而我在露台的下层台阶上坐着。我们一言不发。整个天空层云密布，开始稀稀疏疏地下起毛毛雨。闷热得很，风早已止住，仿佛这一天永远不会结束似的。叶卡捷琳娜·帕夫洛夫娜来到露台，朝我们这边走，睡眼惺忪，摇着扇子。

"噢，妈妈，"热尼娅亲吻她的手，说道，"白天睡觉对你身体不好。"

她俩深爱着彼此。一个人走到花园里，另一个人就站在露台上，看着那些树，喊道："喂，热尼娅！"或者是："妈妈，你在哪儿？"她们总是一起祈祷，有着相同的信仰，即便不说话，也能很好地明白彼此的心意。她们以同样的方式待人。叶卡捷琳娜·帕夫洛夫娜也很快适应了我的存在，并对我产生了依恋，如果我两三天没有出现，她便会派人来询问，看我是不是身体抱恙。她带着同样钦佩的目光瞧我画的习作，并像蜜秀斯一样敞开胸怀侃侃而谈，和我讲最近发生的事情，就连家里的秘密也常常一五一十地向我倾诉。

她对大女儿是极其崇敬的。莉达向来不撒娇争宠，只谈严肃的事。她过着自己与众不同的生活，在母亲和妹妹看来，她是一位神圣且有些神秘的人，就像水手看待总是坐在舰长舱里的海军上将一样。

"我们的莉达是个很了不起的人，"母亲常说，"不是吗？"

雨还在稀稀疏疏地下个不停，于是我们说起莉达来。

"她是个了不起的人，"母亲说，然后像阴谋家似的压低嗓音，战战兢兢地看了看身后，小声补充道，"这样的人是白天打着灯笼也找不到的。不过，您知道吗？我开始有点儿担心了。学校啦，急救药箱啦，书啦，这些都挺好的，但为什么要走极端呢？要知道，她转眼就要二十四岁了，是时候认真考虑考虑自己了。老是这样忙活书和药的事，都看不见生活在一天天流逝……该出嫁了。"

热尼娅因为沉迷阅读而面色苍白，头发也凌乱了。她稍稍抬起头，看着母亲，自言自语似的说道：

"妈妈，一切都是天意！"

然后又钻进了书里。

别罗库洛夫穿着紧腰外衣和绣花衬衫走了过来。我们打了槌球和网球，后来天黑了，大家吃了很久的晚餐，莉达又谈起学校和那个把控着全县的巴拉金。当晚离开沃尔洽尼诺娃家的时候，我把对这漫长、闲暇一天的种种印象也带走了，我忧愁地意识到，这世上的万千事物无论多么长久，总归会有一个终结。热尼娅将我们送到大门口，或许因为她从早到晚陪了我一整天，我竟觉得没了她会感到空虚寂寞似的，觉得这个可爱的家庭对我来说是如此亲近。整个夏天，我第一次有了一种想要好好画画的冲动。

"您说说看，为什么您的生活会过得这么无聊，这么黯淡？"和别罗库洛夫一道走回家的途中我问他，"我的生活之所以无聊、沉重、单调，是因为我是个画家，是个怪人。我从少年时起就深受嫉妒的折磨，对自己不满，对自己做的事充满怀疑，我一直贫穷，四处流浪。但是您呢，您可是个健康又正常的人，是地主，是贵族老爷，为什么您过得那么无趣，对生活所求甚少？比如，您为什么至今还没爱上莉达或者热尼娅呢？"

"您忘了吗？我爱的是另一个女人。"别罗库洛夫回答。

他说的是自己的女友柳波芙·伊万诺夫娜，两人就在花园小屋里一起住着。我每天都能看见这位丰满到近乎肥胖、爱摆架子的女士像只被喂饱的母鹅一样，穿着挂满珠串的俄式衣裙，总是打着阳伞，在花园里四处溜达，女仆时不时地叫她去吃饭或喝茶。大约三年前，她租下一间厢房做别墅，就这么在别罗库洛夫家里住了下来，看来是要永远住下去了。她比他大十岁左右，把他管控得很严，以至于他每次出门的时候都必须先征得她的同意。她常用男人的嗓音号啕大哭，每逢此时，我便会派人去告诉她，如果她不停下来，我就搬出宅子，这才停下不哭了。

我们到家后，别罗库洛夫坐到沙发上，阴沉着脸，陷入了沉思；而我开始在大厅里走来走去，心中泛起阵阵涟漪，就像恋爱了一样。我想要谈谈沃尔洽尼诺娃一家。

"莉达只可能爱上像她一样热衷于医院和学校的地方自治工作者，"我说，"噢，为了这样的姑娘，不但可以去做地方自治工作者，甚至还能像童话里一样愿意踏破铁鞋呢。还有蜜秀斯呢？这个蜜秀斯真是可爱！"

别罗库洛夫说起一种时代病症——悲观主义，每每发到"э"这个音都要拖得很长。他讲话时信心十足，那副腔调听起来就像在和他争辩似的。就算置身于绵延数百俄里的荒凉、单调、干枯的原野，也万万不会体验到这般的沉闷——一个人就这么坐着，嘴里滔滔不绝，而你却不知道他什么时候才会离开。

"这跟悲观主义和乐观主义没什么关系，"我气愤地说，"关键在于，一百个人里有九十九个都没有头脑。"

别罗库洛夫觉得我是在暗指他，生气地走掉了。

三

"公爵正在马洛泽莫沃村做客，向你问好。"莉达不知从什么地方回来，一边摘手套，一边和母亲说道，"他讲了很多有趣的事……答应再次向省议会提出在马洛泽莫沃村建设医疗站的问题，不过他说希望不大。"然后转头对我说："对不起，我老是忘记，您对这种话题完全没有兴趣。"

我感到一阵恼怒。

"为什么我不感兴趣？"我问，耸了耸肩，"您无意了解我的想法，但我向您保证，我对这个问题非常感兴趣。"

"是吗？"

"没错。依我看，在马洛泽莫沃村建医疗站完全没必要。"

我的恼怒也感染了她。她眯缝着眼睛看着我，问道：

"那什么才是必要的？风景画吗？"

"风景画也不需要。没什么东西是必要的。"

她脱完手套，打开刚从邮局送来的报纸。过了一分钟，她明显克制住了自己的情绪，轻声说：

"上周安娜因为难产去世了，假如附近有个医疗站，她可能就会幸免于难。我觉得吧，风景画家先生们在这方面也该有些信念才是。"

"在这方面我有着非常明确的信念，我向您保证。"我回答，她却用报纸遮住自己的脸，仿佛不愿意听似的，"依我看，医疗站啦，学校啦，图书馆啦，药箱啦，在现有条件下只能是为奴役人服务的。人民被一条巨大的锁链束缚着，而您不但不把这条锁链砍断，却还要添加新的链环——这就是我的信念。"

她抬起眼睛看着我，露出嘲讽的微笑。我设法抓住我的主要思想，继续说道：

"重要的不是安娜因为难产而死，而是所有这些安娜、玛芙拉、佩拉盖娅从清早到天黑弯着腰忙活不停，积劳成疾，一辈子为自己饥饿、体弱的孩子战战兢兢地活着，一辈子为死亡和疾病担惊受怕，一辈子都在治病，过早憔悴，过早衰老，在污垢和恶臭中死去。她们的孩子呢，长大以后继续重复这样的悲剧，几百年都是如此，亿万的人活得还不如牲畜——为了那一点儿口粮，承受着永久的恐惧。这些人的处境之所以凄惨，全在于他们没有时间去顾及自己的灵魂，没有时间想到自己的形象和样式[1]。饥饿、寒冷、牲畜般的恐惧、繁重的劳动，像雪崩一样压下来，堵住了他们通往精神活动的一切道路——正是这些精神活动将人与牲畜区分开来，组成了那唯一的生命价值之所在。您用医院和学校去帮助他们，但这并不能使他们摆脱束缚，反而会变本加厉地奴役他们，因为您给他们的生活注入了新的迷信，增加了他们需求的数量，更别说他们要付钱给地方自治局去买斑蝥硬膏[2]和书本，这就意味着他们得弯腰付出更多的劳动。"

"我不想和您争论，"莉达放下报纸说道，"这话我早就听过了。我只和您说一点：不能就这么袖手旁观。的确，我们不是在拯救人类，或许我们在许多方面都有过失，但是我们尽力而为了，我们是对的。一个文化人最高级和最神圣的使命就是为他人服务，我们正是在尽力服务他人。不合您意也罢，反正做任何事也不可能让人人都满意。"

---

1 指人的"神性"一面。取自《创世记 1:26》："神说：'我们要照着我们的形象，按着我们的样式造人。'"

2 一种抗病毒抗生素发泡药。

"没错，莉达，没错。"母亲说。

有莉达在场，她总是显得胆怯。她边说边忐忑地看着她，生怕说出一些多余或不合适的话。她也从不反驳她，总是赞同：没错，莉达，没错。

"教农民识字，让人去读书本里卑劣的教条和俏皮话，盖医疗站——这些既不能消除愚昧，也无法减少死亡，就像您屋内的光没法透过窗户去照亮这个巨大的花园一样，"我说，"您什么也给不了他们，只会干扰这些人的生活，进而制造新的需求、新的劳动理由。"

"咳，我的天哪，但总得做点儿什么吧！"莉达恼怒地说，从她的语气中可以感觉到，我的论断在她看来就是无稽之谈，不值一提。

"我们需要让人们摆脱艰苦的体力劳动，"我说，"必须减轻他们的重负，让他们得以喘息，避免他们一辈子都在炉灶旁、洗衣盆边和田地里度过；要让他们也有时间去想一想灵魂和上帝，尽可能地显现自己的精神能力。每个人的使命都在于从事精神活动，在于不断地寻求真理和生活的意义。您应该想办法让他们不必再从事牲畜做的粗活，让他们感到自由自在，然后您就会发现，这些书啊、药箱啊其实是多么荒谬可笑。一旦人意识到自己真正的使命，那么能满足他的就只有宗教、科学、艺术，而不是这些琐碎的小事。"

"摆脱劳动！"莉达冷冷一笑，"难道这是可能的吗？"

"可能。您自己去分担一份他们的劳动就行。如果我们所有人——城里人也好，乡民也好——无一例外地同意将全人类为满足身体需求而从事的劳动分摊到自己身上，那么我们每个人每天分到的工作时间或许不会超过三个小时。设想一下，我们所有人，无论富裕还是贫穷，每天只用工作三个小时，其余时间都是自由的。再设想一下，为了降低劳动对身体的依赖，减少工作量，我们发明替代劳力的机器，尽力将自己需求的数量减少到最低限度。我们锻炼自己的体魄，锻炼我们的孩子，好让他们不再惧怕饥饿和寒冷；我们不必再像安娜、玛芙拉、佩拉盖娅那样，因为担忧孩子的健康而战战兢兢地活着。设想一下，我们不治病，不经营药店、烟厂、酿酒厂——到头来我们将拥有多少空闲时间！我们所有人都把这些闲暇用在艺术和科学上。就像有时村里的庄稼汉们集体出动去修路一样，我们所有人也可以一道去探寻生活的真理和意义，那么，我确信，这真理很快就会被揭露的，人就能摆脱对于死亡的那种持续不断的、痛苦不堪的恐惧，甚至能摆脱死亡本身。"

"不过，您自相矛盾，"莉达说，"您说科学、科学，可您自己却反对识字。"

"我反对的识字，是在只有小酒馆的招牌可看，偶尔有几本晦涩难懂的书可读的情况下教人识字。从留里克[1]时代起，我们就一直是这样识字的，果戈理笔下的彼得卢什卡[2]也早就识字了，可实际上，从留里克时代到现在，我们的农村也没什么变化。需

---

1 首位东斯拉夫民族君主，瓦良格人（瑞典维京人的一支），留里克王朝开创者，在位时间为862—879年。

2 果戈理小说《死魂灵》中的人物，农奴出身，是主人公乞乞科夫的听差。

要的不是识字，而是自由，好让人尽可能地显现自己的精神能力。需要的不是中小学，而是大学。"

"您还反对医学。"

"是的。只有在将疾病作为自然现象进行研究，而不为了治病的时候，医学才是需要的。如果非要说医治的话，那该治的也不是病，而是病因。若能消除主要的病因——体力劳动——那人也就不会得病了。我不认可治病的科学，"我继续激动地说，"如果我们谈的是真正的科学和艺术，那它们所追求的就不会是暂时的、局部的目标，而是永恒的、普遍的东西。它们寻找的是生活的真理和意义，寻找的是上帝，是灵魂。而一旦它们牵涉当代的贫穷和仇恨，牵涉药箱和图书馆的琐事，那它们就只会使生活变得更复杂，负担更重。我们有很多医生、药剂师、律师、识字的人也越来越多，但是根本没有生物学家、数学家、哲学家和诗人。所有的头脑，所有的精神能量都花在了满足暂时的、过眼云烟一般的需求上……科学家、作家和艺术家都在热火朝天地工作，多亏了他们，生活的舒适感与日俱增，而身体的需求也在不断增多，实际上，真理还是遥不可及，人依旧是最残暴、最卑鄙的动物。一切趋势表明，人类中的绝大多数正在退化，并将永远丧失所有的生命活力。在这种情况下，画家的生活毫无意义，他越是有才华，他的身份就越古怪，越是让人难以理解，因为由此说来，他的工作实际上是为残暴、卑鄙的动物提供消遣，是在维护现有的秩序。我现在不想工作，将来也不打算去工作……什么都不需要，就让这世界坠入地狱吧！"

"蜜秀斯，你出去。"莉达对妹妹说。显然，她觉得我的话对这样一个年轻姑娘来说是有害的。

热尼娅愁闷地看了看姐姐和妈妈，然后离开了房间。

"人在为自己的漠不关心做辩解时，总是会说这类的漂亮话，"莉达说，"反对医院和学校可比治病和教书要容易多了。"

"没错，莉达，没错。"母亲同意道。

"您口口声声说您不打算工作了，"莉达继续道，"但显然，您对自己的工作评价甚高。我们别再争论了吧，我们永远不会达成一致的，因为您刚刚把图书馆和药箱鄙视得一塌糊涂，而在我眼里，哪怕它们毛病再多，也比世上的一切风景画更高级。"她说罢立刻把头转向母亲，用全然不同的语气说："公爵自打到我们这儿，人瘦了好多，变化很大。他们要把他送到维希[1]去。"

她跟母亲聊公爵，为的是不再和我说话。她满脸通红，为了掩饰自己的激动，她就像近视似的，把头低低地垂向桌面，假装在看报纸。我的在场已经令人感到不悦。于是我告辞，回家去了。

四

院子里很安静，池塘对岸的村子已经睡着了，一丝光亮也看不见，只有池塘水面上若隐若现地倒映着星辰的微光。热尼娅在雕刻着狮子的大门那儿一动不动地站着，等我过来，好送我出去。

---

1 法国中部城市，以温泉和水疗资源著称。

"村里的人都睡了，"我和她说，试图在黑暗中看清她的脸，结果看到一双忧郁愁苦的眼睛正瞧着我，"小酒馆老板和盗马贼们都安静地睡去了，我们这些上流社会的人却互相激怒，争执不休。"

那是一个忧伤的八月的夜晚，说忧伤，是因为秋天的气息已经在四处弥漫开了。月亮正从深红色的云朵后面钻出来，将将能把道路和两边漆黑的秋播田照亮。不时有流星滑落。热尼娅和我肩并肩走在路上，她尽可能不抬头看天，不去看那些流星——不知为何，它们让她感到害怕。

"我认为您说得对，"她说道，身子在夜晚的湿气里瑟瑟发抖，"如果人们能团结一致，献身精神活动，那么他们很快就会探明一切的。"

"当然。我们是高级的生物，如果我们能真正领悟人类才能的全部力量，只为高尚的目标而生活，那么最终我们也会变得和神一样。但这永远也不可能实现——人类必将退化，一切才能终将消失得无影无踪。"

这时，大门已经完全看不见了，热尼娅便停下脚步，匆忙地握了握我的手。

"晚安。"她说，身子发着颤。由于肩上只披了一件小衬衫，她被冻得瑟缩起来。"您明天再来吧。"

一想到自己即将落单，又要陷入对自己和他人感到愤怒和不满的状态，我竟也害怕了起来，尽可能不去看那些流星。

"再陪我一分钟吧，"我说，"求您了。"

我爱热尼娅。我爱她，一定是因为她总来迎我、送我，因为她瞧我的时候带着那般温柔和钦佩。她苍白的脸庞、瘦削的脖颈、纤细的胳膊，她的柔弱、闲散，她的书——一切都是如此动人和美好。那智慧呢？我不确定她是否有非凡的智慧，但她开阔的眼界让我敬佩，也许是因为她的想法与那个严肃、美丽却不喜欢我的莉达全然不同。热尼娅因为我是画家而喜爱我，我用我的才华赢得了她的心，我激情澎湃地只想要为她作画，梦想让她做我的小王后，和我一同去拥有这些树木、田野、雾霭、霞光，拥有这美妙、迷人的自然——然而在这方世界里，我至今孑然一身，感到绝望般的孤独和多余。

"再留一分钟吧，"我说，"我恳求您。"

我脱下自己的外套，披在她冻僵的肩膀上；她担心穿着男人的外套会显得滑稽和难看，便笑起来，赶紧又把它脱掉了。这时，我抱住了她，开始连连亲吻她的脸颊、肩膀和手。

"明天见！"她轻声说，然后她小心翼翼地拥抱了我，像是害怕打破夜的寂静似的。"我们一家人之间没有秘密，我现在必须把一切告诉妈妈和姐姐……真可怕！妈妈倒是没什么，她喜爱您，可是莉达！"

她朝大门方向跑去。

"再见了！"她喊道。

接下来约莫两分钟的时间里，我都听得见她奔跑的声音。我不想回家，回去也没有意义。我站了一会儿，心中思绪万千，然后静静地往回走，想要再去看看她住的房子——那栋可爱的、朴素的老房子，它阁楼的窗户就像双眼睛似的盯着我看，一切都看得明明白白。我走过露台，来到网球场旁边，在一棵老榆树下摸黑找了把长椅坐下，从那儿看着那栋房子。在蜜秀斯住的阁楼的窗户里，一道明光突然亮起，然后又变成了安详的绿色——那是灯被罩上了灯罩。人影晃动起来……我的内心充满了温柔、宁静和自我满足。说满足，是因为我还有能力去迷恋、去爱，但与此同时，我又感到一阵不适，因为想到就在这时，就在离我几步之遥的地方，就在这栋房子的某个房间里，也住着那个不喜欢我，甚至可能憎恨我的莉达。我就这么坐着，等着，看热尼娅会不会出来，我仔细地听着，觉得阁楼里似乎有人在说话。

大约过去一个钟头。绿色的灯火熄灭，人影也看不见了。月亮已经高高地挂在房子上头，照亮了沉睡中的花园和小径；房前花圃里的大丽花和玫瑰花清晰可见，显出同样的色彩。天气很冷了。我离开花园，拾起我落在路上的外套，慢慢地往家走去。

第二天午饭后，我来到沃尔洽尼诺娃家。通往花园的玻璃门是敞开着的。我在露台上坐了一会儿，等着热尼娅随时从花圃后面走到网球场上来，或是在其中一条林荫道上出现，再或是从房间里传来她的声音。随后我走进客厅，来到餐厅。一个人也没有。从餐厅出来，我穿过一条长长的走廊来到门厅，然后又折了回来。走廊里有几扇门，从其中一扇门后面传来莉达的声音。

"上帝……送给……乌鸦……"她拉长音节，大声说着，大概是在给人听写。"上帝送给乌鸦……一小块儿……干酪……是谁啊？"她听到我的脚步声，突然喊道。

"是我。"

"啊！抱歉，我现在不能出去见您，我在教达莎念书。"

"叶卡捷琳娜·帕夫洛夫娜在花园里吗？"

“不在，她和妹妹今早出发到奔萨省[1]的姨妈家去了。而且她们大概冬天会出国……”她顿了顿，补充道。“上帝送给乌鸦……一小块儿干酪……写完了吗？”

我走出门厅，脑子里空空的，就站在那儿，望着池塘和村子，耳边传来莉达的声音：

“一小块儿干酪……上帝送给乌鸦一小块儿干酪……”

我沿着第一次来这儿时走的那条路离开了庄园，只不过顺序颠倒了过来：先是从院子进到花园，经过正房，然后沿着椴树林荫道走……正走着，一个小男孩追上了我，递给我一张字条。“我把一切都告诉了姐姐，她要求我和您分手，”我继续读完——“我无法不服从她，我不能伤她的心。上帝会给您幸福，请原谅我。但愿您知道我和妈妈哭得多么悲伤！”

然后是种着枞树的阴暗的林荫道，那堵坍塌的围栏……在那片曾经盛开着黑麦花、鹌鹑叽叽喳喳欢叫的田野上，如今只有母牛和被绊绳捆住腿的马漫步其中。小丘上的一些地方覆盖着绿油油的秋播禾苗。一种清醒的、日常般的情绪占据了我的心胸，我不由得为在沃尔恰尼诺娃家说过的所有话感到羞耻，并且和以前一样，感到生活无趣。回到家，我收拾好行李，傍晚便动身去彼得堡了。

我再也没有见过沃尔恰尼诺娃一家人。不久前的一天，我正坐火车去克里米亚，在车厢里遇到了别罗库洛夫。他像以往一

1　俄国和苏联早期的一个州，位于俄罗斯欧洲部分中南部。

样穿着紧腰长外衣和绣花衬衫，当我问起他的健康状况时，他答道："托您的福。"我们聊了起来。他卖掉了自己的庄园，买了个小一些的宅子，放在柳波芙·伊万诺夫娜的名下。关于沃尔洽尼诺娃一家他谈得不多。据他说，莉达依旧住在谢尔科夫卡，在学校里教孩子念书；在她周围渐渐聚集了一群与她志同道合的人，他们组成了一个强大的党派，并在最近的地方自治局选举中将那个一直把控着全县的巴拉金"拉了下来"。至于热尼娅，别罗库洛夫只说她不住在家里，也不晓得她到底身在何方。

我已经开始忘记那栋带阁楼的房子了，只是偶尔，我在作画或阅读的时候，会突然无缘无故地想起那扇窗户里的绿色灯火，或是想起那天深夜我在田野里阔步疾行时的脚步声——坠入爱河的我正在往家走，因为寒冷而不停搓手。在某些片刻，在那些孤独折磨着我、让我倍感忧愁的时刻，我会模糊地想起往事，并不知为何渐渐开始相信，有个人也一直在想念我，等待着我，我们会再见面的……

蜜秀斯，你在哪儿啊？

1896 年

6 套中人

　　米罗诺西茨科耶村村头，误了时辰的打猎人在村长普罗科菲家的谷仓里安顿下来过夜。他们就两个人：兽医伊万·伊万内奇和中学教师布尔金。伊万·伊万内奇有个相当奇怪的双姓——奇姆沙－吉马来斯基，这个姓和他完全不相配，全省的人就只叫他的名字和父称——伊万·伊万内奇。他住在城郊的一个马场，这次出来打猎是为了呼吸呼吸新鲜空气。中学教师布尔金则每年夏天都来拜访 Π 伯爵，以至于他早就对这片地带了如指掌。

　　他们没睡觉。伊万·伊万内奇是个留着长须的高瘦老头，这时就坐在门口，脸朝外边，抽着烟斗。月光照亮了他的身子。布尔金躺在谷仓里的干草堆上，完全淹没在一片漆黑中。

　　他们讲了各种各样的事，也顺便谈起村长的妻子玛芙拉。她是个健康且不愚蠢的女人，但这辈子从来没去过家乡以外的任何地方，也没见过城市和铁路。过去的十年里，她一直守在炉子前，只有到了夜晚才会出门走一走。

　　"这有什么好惊讶的！"布尔金说，"这世上有不少人天性孤僻，他们像寄居蟹或蜗牛一样，极力往自己的壳里钻。或许这是一种返祖现象，他们试图回到人类祖先生活的时代——那时的人类还不是群居动物，他们独自居住在自己的洞穴里。或者这只是人类性格的一种类别吧，谁知道呢？我不是博物学家，这些问题我也讲不清楚。我只想说像玛芙拉这样的人并不少见。这不，往近处讲，大概两月前，我们城里有个叫别里科夫的希腊语老师——我的同事——去世了。您当然是听说过他的。他最引人注意的地方就在于，即使在非常好的天气下，他也总是穿着防水套鞋，带着雨伞出门，还必定会穿一身暖和的棉毛外套。他的伞装在布套里，怀表装在灰色的绒面皮套里，他每次掏出来削铅笔的折叠小刀也装在一个小套子里。他的脸也好像装在套子里似的，因为他总是把脸藏在高高竖起的衣领里头。他戴着墨镜，穿着绒毛背心，用棉花塞住耳朵。坐出租马车的时候，他就吩咐车夫支起车篷来。总而言之，这个人有一种坚定的、不可遏止的渴望，力图把自己包裹在壳子里，似乎要为自己制造一个所谓的套子，以便与世隔绝，免受外界的影响。现实让他感到恼怒、害怕，使他处于持续的焦虑当中。也许是要为自己的胆怯和对现实的厌恶做辩解吧，他总是赞美过去，赞美那些从未发生过的事情；而他所教授的古代语言，本质上也无异于他用来躲避现实生活的套鞋和雨伞。

"'哦，多么响亮，多么美妙的希腊语！'他说，脸上露出甜蜜的表情，而且好像为了佐证自己的话似的，他眯起眼睛，举起一根手指，念出一个单词：'Anthropos！'"[1]

"别里科夫也竭力将自己的思想藏匿在套子里。对他来说，

---

1 希腊语：人，人类。

只有那些写着禁止做什么事的通告和报纸文章才是语义明确的。见有通告禁止中学生在晚上九点以后上街，或是某项条文禁止性爱，他方才觉得清清楚楚，明明白白——禁止就是禁止。许可和同意在他看来，总是隐藏着某种令人怀疑的成分，某种话未说尽的模糊的感觉。当城里准许某个戏团演出，或是成立一个阅览室或者茶馆的时候，他便会摇摇头，低声说：

"'当然，可以倒是可以，这样做挺好的，就是别出什么乱子啊。'

"种种对规则的违反、偏差、背离都使他沮丧，虽然这看似并不关他什么事。如果同事中有人参加祷告来迟了，或是有传闻哪个学生又顽皮捣蛋了，再或是看到女子中学的女学监大晚上的跟军官在外厮混，他便焦躁不安，不停地说：可别出什么乱子啊。在教学会议上，他那谨小慎微、疑神疑鬼的性格和那种纯粹套子式的想法让我们也感到压抑极了。他说，男子中学和女子中学里的年轻人都品行恶劣，总是在课堂上吵吵闹闹。哎呀，这事可不能让上司知道啊！哎呀，可别出什么乱子啊！他还说，如果把二年级的彼得罗夫和四年级的叶戈罗夫开除掉就好了。那后来如何呢？他凭借那喋喋不休的哀叹和抱怨，凭借那副戴在他苍白小脸上的墨镜（您要知道，那张小脸像极了黄鼠狼的脸），把我们都给降服了，我们只好让步，扣去彼得罗夫和叶戈罗夫的操行分，让他们关了禁闭，最后终于把两人都开除掉了。他有一个怪习惯——经常来登门拜访我们。他来到一位老师家里，坐下，一言不发，好像在窥探些什么。他就这样静静地坐上一两个小时，然后离开。他把这种行为称作'与同事保持良好关系'，显然，到我们住处坐着对他来讲并不是件轻松的事，他来我们这儿只是因为他把这看作他作为同事的一项职责。我们这些老师都怕他，就连校长也怕他。您要知道，我们老师都是些有思想的人，都很正派，读着屠格涅夫和谢德林[1]的书长大，然而这个总是穿着套鞋，带着雨伞走路的小个子，却掌控了整所学校长达十五年！光掌控了学校算什么？整座城市简直都在他的掌控之中！我们这儿的太太们无法每周六在家举办戏剧演出，怕被他发现；神职人员到了斋日就不敢吃荤食，也不敢打牌。在别里科夫这类人的影响下，在过去的十到十五年间，我们城里的人变得什么都怕。我们不敢大声说话，不敢寄信，不敢互相结识，不敢读书，不敢接济穷人，也不敢教人读书识字……"

伊万·伊万内奇咳嗽了一声，想要说些什么，不过他先是抽起了烟斗，看了看月亮，然后才一停一顿地说：

"是啊。有思想，又正派，既读过谢德林，又读过屠格涅夫，还读过巴克尔[2]等，可他们却屈服了，隐忍了……问题就在于此。"

"别里科夫和我住在同一栋房子里，"布尔金继续说，"在同一层楼，门对门，我们经常见面，我了解他的家庭生活。他在家里也是这副模样：穿着长罩衫，戴着尖顶睡帽，百叶窗、门闩得统统合好——有一系列各式各样的禁忌、限制，还有那句：'哎

---

1 米哈伊尔·叶夫格拉福维奇·萨尔蒂科夫 – 谢德林（Михаил Евграфович Салтыков-Щедрин，1826—1889），19 世纪俄国著名讽刺作家。

2 亨利·托马斯·巴克尔（Henry Thomas Buckle，1821—1862），英国历史学家。

呀，可别出什么乱子啊！'吃素对身体有害，可吃荤又不行，因为人们或许会说别里科夫没有遵守斋律，他于是就吃黄油煎鲈鱼——这种食物不是素的，但也不能说是斋期禁忌的荤菜。他不雇女仆，生怕她们对自己有不好的想法，只留了个六十岁上下的老头阿法纳西做厨子，这人总是喝得醉醺醺的，神志不清，先前当过勤务兵，会做那么几道菜。这位阿法纳西平日里老站在门那儿，两条胳膊交叉在胸前，总是长叹一口气，嘟囔着这么一句话：

"'像他们那样的人现在可真是冒出来不少哟！'

"别里科夫的卧室很小，像个匣子似的，床上罩着个帐子。睡觉的时候，他会拉起被子把脑袋也盖得严严实实；屋里又热又闷，风敲着紧闭的门，炉子嗡嗡作响；厨房里传来阵阵叹息声，不祥的叹息声……

"他躲在被子下面，害怕极了。他生怕出什么事，生怕阿法纳西过来杀他，生怕小偷潜入室内，接下来，他一整夜做的尽是惊恐的噩梦，早上我们一起去学校的时候，他烦闷不堪，面色苍白。显然，他要去的那所拥挤的中学糟糕透了，他从头到脚都对它厌恶至极。就连和我并肩走路，对他这样一个生性孤僻的人来说，也是一种折磨。

"'我们课堂上吵闹得很，'他说，似乎在试图为自己愁苦的心情找一个解释。'这像个什么话啊！'

"您能想象吗？这位希腊语老师，这个装在套子里的人，还差一点儿就结婚了呢。"

伊万·伊万内奇快速朝谷仓里回头看了看，说：

"您在开玩笑吧！"

"我没说笑，这事听起来是离奇，可他确实差点儿就结婚了。我们这儿调来了一位教历史和地理的新教师，姓科瓦连科，叫米哈伊尔·萨维奇，是个乌克兰佬儿。他不是独自来的，而是带着姐姐瓦连卡一起来的。他年轻，高大，皮肤黝黑，长着一双大手，看他面相就能猜出他说话是个男低音。事实也的确如此，他的声音就像是从桶里发出来的：'嘭，嘭，嘭……'她呢，已经不年轻了，三十岁左右，但个头也很高，很苗条，长着黑色的眉毛，脸颊红扑扑的。总之，她简直不能说是姑娘，而是水果软糖。她快活极了，说话聒噪，总是哼唱着小俄罗斯[1]的抒情曲，发出哈哈大笑声。她总是动不动就放声大笑起来：'哈哈哈！'我们第一次正式和科瓦连科姐弟认识，我记得是在校长的命名日[2]庆祝会上。在那群严肃、紧张且乏味、把参加命名日庆祝会也当作履行职责的教员当中，我们突然看见了一个从泡沫里重生的阿佛洛狄忒[3]：她双手叉腰地走着，哈哈大笑着，唱着歌，舞动着身姿……她带着深情演唱了一首《风在吹》，然后又唱了首抒情歌曲，接着又是一首。所有人都被她迷住了——所有人，甚至是别里科夫。他坐到她身旁，谄媚地笑道：

"'小俄罗斯话就像古希腊语一样，听起来温柔又悦耳。'

"这话让她受宠若惊。她开始热情而诚恳地对他讲起来，自

---

1 指乌克兰。

2 东正教徒依照《圣经》将不同日期与特定圣徒联系在一起，并以圣徒的名字为该日受洗的婴儿命名，该日为命名日。

3 希腊神话中爱与美的女神，在海中的泡沫里诞生，对应罗马神话的维纳斯。

己在哈佳奇县有一个庄园，她的妈妈就住在庄园里，地里长着那样的梨子，那样的甜瓜，那样的'卡巴克'[1]！——乌克兰佬儿用我们'小酒馆'这个词来称南瓜，小酒馆他们则叫作'什诺克'，他们用红甜菜和茄子煮的红菜汤'太好吃了，好吃极了，简直好吃得要命！'

"我们听着，听着，突然，所有人都萌生了同样的一个想法。

"'要能把他俩撮合在一块儿就好了。'校长老婆轻声对我说。

"不知怎的，我们这才都想起来，我们的别里科夫还没结婚。这时候我们才觉得奇怪：不知为何我们竟从未注意过这一点，全然忽略了他生活中如此重要的细节。他一般是怎样和女人相处的呢？他是如何解决自己这个紧迫的问题的？以前，我们对这事完全不感兴趣，或许在我们的认知中，这样一个在任何天气下都穿着套鞋走路并睡在帐子里的人是绝对不可能爱上什么人的。

"'他已经四十多岁了，她也已经三十岁了……'校长老婆说明自己的想法，'我觉得她会愿意嫁给他的。'

"在我们外省小地方，由于人们都闲得无聊，什么正经事都是办不成的，做的净是些没必要做的荒唐事！这是因为根本没人去做必要的事情。是啊，既然完全想象不到这个别里科夫结婚是个什么情况，那我们何必突然去掺和这人的婚事呢？校长老婆、学监老婆，还有我们学校里所有的太太都活跃了起来，甚至还变得漂亮多了，仿佛突然看到了人生的意义。校长老婆在剧院里订了个包厢，我们看见瓦连卡就坐在她的包厢里，手里拿着一把扇

---

1 俄语：小酒馆。

子，容光焕发，心情愉快；挨着她坐的是身材矮小、干瘪伛偻的别里科夫，就像是从屋子里被人用钳子硬夹出来似的。我要办一个娱乐晚会，这些太太们就要求我一定邀请别里科夫和瓦连卡一起来。一句话——万事俱备，只欠东风。原来，瓦连卡并不反对跟人结婚。和弟弟住在一起，她过得并不十分开心，他们只知道成天吵架、互相辱骂。您设想一下这样一个场景吧：科瓦连科在街上走着，个头高大、身材健硕，穿着件绣花衬衫，一绺头发挂在帽檐下边的额头上；他一只手拎着一摞书，另一只手拿着一根有节疤的粗手杖。身后跟着他姐姐，也拿着好些书。

"'你啊你，米哈伊利克[1]，你就没读过这个！'她大声争辩道，'我告诉你，我发誓你根本没读过这个！'

"'那我也告诉你，我读过！'科瓦连科喊道，手杖在人行道上敲得砰砰响。

"'哎呀，我的老天爷啊，明奇克[2]！你干吗生气呢，要知道我们说的可是个原则性的问题。'

"'我告诉你，我就是读了！'科瓦连科喊得更大声了。

"在家的时候呢，就算有外人到访，他们也照样吵个不停。这样的生活她大概过厌烦了，她渴望拥有自己的栖身之处，况且考虑到自个儿的年纪，也没工夫再挑三拣四的了，嫁给谁都是可以的，甚至是希腊语老师。说实在的，对于我们大多数的年轻小姐而言，嫁给谁无所谓，只要能嫁出去就算。不管怎样，瓦连卡

1　米哈伊尔的爱称。

2　亦为米哈伊尔的爱称。

开始对我们的别里科夫表现出明显的好感。

"那别里科夫呢？就跟经常拜访我们一样，他也经常登门拜访科瓦连科了。他走进家门，坐下，一言不发。看他在那儿默不作声，瓦连卡便给他唱起《风在吹》，要么用她深色的眼睛若有所思地盯着他看，或者突然大笑起来：

"'哈哈哈！'

"在恋爱里，尤其是在婚姻中，旁人的怂恿总是起到很大的作用。每个人——无论是同事们还是太太们——都开始让别里科夫相信，他应当结婚，他的生活没有别的欠缺，就差结婚了。我们都在祝贺他，带着一本正经的表情和他讲各种庸俗话，譬如说'婚姻是人生大事'等。况且，瓦连卡长得并不丑，还挺风趣，是五等文官的女儿，家里有庄园，最重要的是，她是第一个待他亲切、热情的女人。他被冲昏了头脑，决定真的该去结婚了。"

"那事已至此，该拿掉他的套鞋和雨伞了吧？"伊万·伊万内奇说。

"您能想象吗？结果证明这是不可能的。他把瓦连卡的相片放在了自己的桌子上，老是来我家，和我聊瓦连卡，聊家庭生活，聊'婚姻是人生大事'。他也经常去科瓦连科家，但丝毫没有因此改变自己的生活方式。甚至相反，结婚的决定对他起了某种异常的影响，他像得病了一样，身子更加消瘦，脸色越发苍白，似乎在自己的套子里藏得更深了。

"'我挺喜欢瓦尔瓦拉[1]·萨维什娜的，'他带着淡淡的讪笑对

---

1 瓦连卡的大名。

我说，'我知道每个人都是要结婚的，不过……这一切吧，您知道，来得太突然了……我得好好考虑考虑。'

"'这有什么好考虑的？'我和他说，'不就是结个婚吗，您结不就得了。'

"'不，婚姻可是人生大事，必须先权衡好即将面对的义务和责任……以免之后出什么乱子。这件事让我担心得很，我现在整晚整晚睡不着觉。好吧，我必须承认，我心里很害怕：她和她弟弟有一种奇怪的思维方式，您知道吗？他们的处世作风很是奇怪，而且她的性格也太活泼了些。就算结婚了，接下来能有什么好的呢，准会陷入这样那样的麻烦事。'

"于是他没有求婚，一直在拖延，这让校长老婆和我们所有的太太都很气恼；他总是在权衡即将面对的义务和责任，但与此同时还几乎每天都要和瓦连卡一起散步，或许他觉得这是在他的处境里必须要做的事吧；他也照旧常来拜访我，和我聊家庭生活。要不是突然发生了一场 kolossalische Skandal[1]，他最后十之八九还是会求婚的，他还是会走进那种不必要的、愚蠢的婚姻——毕竟出于寂寞苦闷和无所事事，这种婚姻已经在我们这儿发生过成千上万次了。不得不提，瓦连卡的弟弟科瓦连科自打认识别里科夫的第一天起就讨厌他，简直无法忍受他。

"'我就不明白了，'他耸了耸肩，对我们说道，'我不明白你们是怎么忍受这个告密鬼的，怎么受得了他那副卑鄙的嘴脸。唉，先生们，你们怎么能在这里生活得下去啊！你们这儿的气氛

---

1 德语：巨大的丑闻。原文如此，正确写法应为"ein kolossalischer Skandal"。

让人窒息，简直恶劣透了。你们还是教育者，是做教师的吗？我看你们就是一群官僚，你们的学校压根儿不是科学殿堂，而是城市警察局，散发着警察岗亭里的那种酸臭味。不行，各位老兄，我再和你们待一段时间就回我的庄园去，在那儿抓抓虾，教教乌克兰小孩念书。我一定会离开的，你们就和你们的犹大一起留在这里吧，叫这厮发烂发臭了才好呢！'

"他要么就哈哈大笑，笑到眼泪都出来了，一会儿笑声低沉，一会儿笑声又尖又细，摊开双手问我：

"'他干吗跑我家坐着？他这是要干啥？他一直坐在那儿发呆。'

"他甚至还给别里科夫起了个诨号叫'蜘蛛怪'。当然啦，我们都避免当他面提起他姐姐瓦连卡要嫁给'蜘蛛怪'这件事。一天，校长老婆暗示他说，安排他姐姐嫁给别里科夫这样一位颇有声望、受人尊敬的人是件好事，他便眉头一皱，愤愤地说：

"'这不关我的事。哪怕她要嫁给毒蛇也随她的便，我不喜欢掺和别人的事。'

"现在您来听听接下来发生的事吧。有人搞恶作剧，画了这样一幅漫画：别里科夫穿着套鞋，卷起裤腿，撑着把雨伞在走路，胳膊肘里挽着瓦连卡；下面写着这么一行题名：'恋爱中的 anthropos'。您知道吗？他的表情被捕捉得简直传神极了。这位画家肯定画了不止一个晚上，因为男子中学和女子中学的老师们、宗教学校的老师们，以及官员们，每个人都收到了一份。别里科夫也收到了一份。这幅漫画给他留下了极其难堪的印象。

"那天刚好是五月一日，星期天，我们所有人——老师们和学生们——都出门去了，大家约定在学校集合，然后一起步行去城外的小树林里郊游。我们动身了，他呢，铁青着脸，比乌云还要阴沉。

"'怎么会有这么糟糕、这么恶毒的人！'他说着，气得嘴唇直颤。

"我甚至开始替他感到难过。我们走着走着，突然，您猜怎么着，科瓦连科骑着自行车飞驰而过，瓦连卡紧随其后，也骑着自行车，她满脸通红，面露疲态，但依旧那样开朗、快活。

"'我们呐，'她喊道，'我们要先走一步咯！今儿这天气也太好了，简直好得要命！'

"接着，两人便消失不见了。咱这别里科夫的脸色从铁青变成了惨白，好像麻木了似的。他停下来，看着我……

"'请问，这像个什么样？'他问道。'还是说我的眼睛在骗我？中学老师和女士骑自行车？这成何体统？'

"'这有什么不成体统的？'我说，'她们喜欢骑就骑呗。'

"'这怎么行？'他喊道，对我的冷静感到惊讶。'您在说什么啊？！'

"他惊慌失措，不想再往前走了，直接回家了。

"第二天，他一直神经兮兮地搓着双手，浑身哆嗦，从脸色能看出他身子不舒服。他一下课就直接走了，这还是他生平中的头一次，连午饭也没吃。尽管外边完全是盛夏的天气，可他却在黄昏时分穿上了厚实的衣服，然后步履艰难地走到科瓦连科家。瓦连卡不在家，他只碰到了弟弟。

"'请坐吧，欢迎大驾光临。'科瓦连科皱着眉头冷冷说道。

他一副睡眼惺忪的样子，方才吃过饭后他打了一会儿盹儿，现在还没缓过劲儿来，情绪很糟。

"别里科夫默不作声地坐了十分钟光景，然后开口说道：

"'我来找您，是为了舒缓我的灵魂。我的内心非常非常沉重。某个爱传谣的家伙把我和另一个与我们俩都关系密切的人画成了滑稽的模样。我认为我有责任向您保证，此事与我无关……我没有任何缘由该承受这样的讥讽，相反，我一直是个完完全全的正人君子。'

"科瓦连科噘着嘴坐着，一句话不说。别里科夫等了一会儿，用微弱而凄惨的声音继续说：

"'我还有别的话要对您说。我干这行已经很久了，而您呢，才刚刚开始任教。作为一名老同志，我认为有责任警告您：您骑自行车，这种消遣对于青少年教育者来说是完全不成体统的。'

"'为什么呢？'科瓦连科用低沉的嗓音问道。

"'难道这还需要解释吗，米哈伊尔·萨维奇？难道这还不够明白吗？如果老师去骑自行车了，那还能指望学生做出什么像样的事来？他们怕是要用头来走路了！既然通令里没有允许做这事，那这件事就是禁止的。昨天真把我给吓坏了！我看到您姐姐的时候，一下就头晕眼花了。一个女人或一个姑娘骑自行车？太可怕了！'

"'说实在的，您到底想要怎样？'

"'我想做的就一件事——警告您，米哈伊尔·萨维奇。您是年轻人，有大好的前途，您必须处世得非常非常谨慎才行，可您也太漫不经心了，哎哟，太漫不经心了！您穿着绣花衬衫走来走去，老是拿着些书在街上溜达，现在又冒出自行车的事。您和您姐姐骑自行车这事要是被校长知道，然后又传到督学的耳朵里……这还会有什么好下场吗？'

"'我和我姐姐骑自行车，关别人什么事！'科瓦连科说，脸涨得通红。'谁要干涉我的私事和家事，我就送谁去见鬼。'

"别里科夫脸色苍白，站了起来。

"'如果您用这种语气跟我说话，那我只能就此打住了，'他说，'我请求您永远不要在我在场的情况下辱骂领导。您对当局应该尊重才是。'

"'难道我刚才有说什么当局的坏话吗？'科瓦连科问道，用凶狠的目光盯着他。'请让我静一静吧。我是个正直的人，我不想跟您这样的先生说话。我不喜欢告密者。'

"别里科夫惊慌失措，马上穿好外衣，脸上满是惊恐的神情。要知道这是他生平头一次听到如此失礼的话。

"'您想怎么说就怎么说吧，'他说着，从前厅走到楼梯口。'我只是要预先提醒您：或许有什么人听到我们说话了，为了不让人曲解我们的谈话，不出什么乱子，我得向校长先生汇报我们谈话的内容……说明一下大意。我必须这么做。'

"'汇报？去吧，尽管汇报去吧！'

"科瓦连科从背后抓住他的衣领，猛地一推，别里科夫从楼梯上滚了下去，把套鞋撞得嘎嘎作响。那楼梯又高又陡，可他平安无恙地滚到了最下头；他站起身，摸了摸鼻子，看看眼镜是不是完好无损。但就在他滚下楼梯的时候，瓦连卡带着两位太太走进了家门。她们就站在下面看到了这一切——对别里科夫来说，没有比这更糟糕的事了。哪怕是摔断自己的脖子和两条腿，也总比成为别人的笑柄要好；现在全城可都要知道这事了，肯定会传到校长和督学的耳朵里——哎呀，可别出什么乱子啊！一定会有人画一张新的漫画，到最后，他只得被勒令辞职⋯⋯

"他起身的时候，瓦连卡认出了他。她看着他那张滑稽的脸、那皱巴巴的外衣和套鞋，全然不明白发生了什么事，还以为他是自己不小心摔下来的呢。她忍不住放声大笑起来，笑声在整个房子里回荡：

"'哈哈哈！'

"就在这声洪亮爽朗的'哈哈哈'中，一切都结束了：这段婚事结束了，别里科夫的人间生活也结束了。他听不见瓦连卡在说什么，也什么都看不见了。回到家，他先是把桌上瓦连卡的相片撤了下来，然后往床上一躺，再也没有起来。

"过了大约三天，阿法纳西来找我，问我要不要派人去请医生，因为自己的东家看起来不太对劲儿。我去到别里科夫家，他躺在帐子下面，盖着被子，一言不发。你问他什么，他只回答是或不是，别的一句话也不说。他就这么躺着，阿法纳西在旁边踱来踱去，阴沉着脸，眉头紧锁，深深地叹着气，浑身像小酒馆一样冒出伏特加的气味。

"一个月后，别里科夫死了。我们都去送葬了，也就是说两所中学和宗教学校的教工都去了。现在，他躺在棺材里，表情是温和、愉快的，甚至可以说是高兴的，似乎他很乐意：人们终于把他装进了一个他永远也不用再出来的套子里了。是的，他实现了自己的理想！而且就像是为了纪念他似的，葬礼期间阴霾密布，雨下个不停，我们所有人都穿着套鞋，打着伞。瓦连卡也参加了葬礼，当棺材被放进坟墓时，她哭了几声。我注意到，乌克兰女人要么哭，要么笑，两者之间的情绪她们是没有的。

"我要承认，埋葬别里科夫这样的人是一件令人非常愉快的事。我们从墓地回来的时候，每个人的脸上都是一副谦逊、忧郁的表情；没人想要显露这种愉快的感觉，这种感觉特别像我们很久很久以前在童年时经历过的——大人们出去了，我们在花园里疯跑上一两个钟头，享受着完完全全的自由。啊，自由啊，自由！哪怕只有一点儿迹象，哪怕只有一丝微弱的希望，这自由也会给灵魂插上飞翔的翅膀，难道不是这样吗？

"我们带着好心情从墓地回来，可不到一周时间，生活又变回了从前的模样——同样地严酷、乏味、混乱，通令里既不明确禁止做什么，也不完全准许做什么，日子并没有变得更好过。没错，别里科夫是被埋葬了，可是还有多少这样的套中人活着，将来又会出现多少呢！"

"问题就在于此啊。"伊万·伊万内奇说，抽起了烟斗。

"这样的人将来又会出现多少呢！"布尔金重复道。

这个中学教师从谷仓里走了出来。他身材矮小、肥胖，头顶全秃了，黑色胡子长到几乎齐腰。有两条狗也跟着他一起出去了。

"多美的月色，多美的月色啊！"他抬头看，说道。

已经是午夜时分了。右侧能看见整个村庄，长长的街道绵延到远方，有大约五俄里这么长。一切都沉浸在安详、深沉的梦境中；周遭什么动静也没有，什么声音都听不见，让人甚至不敢相信大自然居然会有如此静谧的时刻。谁在月夜里看到这样宽阔的乡村街道，看到两旁的农舍、草垛、熟睡的柳树，心里都会变得安静下来。这街道被夜影严严实实地笼罩着，避开了劳动、烦恼与痛苦，在这平静之中，显得那么温和、忧伤、美丽，仿佛繁星也在亲切而动情地望着它似的，仿佛人间的邪恶已全然消泯，一切都平安顺遂。左边，一片田野从村子边缘蔓延开去，直到地平线那边还能远远地望见；月光洒满整片田野，那里同样什么动静也没有，什么声音都听不见。

"问题就在于此啊，"伊万·伊万内奇又重复了一遍，"我们在又闷又挤的城里生活，整天写些没有必要的公文，玩文特牌[1]——难道我们就不是套中人了吗？我们一辈子都在跟游手好闲的人、锱铢必较的人、蠢货和无聊的女人打交道，成天说着、听着各种废话——难道我们就不是套中人了吗？您要是愿意，我也跟您讲个特别有教育意义的故事。"

"免了吧，该睡觉了，"布尔金说，"留到明天再讲吧！"

两人都进到了谷仓里，躺在干草上。正当他们盖好身子，微微入睡的时候，外边忽然传来了轻快的脚步声：吧嗒，吧嗒……离谷仓不远的地方有人在走路；那人走了一会儿又站住了，过了一分钟又是吧嗒、吧嗒的声音……狗呼噜呼噜地叫了起来。

"是玛芙拉在走路呢。"布尔金说。

脚步声渐渐听不见了。

"你眼睁睁看着别人作假，听着别人说谎，"伊万·伊万内奇

1　一种流行于俄国 19 世纪末的四人纸牌游戏。

翻了个身，说道，"人们却因为你容忍他们的虚伪而把你说成是傻瓜。你忍气吞声，饱受羞辱，不敢宣称自己和正直、自由的人站在一边，只好自己也作假，还要强颜欢笑，而这么做无非是为了一块儿面包，为了一隅温暖的栖身之所，为了一个一钱不值的小小官职——不，再也不能这么生活了！"

"得了吧，您这话就扯远了，伊万·伊万内奇，"教师说，"咱们还是睡觉吧。"

过了约莫十分钟，布尔金已经睡熟了。伊万·伊万内奇一直翻来覆去，深深地叹着气，然后他起身，又走到外边，在门口坐下，抽起了烟斗。

1898 年

7　醋栗

从大清早开始，整个天空就布满了雨云。四下里一片寂静，不热，但让人烦闷得很——碰巧赶上这种灰色的阴天，乌云早已笼罩在田野之上，你期待着下雨，可雨就是不来。兽医伊万·伊万内奇和中学教师布尔金已经走累了，那田野在他们面前显得好像没有尽头似的。远处，米罗诺西茨科耶村的风车隐约可见，右边的一排小丘一直延伸到村外，然后消失在远方。两人都知道那边有河岸，有草地、青翠的柳树和庄园；倘若站在其中一个小丘上，你便能从那儿看到同一片宽广的田野，看得到电报局和火车——从远处看它就像一只缓慢爬行的毛虫，天气晴朗的时候甚至可以从那里看到城市。现在，在这平静的天气里，在这整个大自然都显得温顺而沉寂的时刻，伊万·伊万内奇和布尔金的胸中充满了对这片田野的热爱，不由觉得这个地方是如此辽阔，如此美丽。

"上回我们在村长普罗科菲家谷仓的时候，"布尔金说，"您打算讲一个什么故事来着。"

"是啊，我当时想说一说我弟弟的事。"

伊万·伊万内奇长长地叹了口气，点上烟斗准备开讲，但就在这时，天下起了雨来。过了差不多五分钟，雨越下越密，变成了倾盆大雨，一时间看不出停止的迹象。伊万·伊万内奇和布尔金停下脚步，思索起来。浑身湿透的狗夹着尾巴在那儿站着，带着温柔的神情看着他们。

"咱们得找个地方躲雨。"布尔金说，"去阿廖欣家吧，离这儿很近。"

"走吧。"

他们转到一个斜角的方向上去，沿着收割过的田地往前走，一会儿走直线，一会儿又向右拐去，然后走到了一条马路上。很快便出现了杨树和花园，然后是粮仓的红色屋顶；河水波光粼粼，一片带磨坊和白色浴棚的开阔水域豁然出现在眼前。这是索菲诺村——阿廖欣居住的地方。

磨坊轰隆轰隆地运转着，声音盖过了雨声，拦河坝不停地抖动。运货马车旁边站着湿漉漉的马，耷拉着脑袋；一些人在路上走，身上披着麻袋。到处又湿又泥泞，让人觉得不舒服，这片水域看起来又冷又严酷。伊万·伊万内奇和布尔金全身湿透，处处是污垢，感到浑身不自在；他们的腿脚因为沾满了烂泥而发沉；两人穿过拦河坝，爬上坡，往主人的粮仓走去，一句话也不说，好像在对彼此生气似的。

在其中一个粮仓里，扬谷机在沙沙作响；门敞开着，从里面飘出阵阵灰尘。站在门槛上的正是阿廖欣，一个四十岁左右的男人，高大肥硕，留着长发，看上去更像是一位教授或者画家，而不是地主。他穿着一件好久没洗过的白色衬衫，系着一条绳子做腰带，没穿外裤，只穿了条长衬裤，靴子上也沾满了污泥和麦秸，扑满灰尘的鼻子和眼睛显得发黑。他认出了伊万·伊万内奇和布尔金，看起来很高兴。

"先生们，快请到房里去吧，"他微笑着说，"我马上就好，给我一分钟。"

房子很大，有两层楼。阿廖欣住在楼下带拱顶和小窗户的两个房间里，这先前是管家住的地方。装潢很简单，闻着有股黑面包、廉价伏特加和马具的味道。他很少去楼上的正房，只有客人来的时候才上去。伊万·伊万内奇和布尔金在屋里遇见一个女仆，她是个年轻的女人，漂亮极了，以至于他们两人同时停下来对视了一眼。

"你们想象不到我看见你们有多高兴，先生们，"阿廖欣说，跟着他们走进了前厅。"真是没想到啊！佩拉盖娅，"他转向女仆，"带客人们去换个衣服。恰好我也要换衣服。只是我得先去洗个澡，要不然我好像打春天起就没洗过澡了。先生们，要不咱们先去浴棚，让他们在这儿收拾着。"

这位和气的、外表看来那么柔弱、漂亮的佩拉盖娅拿来了长毛巾和肥皂，然后阿廖欣和客人们去了浴棚。

"是呀，我好久没洗澡了，"他边脱衣服边说，"你们看，我的浴棚挺不错，我父亲那时就建了的，但不知怎么我总是没有时间洗澡。"

他在台阶上坐下，往自己的长发和脖子处打肥皂，身子周围的水变成了褐色。

"是啊，还真是的……"伊万·伊万内奇看着他的脑袋，意味深长地说。

"我好久没洗澡了……"阿廖欣难为情地又重复了一遍，再一次往自己身上抹了抹肥皂，于是周围的水变成了墨水那样的深蓝色。

伊万·伊万内奇走到屋外，扑通一声跳进水里，在雨中游起泳来。他挥动着双臂，激起层层波浪，浪尖仿佛一朵朵白百合在摇曳；他游到这片水域的最中间，然后潜了下去，一分钟后，他又出现在另一个地方，往更远处游去，继续潜水，试图探到水底。"哎呀，我的天……"他越游越畅快，嘴里反复说着，"哎呀，我的天……"他游到了磨坊边，和那儿的农民聊了几句，接着转身往回游，在水域中间的地方仰身躺在水面上，把脸暴露在雨中。布尔金和阿廖欣已经穿好衣服准备离开，而他还在不停游泳和潜水。

"哎呀，我的天……"他说，"哎呀，上帝保佑。"

"您游得也差不多了！"布尔金朝他大喊道。

他们回到房子里。这时楼上的大客厅里已经亮起了灯，布尔金和伊万·伊万内奇穿着丝绸长袍和暖和的便鞋，坐在扶手椅上，洗好脸、梳好头的阿廖欣则穿了件新的常礼服，在客厅里走来走去，显然是沉浸在这愉悦的感受中——现在温暖又干净，身上穿着干爽的衣服，脚上踩着轻便的鞋，漂亮的佩拉盖娅静悄悄地走在地毯上，脸上挂着温柔的微笑，端着托盘送来茶和果酱。到了这时，伊万·伊万内奇才开始讲他的故事，而听他说话的似乎不只有布尔金和阿廖欣，还有屋里那些个老老少少的太太和军人们——他们透过金色画框安静而严肃地看着这 切。

"我们是兄弟俩，"他开始说，"我是伊万·伊万内奇，他叫尼古拉·伊万内奇，比我小个两岁。我学技术行业，成了一名兽医，尼古拉呢，从十九岁起就开始在省税务局工作。我们的父亲奇姆沙-吉马来斯基先前是当强制兵的，不过他因功获得了军官官衔，给我们留下了世袭贵族的头衔和一点儿地产。他死后，那笔地产被拿去抵债了，但尽管如此，我们还是在乡下自由自在地度过了童年。我们就跟农民的孩子一样，日日夜夜在田野里，在森林里，看守马群啊，剥树皮啊，钓鱼之类的……你们知道吗，人的一生中只要抓过哪怕一次梅花鲈，或是在晴朗凉爽的秋日里见过哪怕一次迁徙的知更鸟成群结队地飞过村庄，那他就再也不可能做一个城里人，他到死都会不停地向往着自由。我弟弟在省税务局里干得并不舒心。几年过去了，他还是坐在同一个地方，写着同样的公文，想着同样的事情——要是能去乡下生活就好了。他心中的这种忧愁一点一点地变成了某个明确的愿望，变成了一个梦想——在河边或湖边的某处为自己购置一个小庄园。

"他是个善良温柔的人，我爱他，可我从来没有同情过这种想把自己一辈子关在自家庄园里的愿望。老话说，一个人有三俄尺土地便足矣。[1] 但要知道，需要三俄尺土地的是死尸，而不是一个活人。现在人们还说，要是我们的知识分子心系土地，渴望拥有庄园，那是好事。但这些庄园和那三俄尺的土地有何区别？逃离城市，远离斗争和日常生活的喧嚣，舍弃一切，将自己藏匿在庄园里——这不是生活，这是自私、懒惰，这是一种自顾自的

1　一俄尺约为 71 厘米，此处喻指墓穴的长度。

修道，一种毫无功绩可言的修道。一个人需要的不是这三俄尺土地，也不是庄园，而是整个地球，整个大自然，以便在广阔的空间中展现自己自由精神的所有性能和特质。

"我弟弟尼古拉坐在自己的办公室里，梦想着吃自家煮的白菜汤的情形，汤散发出的香味充满整个庭院，他在青草地上吃饭，在阳光下睡觉，在门口的长凳上坐上好几个钟头，盯着田野和森林发呆。农书和日历上所有这些农艺建议就是他快乐的源泉，成了他心爱的精神食粮；他也喜欢看报纸，但他只读报上的广告，说哪里出售多少俄亩的耕地，还带草坪、庄园、小溪、花园、磨坊和活水的池塘。他脑海中便浮现出这样的画面——花园里的小径、鲜花、水果、鸟舍、池塘里的鲫鱼……你们知道，就是这类的东西。他每次幻想的画面都不尽相同，取决于他看到什么样的广告，但不知为何，每个画面里都必定会出现醋栗。他无法想象哪个庄园或是富有诗意的栖身之所里会没有醋栗。

"'乡村生活自有其舒适之处，'他常常这么说，'你坐在阳台上喝着茶，你养的小鸭子在池塘里划水，空气好闻极了……而且，还长着醋栗。'

"他给自己的庄园画了规划图，图上每次都会出现这几样相同的东西：一、一座主宅；二、一间仆人住的下房；三、一片菜园子；四、醋栗。他过着节俭的生活，经常半饥半饱，天知道穿的是些什么，就像个乞丐似的，然后把自己挣的一分一厘都放进银行存起来。他吝啬极了。我看着他心里难受，就不时接济一下他，在节日的时候给他寄点儿东西，他却连这都要收藏起来。如果一个人抱定了一个想法，那任何人都别想让他做出什么妥协了。

　　"过了几年，他被调到了另一个省，那时他已经年过四十岁了，还在不停地看报纸上的广告，存钱。后来，我听说他结婚了。出于同样的目的——为了给自己买一块儿带醋栗的庄园——他娶了一个其貌不扬的老寡妇，其实对她毫无感情，只因为她有那么几个钱。他依旧带着妻子节俭地过活，总是不让她吃饱，并把她的钱也存银行，放到自己的名下。她的亡夫是位邮政局局长，她习惯了和他一起吃馅饼，喝果子酒，而跟着第二任丈夫却连黑面包都不够吃；这样的生活让她的身子开始变得虚弱，才三年左右的光景，她就把灵魂交给了上帝。当然，我弟弟从没想过要为她的死负什么责任。金钱就像伏特加一样，会把人变成怪物。从前我们城里有个商人快要死了。临终前，他吩咐人给自己端来一盘蜂蜜，然后就着蜂蜜把自己所有的钱和奖券一股脑地吃进了肚子，免得让他人得到。有一次我在火车站检查一群牲畜，这时有个马贩子被火车头碾过，一条腿被压断了。我们把他抬到急诊室，那鲜血直流的，简直可怕，可是他却一直恳求大家找到他的腿，看起来心神不宁的：原来那条断腿的靴子里有二十卢布，他担心钱丢了。"

　　"您这就扯远了。"布尔金说。

　　"妻子去世后，"伊万·伊万内奇想了半分钟，继续说道，"我弟弟便开始给自己物色庄园。当然啦，哪怕物色了五年，到最后还是会出错，去买和梦想中完全不一样的东西。我这位尼古拉弟弟通过代理人，加上贷款债务，购得了一处一百一十二俄亩的土地，带一座主宅、一间仆人住的下房和园林，但既没有果园，没有醋栗，也没有养小鸭子的池塘；倒是有一条河，不过河水的颜色跟咖啡一样，因为庄园的一侧有一座砖厂，另一侧是一座烧骨厂[1]。可是我的尼古拉·伊万内奇倒也没有很难过，他自己订购了二十株醋栗灌木，种好，然后开始过他地主的日子。

"去年我去他那儿探望他。去的路上我想，得看看那里究竟是个什么模样。在信中，我这位弟弟这样称呼自己的庄园：楚姆巴罗克洛夫芜原，又名'吉马来斯科耶'。正午过后，我抵达了这个'吉马来斯科耶'。天气很热。到处都是沟渠、围墙、栅栏，种着一排排枞树，让人不晓得怎么进到院子里去，该把马拴在哪里。我往正房走，迎面冒出一只肥得像猪一样的红毛狗。它想朝我叫，但又懒得出声。这时厨娘从厨房里走了出来，光着脚，也是肥得像猪一样，和我说老爷吃完饭去休息了。我进门找我弟弟，他就坐在床上，膝盖上盖着被子；他变老了，也发福了，皮肤变得松弛；他的脸颊、鼻子和嘴唇全都向前拱起，眼看也要像猪一样，一哼一哼地钻进被子里去了。

"我们相互拥抱，喜极而泣，当中也掺杂着些许悲伤——想到曾经的我们是多么年轻，而现在却都白发苍苍，是该死的时候了。他穿好衣服，带我去看他的庄园。

"'怎么样，你在这儿过得还好吗？'我问道。

"'还凑合，感谢上帝，过得挺好的。'

"他再也不是从前那个胆怯可怜的小公务员了，而是成了一位真正的地主、一位老爷。他已经在这儿住熟了，渐渐习惯并喜

---

1 烧兽骨用于制作骨炭，进而制作黑色油漆或鞋油，或者用作制糖脱色剂。

欢上了这里的生活；他吃很多，常到澡堂洗澡，日渐发胖，跟村社和那两个工厂都打了官司，要是有农民不管他叫'大人'，他便会非常生气。他把自己的灵魂照顾得很充实，颇有老爷做派。行善可不能敷衍了事，必须重视起来。那行的是什么善呢？不管农民患什么病，他都用苏打和蓖麻油为他们治；给自己过命名日的时候，他就在村里办感恩祷告，然后摆上半桶酒给农民喝——他认为这么做是有必要的。哎呀，这可怕的半桶酒哟！头天，肥硕的地主还把农民拖到地方自治会长官那儿告他们踏坏庄稼，到了第二天办节庆盛典的日子却摆上半桶酒请他们喝，他们喝呀，嘴里直喊'乌拉'，醉醺醺地跪倒在他脚边给他磕头。只要生活变好一点儿，能让人填饱肚子，有无所事事的工夫，俄罗斯人就会变得自命不凡、蛮横跋扈起来。这位曾经在省税务局里都不敢有什么个人见解的尼古拉·伊万内奇，如今一张口说的便是真理，腔调就像个部长似的：'教育是必要的，但对人民来说还为时过早。''体罚大体上讲是有害的，但在某些情况下，它倒是有用且不可替代的。'

"'我了解老百姓，也晓得怎么和他们打交道，'他说，'老百姓爱我。只要我稍微动一下手指，他们就会为我做好我想要做的所有事情。'

"请注意，这一切他都是带着聪慧、善良的微笑说出口的。他反反复复说了二十遍：'我们贵族''像我这样的贵族'。显然，他已经不记得我们的祖父是个农民，我们的父亲是个军人了。就连我们的姓奇姆沙－吉马来斯基——这个实际上相当怪诞的姓氏——现在在他看来都是响亮、高贵、十分悦耳的。

"关键还不是在他，而是我自己的感受。我想告诉你们我在他庄园的这几个时辰里发生了什么变化。傍晚，我们喝茶的时候，厨娘端上了满满一大盘醋栗。这些醋栗不是买来的，而是自家种的，是自打栽了那些灌木以来收下的第一批果子。尼古拉·伊万内奇笑了起来，盯着醋栗看了一分钟，一句话也不讲，眼里泛起泪花。他激动得说不出话来，接着他把一粒果子放进嘴里，看着我，那得意扬扬的眼神就像个孩子终于收到了他最喜欢的玩具一样。他说：

"'真好吃啊！'

"他贪婪地吃着，不停地重复：

"'哎呀，真好吃啊！你尝尝看！'

"那果子又硬又酸，但就像普希金说的：'比起许许多多的真理，我更珍重使我们变得高尚的谎言。'[1] 我看到了一个幸福的人，他朝夕思慕的梦想得到了如此明确的实现，他达到了人生目标，得到了他想要的东西，他对命运、对自己都满意极了。不知为何，我对人类幸福的看法总是夹杂着些许悲伤的情绪，如今，面对这样一个幸福的人，我的内心却被一种近乎绝望的沉重感占据了。到了夜里，这份沉重感变得尤其强烈起来。我被安排睡在弟弟卧室隔壁房间的一张搭好的床上，我听见他并没有睡着，而是不断起身走去盘子那里拿醋栗果子吃。我意识到：现实中原来有这么多心满意足、幸福快乐的人啊！这是一种多么具有压倒性的势力！请你们看看这样的生活吧：强者蛮横跋扈，成天游手好

———
1　普希金 1830 年创作的诗歌《英雄》(*Герой*) 中的诗句。

闲，弱者不学无术，过得猪狗不如，周遭处处是极度的贫困、压迫、堕落、酗酒、虚伪、谎言……与此同时，所有的房子和街道却沉浸在一片安宁、太平之中；城里住着的五万人里，没有一个会激于义愤，大声呐喊。我们看到那些去市场采购食物，白天吃饭，晚上睡觉的人，他们成天说些无关紧要的事，他们结婚、衰老，心平气和地把故人拖进坟墓；但我们没有看到那些受苦的人，也没听到他们的声音，我们不知道生活的幕布后究竟在发生什么可怕的事情。一切都安宁、太平，只有那无声的统计数据在发出抗议：有多少人精神失常，多少桶酒被喝光，多少孩子死于营养不良……这种秩序显然是需要的；显然，幸福的人之所以能自我感觉良好，仅仅是因为不幸的人在默默承受着他们的负担罢了，没有这种沉默，幸福是不可能显现的。这是一种集体的催眠。应当在每一个心满意足、幸福快乐的人的门口，都安排一个拿着锤子的人站着，不断敲他，提醒他这世上还有不幸的人，而且不管他现在多么幸福，生活迟早会向他伸出魔爪，不幸会接踵而至——疾病、贫穷、死亡，到时没有人会看到他，听到他，就像现在他没有看到和听到其他人一样。但世上并没有这种拿锤子的人，幸福的人为自己而活，日常琐碎的烦恼只是微微激起他内心的波澜，就如清风拂过白杨，一切安好。

"那一晚，我猛然发现，我自己也是那么心满意足、幸福快乐。"伊万·伊万内奇站了起来，继续说，"我同样在吃饭和打猎的时候教导过别人，应该如何生活，如何信神，如何管理百姓。我同样说过，学则明，教育是必不可少的，可对普通人来说，能识字也就够了。我说，自由是好东西，人没有它就像没有空气一样，是不可能生存的，但是必须等待。是啊，我是这么说过，但现在我要问：为什么要等待？"伊万·伊万内奇愤怒地看着布尔金，问道，"我问你们，为什么要等待？出于什么意图需要等待？人们告诉我，什么事都不是一蹴而就的，每种观念都是在生活中逐渐实现的，自有其定时。但这是谁说的？哪有证据证明这是正确的？你们引证事物的自然秩序，引证种种现象的合理性，可我是一个活生生、有思想的人呐！你们能指望其中有什么秩序和合理性吗？就像我站在沟壑上，到底是眼巴巴地等着它自个儿封口，自己给自己填上泥浆呢，还是也许就该直接跳过它，或在它上面建一座桥呢？我再问一次，为什么要等待？难道要等到丧失生活的动力吗？可是人们又必须得活下去，而且也想要活下去！

"第二天一大早我就辞别了弟弟，自那以后，住在城里于我而言就成了一件无法忍受的事。我被那安宁和太平压得喘不过气来，我不敢看窗外，因为现在对我来说没有比一个幸福的家庭围坐在桌旁喝茶更沉重的场景了。我已经老了，没法再斗争了，甚至连恨的能力都没有了。我只是在精神上感到悲痛、愤怒、懊恼，一到晚上就思绪万千，头脑发热，睡不着觉……哎，要是我还年轻就好了！"

伊万·伊万内奇激动地从一个角落走到另一个角落，重复道：

"要是我还年轻就好了！"

他突然走到阿廖欣旁边，先握住他的一只手，然后又握他的另一只手。

"帕维尔·康斯坦丁内奇，"他用恳求的声音说，"不要安于现状，别让自己睡着了！趁您还年轻、强壮、精力充沛，要不停地做善事！幸福是不存在的，也不应该有，如果说人生有什么意义和目标的话，那这个意义和目标根本就不是我们的幸福，而是那些更理智、更伟大的东西。请多多行善吧！"

这些话是伊万·伊万内奇带着卑微的、恳求一般的微笑说出来的，他就像是在请求自己似的。

接下来，三个人各自坐在客厅不同位置的扶手椅上，一言不发。伊万·伊万内奇的故事并没有满足布尔金或阿廖欣中的任何一人。墙上的那些军官和太太们在暮色里显得就像活人，似乎在透过金色画框看着这一切。他们听了这个吃醋栗的可怜小公务员的故事，也觉得无聊极了。不知为何，他们想聊一聊或是听一听高雅的人或者女人的事。他们坐在客厅里，这儿的所有东西——带外罩的枝形吊灯、扶手椅和脚下的地毯——都在诉说着曾经住在这儿的人走路、端坐、喝茶的情景，这些人如今就透过画框看着屋里的一切；而现在，这里静悄悄走着的是漂亮的佩拉盖娅——这比任何故事都要更好。

阿廖欣很想上床睡觉，他凌晨两点多就起床了，一大早就开始做农活，现在已经困得睁不开眼了，但他生怕客人在没有他的时候说了些有趣的故事，就一直忍住没离开。至于伊万·伊万内奇刚刚说过的话是否睿智，是否公道，他也懒得琢磨了。客人们谈论的不是谷物，不是干草，也不是焦油，而是和他生活没有直接关系的事情，他倒挺高兴，希望他们继续聊下去……

"不过该睡觉了，"布尔金起身说，"请让我和你们道晚安吧。"

阿廖欣告辞了，下楼回到自己的房间，客人们则留在了楼上。他俩被领到一个大房间里过夜，那里有两张刻有浮雕装饰的旧木床，角落里有一个象牙做的耶稣受难十字架。他们的床又宽又凉爽，是漂亮的佩拉盖娅给铺的，新洗的干净床单发出令人愉悦的气味。

伊万·伊万内奇一言不发地脱衣，躺下。

"主啊，宽恕我们这些罪人吧！"他说着，把头蒙进了被子里去。

他放在桌上的烟斗散发出浓烈的烟草烧焦的气味。布尔金久久不能入睡，怎么也不明白这股难闻的味道是从哪里飘来的。

雨点儿在窗户上敲打了一整夜。

1898 年

8　关于爱情

　　第二天吃早餐的时候，仆人端上了美味的小馅饼、大虾和羊肉饼；大家正吃着，厨子尼卡诺尔上楼来询问客人们午餐想要吃些什么。他个头中等，脸蛋肿胀，长着双小眼睛，没留胡须。他那胡须似乎不是被刮掉的，而是被拔掉的。

　　阿廖欣说，漂亮的佩拉盖娅爱上了这个厨子。但因为他是个酒鬼，脾气又暴躁，她并不愿嫁给他，而是想就这样过下去。他非常虔诚，他的宗教信仰不允许他照这样生活；他要求她嫁给他，不然就分手，他喝醉了就骂她，甚至还打她。他每次喝醉酒，她就躲在楼上痛哭，为此，阿廖欣和仆人们门也不出，以备在需要的时候保护她。

　　他们开始聊关于爱情的事。

　　"爱情是怎么产生的？"阿廖欣说，"为什么佩拉盖娅爱上的不是别人——不是一个内在和外表都与自己更加匹配的人，而偏偏是这位尼卡诺尔，这位'猪脸'（我们这儿都管他叫'猪脸'）？个人幸福的问题在爱情中究竟有多重要——这一切都不得而知，每个人都可以有自己的理解。迄今为止，关于爱情只有一个不容置辩的真理，那就是：'这是个极大的秘密'，而其他任何关于爱情的文字和说法，都谈不上是问题的答案，只不过是把那些尚未解决的问题提出来罢了。一个看似适用于某种情况的解释未必适用于另外的十种情况，在我看来，最好的办法是针对每一种情况给出单独的解释，不要试图一概而论。应该像医生说的那样，对每个病例做个体化处理。"

"完全正确。"布尔金同意道。

"我们这些俄罗斯的正派人总是对这些悬而未决的问题怀有迷恋。通常情况下，爱情会被人们诗化，装点上玫瑰与夜莺，而我们俄罗斯人则用这些致命的问题来装点我们的爱情，同时，我们选出的还是些最无趣的问题。我还在莫斯科上大学的时候，曾有过一个生活伴侣，一位可爱的女士，我每次一把她搂在怀里，她就想着我一个月给她多少钱，现在一磅牛肉卖多少钱。同样，恋爱的时候，我们会不停地问自己这些问题：这么做是否正当？是聪明还是愚蠢？这种爱会导致什么？诸如此类。这样的情形究竟好不好，我说不准，我只知道它会带来烦扰、不满和愤恨。"

他看起来好像想要说些什么。独居的人内心深处总有些话是乐意对他人诉说的。在城里，单身汉会特意去澡堂和餐厅找人聊聊天，有时还会给澡堂伙计或者服务员讲上几段有趣的故事；而在乡下，他们则通常在自己的客人面前倾吐心声。现在透过窗户可以看到灰蒙蒙的天空和被雨打湿的树木，赶上这样的天气哪儿也去不了，也没什么别的事可做，只能和人说说话，听听别人说话。

"我住在索菲诺村做农活儿已经很久了，"阿廖欣开始说，"大学一毕业我就来了。我受的教育照理不应该让我干体力活儿，我本想舒舒服服地坐在办公室里。但我来这儿的时候，庄园欠下了一大笔债，因为我父亲负债的一部分原因是在我的教育上花了很多钱，所以我决定在还清这笔债务前不会离开这儿，要一直干活儿。我就这么下了决定并开始在这儿做活，我得承认，我对此并不是一点儿厌恶没有的。这里的土地产出不多，为了让农业经营不亏本，需要动用农奴或雇农来劳动——这两种情况也几乎没什么差别，或者以农民的方式来经营农场，也就是说要自己带着家里人亲自下田干活……没有什么中间道路。但我当时并没有考虑得这么仔细。我没有让一片土地闲置，我把邻村的农民和农妇都拉来了，把我这儿的活计干得如火如荼；我自己也犁地、播种、割麦，同时又感到无聊透顶，嫌恶地皱起眉头，就像饿了到菜园里偷吃黄瓜的乡下猫；我全身酸痛，走着走着都能睡着。起初，我觉得这种劳动的生活很容易与我文化人的习惯协调起来，因此我认定，只需在生活中维持已有的外部秩序就行了。我在楼上的正房里安顿了下来，在早餐和午餐后，我必定会叫人端上加了利口酒的咖啡给我喝，晚上我上床躺下以后都会读《欧洲通报》[1]。可是有一次，我们这儿的伊万神父来，才坐下一会儿的工夫就喝光了我所有的利口酒；我的《欧洲通报》也被神父的女儿们给拿去了——那是在夏天，尤其赶上割草季，我连上床休息的时间都没有，直接在板棚里的雪橇上睡觉，或是在守林岗棚里头打盹儿，哪还有工夫读书呢？慢慢地，我搬到楼下去住了，开始在下

1　19世纪末期俄国主要的自由主义杂志。

人的厨房里吃饭，我仅剩的一点儿奢侈就只有这些曾经服侍过我父亲的仆人了，我不忍心辞退他们。

"在最初的几年里，我被选为这里的荣誉调解审判员。有时候我不得不跑到城里，去参加调解审判员代表大会和地方法院的审理会，我把这当作一种消遣。人只要在这儿不间断地住上两三个月，尤其赶上冬天，到最后就会开始怀念穿黑色礼服的感觉。在地方法院，你既能看见常礼服，也能看见制服和燕尾服，到处都是律师，都是受过一般教育的人，有可以和你交谈的人。过惯了在雪橇上睡觉、在下人厨房里吃饭的日子，能在扶手椅上坐一坐，穿一身干净的内衣裤，脚蹬轻便的靴子，胸前挂着表链——简直太奢侈了！

"我在城里受到了热情的接待，我也总是乐意结识新朋友。说实话，在我结交的所有人里面，最正派、最跟我合得来的当数地方法院副院长卢加诺维奇。你们俩都认识他，简直没有比他更可爱的人了。那天刚好审完那宗著名的纵火案，整个审理过程持续了两天，我们都累坏了。卢加诺维奇看到我，对我说：

"'要不来我家吃饭吧！'

"这完全在我意料之外，因为我跟卢加诺维奇还没有那么熟络，只是在公事上打过交道而已，之前一次都没去过他家。我马上跑去自己的房间里换了身衣服，接着就动身去他家做客了。在那儿，我有机会认识了卢加诺维奇的妻子安娜·阿列克谢耶芙娜。那时她还很年轻，不过二十二岁，刚生下第一个孩子还不到半年。这是过去的事了，放到现在，我很难说清她究竟有什么特别之处，以至于我对她产生了那般迷恋。可在当时吃饭的时候，我却是无比清楚的：我看见了一个年轻、美丽、善良、聪明、迷人的女人，一个我从未遇到过的女人；我胸中立刻萌生出一种对她的亲近感，似乎我们早已认识，好像我童年时在母亲摆在抽屉柜上的相册里就曾见过这张脸庞，见过这双和蔼而聪慧的眼睛。

"在那起纵火案，四个犹太人受到了指控，人们认定他们是同伙，不过在我看来这是完全没有根据的。饭桌上，我焦躁不安，内心沉重，我不记得我说了些什么，只记得安娜·阿列克谢耶芙娜不时摇头，对丈夫说：

"'德米特里，这到底是怎么回事？'

"卢加诺维奇是个老好人，一个天真的人，这种人坚信——一个人既然沦落到受审，那就意味着他必然有罪，如果对判决的公正心有所疑，只能以书面的形式提出合法的表达，而不应该在餐桌上、在私下的谈话中发表意见。

"'我和您没纵过火，'他轻柔地说，'您看，我们就不会被抓去送审，也不会被关进监狱。'

"他们夫妻俩都不停地劝我多吃点儿，多喝点儿；从一些小事上——比如他俩一起煮咖啡，比如他俩话刚说一半就能领会对方的意思——我可以断定，他们生活得很和睦，很幸福，他们乐于招待客人。饭后，他们一起弹钢琴，然后天黑了，我告辞回家。那还是初春的事。后来，我在索菲诺度过的整个夏天都是深居简出的状态，根本没工夫去想城里的事，但关于那个苗条的金发女人的记忆却一直留在我的脑海里不曾散去；我没有刻意去想她，但她轻柔的影子似乎已经印在了我的心上。

"晚秋的一天，城里办了一场慈善演出。我走进省长的包厢

（幕间休息时我被邀请到了那里），一看——安娜·阿列克谢耶芙娜就坐在省长夫人旁边，于是那个让人无法抗拒的、令人震颤的美丽印象，那可爱温柔的眼神，连同之前的那种亲近感，又再次将我萦绕。

"我们并排坐了一会儿，然后去了休息室。

"'您瘦了，'她说，'您生病了吗？'

"'是啊，我肩膀受凉了，一到下雨天就睡不好。'

"'您看起来无精打采的。春天您来家里吃饭的时候要显得更年轻、更有活力些。您当时热情洋溢，很健谈，特别有趣，我承认，我甚至有点儿被您给迷住了。不知为何，夏天的时候我常常想起您，今天我要来剧院的时候，我感觉我肯定会见到您。'

"她笑了起来。

"'但今天您看起来无精打采的，'她重复道，'这让您有点儿显老了。'

"第二天，我在卢加诺维奇家吃了早餐；餐后，他们坐车去自己的乡间别墅，在那儿安排过冬的事情，我跟他们在一起去了。然后我们一道回城，到了午夜时分，我就在安详的家庭氛围中与他们一起喝茶，这时壁炉烧得正旺，年轻的母亲不时离开去看她的女儿是不是睡着了。自那以后，我每次进城都一定会去卢加诺维奇家做客。他们跟我处熟了，我也跟他们处熟了。我常常不经仆人通报就直接进门，就像他们家里人一样。

"'谁在那儿啊？'远处的房间里传来一个拖长的声音，在我听来是如此美妙。

"'是帕维尔·康斯坦丁内奇。'女仆或保姆答道。

"安娜·阿列克谢耶芙娜一脸忧虑地向我走来，每次都问：

"'您为什么这么久都不来？出什么事了吗？'

"她的眼神，她向我伸来的清秀优雅的手，她穿的便袍，她的发型、说话声、脚步声，每次都在我心中留下些许崭新的、在我生活里不同寻常的、无与伦比的印象。我们聊了很久，然后沉默了很久，各自想着心事，要不然她就给我弹钢琴。如果他俩都不在家，我就留下来等，和保姆聊天，逗一逗小孩，或者躺在书房的土耳其式沙发上看报纸。安娜·阿列克谢耶芙娜回来的时候我就去前厅迎接她，从她手里接过她买的各种东西。不知为何，我每次接过这些东西的时候都带着孩子一般的爱意和欢喜。

"有句谚语这么讲：农妇不知苦处，买了一头小猪。[1] 卢加诺维奇一家什么烦心事也没有，所以他们和我交上了朋友。如果我很久不来城里，那就说明我生病了，要么就是出了什么事，他们俩就会特别担心。他们担心我这个受过教育、通晓多国语言的人不去做那些科学的、文字的工作，而是待在乡下，像松鼠蹬轮子那样一个劲儿地干活儿，却还总是身无分文。在他们看来，我过得很苦，我说话、笑、吃东西都只是为了掩饰自己的痛苦。即便在快乐的时刻，在我心情舒畅的时候，我也能感觉到他们向我投来的寻根问底的目光。当我真正遇到困难的时候，比如某个债主逼我还债，或是我钱不够，不能支付到期欠款的时候，他们就特别让人感动。夫妻俩在窗边窃窃私语，然后丈夫走到我面前，一脸严肃地说：

———

1　意为自寻苦恼。

"'帕维尔·康斯坦丁内奇，如果您现在需要用钱，那么我和我妻子请求您不要见外，从我们这儿拿就是。'

"他激动得耳朵通红。有一回，他也像那样，在窗边和妻子窃窃私语一阵，然后红着耳朵走到我面前说：

"'我和我的妻子恳请您收下我们的礼物。'

"他就送我一对袖扣，一个烟盒，或是一盏灯。作为回礼，我就派人从乡下给他们捎来打死的飞禽、黄油和鲜花。顺便说一句，他们俩都很有钱。当初我经常管别人借钱，而且也不大挑人，谁愿意借给我我就去找谁借，但是我从来不会迫使自己去管卢加诺维奇夫妇借钱。唉，说这个干吗呢！

"我感到很不幸。在家里也好，在田里也好，在谷仓里也好，我总是想到她。我试图了解这个年轻、美丽、聪明的女人的秘密——她为何嫁给了这么一个无趣的、几乎是个老头的男人（她丈夫已经四十多岁了），还为他生了孩子？我也试图了解这个无趣、善良、朴实的男人的秘密——他讲起话来为何会这样无聊又理智？他在舞会和娱乐晚会上总是与那些仪表威严的人打交道，显得无精打采，像个多余的人，脸上挂着一副顺从的、漠不关心的表情，就好像自己是被人硬搜到这里来出售似的。然而他却相信自己有幸福的权利，有和她生孩子的权利。我百思不得其解：为什么她遇到的恰巧是他，而不是我？为什么我们的生活里必须发生如此可怕的错误？

"我每次进城都能从她的眼神中看出她在等我；她自己也和我承认，从一早她就有种特别的感觉，猜到我一定会来。我们聊了很久，沉默了很久，但我们并未向彼此坦白我们的爱情，而是胆怯地、小心翼翼地将它掩盖起来。我们害怕一切可能泄露我们秘密的事情。我爱得轻柔，爱得深沉，但我不住思索，不住自问：倘若我们没有足够的力量克制我们的爱情，那么这种爱将会导致什么样的后果？我难以想象，我这种安静的、忧郁的爱会突然粗暴地打断她丈夫、她孩子和这整个家的幸福生活，而他们是如此爱我，信任我。这样做是正当的吗？她肯定会跟着我走，可是能去哪儿呢？我能把她带到哪儿去呢？假如我过的是美好又有趣的生活，那就另当别论了，比如为祖国的解放而斗争，或者是一位著名的学者、演员、画家，要不然，我就只是把她从一个平庸的、枯燥的环境拉入另一个完全相同，甚至更加枯燥的环境中去罢了。我们的幸福会持续多久呢？如果我生病死去了，或者我们只是不再相爱了，她会怎么样呢？

"她呢，大概也考虑到了同样的状况。她想到了自己的丈夫、孩子，想到她那爱女婿如同爱儿子一样的母亲。如果她放任自己的感情，那她要么就得说谎，要么就得说实话，而在她的位置上，这两者都是同样可怕和不便的。她被这样一个问题折磨着：她的爱会不会为我带来幸福，会不会让我本已充满种种不幸的沉重生活变得更加复杂？她觉得自己对我来讲已然不够年轻，也不够勤劳，没有足够的精力去开始新的生活了。她常和丈夫说，我需要娶一个聪明的、配得上我的姑娘，能做一个好主妇、好帮手，接着她又立刻补充说，整个城市几乎都找不到这样的姑娘。

"岁月就这样不经意地流逝。安娜·阿列克谢耶芙娜已经有两个孩子了。我每每来到卢加诺维奇家，仆人们都和蔼地对我微笑，孩子们喊：'帕维尔·康斯坦丁内奇叔叔来了'，然后双手挂在我的脖子上。每个人都很快乐。他们不明白我的灵魂深处在涌动着些什么，以为我也同样快乐。每个人都把我看作一个高尚的人。无论是大人还是孩子，都觉得房间里走着的是一个高尚的人，这为他们对我的态度平添了一种特殊的魅力，仿佛我的出现让他们的生活变得更纯净、更美好了。我和安娜·阿列克谢耶芙娜经常一起去剧院，每次都是步行去的；我们并排坐在椅子上，肩膀贴在一起，我默默从她手里接过双筒望远镜，就在这时我觉得，她离我很近，她是我的，我们不能没有彼此；但由于一些奇怪的误会，我们每次离开剧院道别时都像陌生人那样分道扬镳。城里已经有人在议论我们了，天知道说了些什么，但他们说的所有话里，没一个字是真的。

"随后的几年，安娜·阿列克谢耶芙娜越发频繁地出远门，要么是去看母亲，要么是去看妹妹；她心情很坏，总觉得处处不如意，觉得生活已经毁了，她既不想见丈夫，也不想见孩子。她已经去接受了神经失调的治疗。

"我们沉默了，一直沉默，在旁人面前，她老是表现出一种针对我的奇怪的愤怒；无论我说什么，她都不同意我的话，如果我在与人争论，她就站到对方的一边。当我不小心把什么东西碰倒，她就冷冷地说：

"'恭喜您啊。'

"如果我和她一起去剧院的时候忘了带望远镜，那她事后就会说：

"'我就知道您会忘记。'

"不知是幸运还是不幸，我们的生活中没有哪件事不是迟早要结束的。分别的时候到了，因为卢加诺维奇被任命为西部某省的法院院长。家具啊、马啊、乡间别墅啊，都必须卖掉。我们去了趟别墅，返城的时候我们边走边不停回头，想最后再看一眼花园，看一眼那个绿色的屋顶，每个人心里都很忧伤，而我意识到，这时我要告别的不仅仅是这幢别墅了。我们决定在八月末送安娜·阿列克谢耶芙娜去克里米亚[1]，那是她医生建议她去的；稍后，卢加诺维奇就带着孩子们到西部的那个省去。

"我们一大群人去给安娜·阿列克谢耶芙娜送行。在她和丈夫、孩子告别后，在第三次发车铃响起前的那一瞬间，我冲进了她的包厢，把她差点儿遗漏的一个篮子放到行李架上，而且也需要和她道个别。就在这里，在这包厢里，我们的目光交会在了一起，我们双双失去了支撑我们精神的那一点儿力量，我抱住了她，她把脸贴在我的胸口，泪水从她的眼睛里流了出来；我亲吻着她的脸、肩膀、沾满泪水的双手——噢，我跟她是多么不幸！我向她表白了我的爱，我心中怀着炽烈的痛苦，意识到，所有那些阻碍我们相爱的东西都是那么不必要，那么渺小，那么虚幻。我意识到，当你爱一个人的时候，应当从更高、更重要的角度出发去考虑这种爱，而不是囿于幸福或不幸、罪恶或美德，纠结于它们俗常的意涵；要么，你就索性什么都不要考虑。

"我最后一次吻了她，握了握她的手，然后我们就此永别。火车开动了，我在隔壁的包厢里坐下，那儿一个人也没有，在抵达第一站之前我一直坐在那里，止不住地哭。然后，我步行走回

---

1 俄国南部疗养胜地。

了索菲诺的家……"

阿廖欣讲着讲着，雨停了，太阳露了出来。布尔金和伊万·伊万内奇走去阳台上，从那儿能看到花园和河面的美景，那段河水在阳光下正像镜子一样闪闪发光。他们欣赏着眼前的景色，同时心里感到难过——这个长着善良、睿智的眼睛，如此真诚地向他们倾诉内心的人，到底还是被困在了这里，在这座巨大的庄园里，像松鼠蹬轮子那样忙得团团转，既没从事科学事业，也没去做什么别的能使他的生活更愉快的事；他们想到，当他在火车包厢里和她道别，亲吻她的脸和肩膀的时候，那位年轻女士的神情该是多么悲伤。他俩都在城里见过她，布尔金甚至还认识她，觉得她长得很美。

1898 年

9　宝贝儿

　　退休八等文官普列米扬尼科夫的女儿奥莲卡[1]正坐在自家院子里的小门廊上，想着心事。天气很热，飞来飞去的苍蝇惹人厌烦，不过一想到夜晚即将来临，心里就感到一阵惬意。乌黑的雨云从东边步步逼近，不时从那儿飘来湿润的气息。

　　院子中间站着库金——一位剧团经理、"蒂沃利"游乐园的老板。他就租住在院子中的厢房里，此时正盯着天看。

　　"又来了！"他绝望地说，"又要下雨了！成天下雨，成天下雨，像是存心跟我对着干似的！真是要命！简直要叫我破产！每天都亏好多钱！"

　　他两手举起轻轻一拍，转朝奥莲卡继续说道：

　　"瞧，这就是我们的生活啊，奥尔加·谢苗诺芙娜。简直能把人逼哭！你干活儿呀，卖力呀，受尽各种折磨，晚上还睡不着觉，总想着怎么能让情况好转些。结果呢？一方面，观众无知又粗野，我给他们排个绝好的轻歌剧啦、神话剧啦，用上我最棒的

————
1　奥尔加的爱称。

歌唱演员，可他们领情吗？他们看得懂一星半点吗？观众想看的是闹剧！越庸俗越好！另一方面呢，你还得求老天赏脸。这一天天的一到晚上就要下雨。从五月十号开始就下个没完，然后一连下了整个五月和六月，真是糟糕透了！观众不来，我还不是照样得付房租、照样得给演员们开工资吗？"

第二天临近傍晚的时候，乌云又如期而至，库金歇斯底里地哈哈大笑道：

"好吧好吧，下就下吧！整个花园都淹了才好呢，把我自己也淹死了才好呢！就让我这辈子吃尽苦头，下辈子也翻不了身吧！让演员们把我告到法庭上好了！打官司算什么？把我流放到西伯利亚去做苦役才好呢！最好把我判个死刑，一了百了！哈哈哈！"

第三天还是一样的场景……

奥莲卡一言不发地认真听着库金的话，泪水不知不觉溢出了眼眶。最终，库金的不幸触动了她，她爱上他了。他身材矮小，瘦弱，脸色蜡黄，鬓角的头发总是往后梳，用尖细的男高音嗓说话，他说话的时候嘴巴总是歪向一边。他的脸上永远摆出一副绝望的神情，但他仍然在她心中勾起了一种真实而深刻的感觉。她无时无刻不需要爱着一个人，否则就活不下去。从前，她爱自己的爸爸，如今他身患重病，坐在漆黑的房间里的一把扶手椅上，艰难地呼吸着；她还爱她的姑姑，这位姑姑每隔一年偶尔从布良斯克来一次；更早那会儿，还在初中读书的时候，她爱过自己的法语老师。她是位文静、善良、富有同情心的小姐，眼神温柔、和善，身体非常健康。每每看着她圆润粉嫩的脸颊，看着她那长着颗黑痣的柔软白皙的脖子，看着她听到高兴事时露出的那种天真烂漫的笑容，男人们就会心想："是啊，还真是不错呢……"，然后自己也笑起来。来做客的太太们说着说着话，总是忍不住突然拉起她的手，带着阵阵喜悦对她说：

"宝贝儿！"

她自打出生起就住着的，且遗嘱规定放在她名下的这栋房子位于市郊的茨冈区，离"蒂沃利"游乐园不远。每逢傍晚和夜里，她都能听到游乐园里的音乐声，听得到爆竹发出的噼啪声，这时她就会觉得，库金正在和他的命运作战，正在对他的主要敌人——冷漠的观众发起猛攻。她的心甜蜜地缓缓跳动着，完全睡不着觉；等凌晨他回到家的时候，她轻轻敲了敲自己卧室的窗户，隔着窗帘只对他露出脸和一边的肩膀，温柔地笑着……

他求婚了，然后他们就举行了婚礼。等他认真地看过她的脖子和丰满健康的肩膀后，他就举起双手，轻轻一拍，说道：

"宝贝儿！"

他感到很幸福，但由于婚礼那天和当夜都在下雨，他的脸上依旧挂着那副绝望的神情。

他们婚后的生活过得很好。她坐在他的售票房里，照看游乐园的秩序，记录开支，发工资；她那粉扑扑的脸颊，那天真可爱的光彩般的笑容时而闪烁在票房的窗子里，时而在侧幕后，时而又出现在小吃部里。她老是跟自己熟识的人说，这世上最美妙、最重要、最必需的东西非戏剧莫属，人只有在剧院里才能获得真正的快乐，才能变得有教养，有人道主义精神。

"不过观众能看明白吗？"她说，"他们想看的是闹剧！昨晚我们演了改编版的《浮士德》，几乎所有厢座都是空着的，要是我和万尼奇卡[1]安排个什么粗俗的戏，相信我，剧院肯定会挤得满满的。明天我和万尼奇卡要在这儿演《地狱中的奥菲欧》，您来看吧。"

库金说过的关于戏剧和演员的话，她都要重复一遍。她跟他一样，都鄙视观众对艺术的冷漠和无知。她干涉排练，挑演员的毛病，监视乐师的表现，每当当地报纸上刊出对剧院不利的评论时，她就流泪，然后跑到编辑部去解释。

演员们很喜欢她，把她叫作"我和万尼奇卡"或"宝贝儿"；她可怜他们，不时借给他们一些钱，如果不小心被骗了，她也只是偷偷躲着哭，从不向丈夫抱怨。

冬天他们过得也很好。整个冬天，他们租下了市立剧院演戏，也把剧院短期转租给一个小俄罗斯的剧团，要么租给魔术师或者当地的业余爱好者来演出。奥莲卡越发丰满了，整个人因为高兴而容光焕发；库金却变得更瘦，脸色也更加发黄了，他不停地抱怨亏损惨重，尽管整个冬天生意做得相当不错。一到夜里他就咳个不停，她便给他泡覆盆子和椴树花来喝，用古龙水帮他擦身子，用柔软的披肩包好他。

"你真是我的心肝儿啊！"她真诚地说，一边用手抚平他的头发，"你可真叫我喜欢啊！"

大斋期间，他到莫斯科招剧团演员去了，没有他陪在身边，她彻夜难眠，老是坐在窗边看星星。这时，她就把自己比作母鸡——公鸡不在鸡舍里的时候，母鸡也整夜不睡，焦急不安。库

---

1 伊万的爱称。

金滞留在莫斯科，写信说要到复活节才能回来，并且在信里交代了关于"蒂沃利"的一些事情。可是到了复活节前一周的礼拜一，夜已深，门口突然传来了不祥的敲门声；有人像敲木桶一样地敲篱笆门：砰！砰！砰！睡眼惺忪的厨娘光着脚啪嗒啪嗒地踩过水坑，跑去开门。

"请您开下门吧！"门后有人用低沉的嗓音说，"有您的电报！"

奥莲卡先前也不时收到过丈夫拍来的电报，但现在不知为何，她感到浑身无力。她用颤抖的双手拆开电报，读到了以下的话：

　　伊万·彼得洛维奇今日突然去世，请精快安排周二办葬葬礼的事宜。

电报上写的是"葬葬礼"，还有个莫名其妙的"精快"。落款是轻歌剧团的导演。

"哦，我亲爱的！"奥莲卡痛哭起来，"我宝贝的万尼奇卡哟，我亲爱的！为什么我要遇见你？为什么我要认识你，爱上你？你要把你可怜的……可怜又不幸的奥莲卡丢给谁哟？……"

库金周二的时候被埋葬在莫斯科的瓦甘科沃公墓。奥莲卡是周三回到的家，她一进家门就瘫倒在床上，哭得如此大声，以至于街上和隔壁人家都能听得一清二楚。

"宝贝儿啊！"女邻居们一边画十字，一边说，"奥尔加·谢苗诺芙娜宝贝儿，亲爱的哟，这么难过！"

过了三个月，一天，奥莲卡做祷告回来，穿着一身黑色的丧服，神情满是忧伤。碰巧，她的一位邻居瓦西里·安德烈伊奇·普斯托瓦洛夫也从教堂回来，这时和她并肩走着。他是商人巴巴卡耶夫木材仓库的经理，戴着顶草帽，穿着一件带金表链的白色西装背心，与其说是商人，倒不如说更像是个地主老爷。

　　"万事皆由天定，奥尔加·谢苗诺芙娜，"他庄重地说，声音里带着同情，"如果我们亲近的人死了，那就说明是上帝的旨意，在这种情况下，我们就不能忘形，得顺从地忍受下来。"

　　他把奥莲卡送到外门口，然后道别，继续往前走。打这时起，她的耳边一整天都回荡着他那庄重的声音，只要一闭眼，仿佛就能看见他那深色的胡子。她非常喜欢他。而且，她大概也给他留下了很深的印象，因为没过一会儿，就有一位她不太熟识的、上了年纪的太太来找她喝咖啡，她刚在桌边坐下，就立马开始谈论起普斯托瓦洛夫来，说他是个好人，是个可靠的人，随便哪个到了结婚年龄的姑娘都会乐意嫁给他做老婆。三天后，普斯托瓦洛夫亲自登门拜访了。他没坐多久，约莫十分钟的样子，也没说几句话，但是奥莲卡就这么爱上了他，爱他爱得整夜都没睡着，像得了热病一样浑身发烫，一到早上，她就派人去请那位上了年纪的太太来。不久他们给她谈成了婚事，接着就办了婚礼。

　　普斯托瓦洛夫和奥莲卡婚后的日子过得很好。通常，他会在木材仓库坐到午饭时间，然后出去办事，奥莲卡就来替他的班，在办公室里坐到晚上，在那儿写账目表，放货。

　　"现如今木材的价格每年都上涨百分之二十，"她对买家和熟人说，"求老天开开眼吧，之前我们卖的都是本地的木材，现在瓦西奇卡[1]每年都得去莫吉廖夫省去置办木材。想想那运费啊！"她一边说，一边惊恐地用手捂住双颊，"想想那运费啊！"

她说得好像自己做木材生意已经很久很久了，说得好像生活中最重要、最必需的东西就是木材。什么"梁木"啊，"圆木"啊，"薄板"啊，"覆板"啊，"次品木"啊，"板条"啊，"厚板"啊，"板皮"啊……这些词汇在她听起来是多么亲切，多么动人。她每晚睡觉的时候都会梦见堆积如山的板材和薄板，一眼望不到头的长长一列马拉货车正拉着木材在远离城市的某个地方行进；她还梦见一大批十二俄尺长、五俄寸厚的圆木被一个挨一个地立着放进木材仓库里，这些圆木啦，梁木啦，板皮啦，彼此碰击，发出干木头响亮的砰砰声，一会儿倒下去，一会儿又立起来，相互堆砌在一起。奥莲卡在梦里大叫起来，普斯托瓦洛夫就温柔地对她说：

"奥莲卡，你怎么了，亲爱的？给自己画画十字吧！"

她丈夫的想法就是她的想法。如果他觉得房间里热，或者觉得最近生意惨淡，那她就也觉得是这样。她丈夫不喜欢任何娱乐活动，节假日的时候总是待在家里，她就也跟他一样哪儿也不去。

"你们老是待在家里，要么就是在办公室坐着，"熟人们对她说，"你们应该去剧院，宝贝儿，或者去看看马戏。"

"我和瓦西奇卡没时间去看戏，"她庄重地答道，"我们是劳动的人，没工夫去看那些乱七八糟的东西。看戏能有什么好处呢？"

---

1 瓦西里的爱称。

每逢周六，普斯托瓦洛夫和她就去参加通宵祷告，节日的时候去做晨祷，他们从教堂回来，一路上并肩走着，脸上都带着温柔的神情，两人身上都散发出馨香的气味，她的丝绸连衣裙发出悦耳的沙沙声。在家里，他们喝茶，吃奶油面包和各种果酱，然后吃馅饼。每天中午，在他们家院子里和门外的街上都能闻到红菜汤、烤羊肉或烤鸭肉的香味，斋日的时候他们就做鱼吃，没有人经过他们家门的时候不发馋的。办公室里，茶炊总是在沸腾，他们请顾客喝茶，吃面包圈。夫妇俩每周去一次澡堂，然后满面红光地并肩走回家。

"不错呀，我们过得挺好的，"奥莲卡对熟人们说，"感谢上帝。愿上帝保佑每个人都能像我和瓦西奇卡这样生活。"

普斯托瓦洛夫去莫吉廖夫省置办木材的时候，她总是十分想念他，整晚整晚睡不着，老是哭。有时，军队的兽医斯米尔宁会在傍晚来看看她，他是个年轻人，租住在她家的厢房里。他跟她聊东聊西，要么和她一起打牌，这让她很开心。他讲的那些关于自己家庭生活的事尤其有趣。他结过婚，有一个儿子，但他与妻子分居了，因为妻子对他不忠，现在他很恨她。他每个月要给她四十卢布作为儿子的抚养费。奥莲卡听到这些话直叹气，不时摇摇头，替他感到惋惜。

"唉，愿上帝保佑您，"向他道别的时候她说道，然后端着蜡烛把他送到楼梯口，"谢谢您陪我解闷，愿上帝保佑您健康，愿圣母……"

她说出这些话的时候显得多么庄重，多么理智，像极了她丈夫。等兽医的身影消失在楼下的门后，她朝他喊道：

"您知道吗，弗拉基米尔·普拉东内奇，您应当跟您的妻子和好。至少为了儿子，您也该原谅她！……小男孩儿想必会明白这一切的。"

等普斯托瓦洛夫回来的时候，她就把兽医和他不幸的家庭生活低声讲给他听，然后两人一起叹气，摇头，谈起那个小男孩儿，说他大概也很想念自己的父亲。后来，出于某种奇怪的思绪，两个人都来到圣像画跟前，叩首拜伏，祈求上帝赐予他们孩子。

就这样，普斯托瓦洛夫夫妇安定祥和地在一起生活了六年，两人深爱着彼此，相濡以沫。但是不知怎么的，一年冬天，瓦西里·安德烈伊奇在仓库里喝了些热茶，不戴帽子就出门去卖木材，受了凉，病倒了。大家找来了最好的医生给他治病，但病魔还是夺去了他的生命——他病了四个月就死了。奥莲卡又成了寡妇。

"你把我丢给谁哟，我亲爱的？"她埋葬了丈夫，号啕大哭道，"如今没了你，叫我怎么活下去哟？我真是命苦，真是不幸！你们行行好，可怜可怜我这个孤苦伶仃的人吧……"

她换上带丧带的黑色连衣裙，不再戴帽子和手套，很少出门，只会去教堂或丈夫的坟墓，平时就像修女一样待在家里。直到六个月过后，她才取下丧带，打开窗户上的护板。有时，人们能看见她和家里的厨娘早上一块儿去集市买菜，但她现在自个儿过得如何，在家里做些什么，大家就只能靠猜测了。依据什么猜测呢？比方说，有人看到她在自家小花园里和兽医一起喝茶，他给她读报纸听；比方说，她在邮局遇到一位认识的太太，对她说：

"我们城里缺少靠谱的兽医检疫，所以才有这么多疾病。您时不时会听到有人因为喝了牛奶得病，或者从马和牛那里染上病。实际上，应该像照顾人类的健康一样，照顾家畜的健康。"

她在重复兽医的所想所言，如今她对所有事的看法都和他一个样了。很明显，没有依恋的人，她一年都活不下去。这不，她在自家厢房里找到了新的幸福。换作别人，这么做必定要遭到谴责，可是没有人会觉得奥莲卡这么做有什么不好的，她生活中的一切都是如此让人觉得合情合理。她和兽医没有向任何人透露他们之间关系的变化，他们都试图隐瞒，但没有成功，因为奥莲卡身上容不下任何秘密。当他有客人或军队里的同事来访的时候，她就给他们倒茶，请他们吃晚饭，接着就开始谈牛瘟、结核病，讲城里屠宰场的事，害得他十分难为情，客人一走，他就拽住她的手，气愤地嘟囔道：

"我早说过，请你不要谈你不懂的东西！我们兽医之间说事的时候，请不要干涉我们。你这么做只会让谈话变得无趣！"

她惊讶而惶恐地看着他，问道：

"瓦洛季奇卡[1]，那我要谈些什么呢？！"

她眼里噙着泪水，拥抱他，求他不要生气，然后两人又开心了起来。

不过，这幸福并没有持续多久。兽医跟随军队一起离开了，永远地离开了，因为军队被调到了很远的一个地方去驻扎，大概是西伯利亚吧。奥莲卡又变成了孤单一人。

---

1 弗拉基米尔的爱称。

现在，她完完全全变成一个人了。父亲早已过世，他的扶手椅被随便搁在阁楼上，上面布满灰尘，缺了一条腿。她瘦了，变丑了，街上遇到的人也不再像以前那样看她，对她微笑；显然，最好的岁月已经过去，逝而不返了，如今开始了某种新的生活，未知的生活，至于这生活如何，最好不要去想。每到傍晚，奥莲卡就坐在小门廊上，她能听到"蒂沃利"游乐园传来的音乐声和爆竹爆炸的声音，但这不再能引发她任何的思绪了。她冷冷地看着自己空荡荡的院子，什么也不想，什么也不盼，然后，夜幕降临的时候，她便上床去睡觉，梦里梦见的还是自己空荡荡的院子。不管她吃什么，喝什么，都好像不是出于自己的意愿似的。

最重要也是最糟糕的是，她什么想法都没有了。她看见自己周围的事物，也理解周遭发生的一切，但对任何事情都不能产生想法，也不知道该说些什么。什么想法也没有——这是多么可怕啊！比方说，你只看见瓶子立在那儿，或者正在下雨，或者一个农民驾着大马车赶路，可是为什么会有这个瓶子，为什么会下雨，农民为什么赶路，其中有什么意义，你却说不出来，哪怕给你一千个卢布你也什么都说不出来。库金和普斯托瓦洛夫还活着的那会儿，或者后来跟兽医在一起的时候，奥莲卡倒还样样都能解释，能对任何事情发表自己的想法，但现在呢，她的思想、她的内心都变得跟她的院子一样空荡荡的了。她过得如此不堪，如此苦涩，就跟服用了过量的苦艾一样。

渐渐地，城市向四面八方扩张开来，茨冈区已经变成城里的一条街道了；曾经"蒂沃利"游乐园和木材仓库在的地方，一栋栋房屋拔地而起，一条条小巷贯穿其中。光阴荏苒，日月如梭！

奥莲卡的房子已经发黑，屋顶生了锈，板棚塌向一边，整个院子长满高高的杂草和带刺的荨麻。奥莲卡自己也变得更老、更丑了。夏天，她坐在小门廊上，心里依旧空虚无聊，充满苦艾似的味道；冬天，她就坐在窗边看雪。不知是不是春天降临，清风送来教堂钟声的缘故，过去的回忆突然涌上她心头，她的心甜蜜地抽紧，泪水夺眶而出，但这样的情形只持续了一分钟，接着她又恢复了空虚，不知为何而生。小黑猫布雷斯卡用身子蹭她，发出轻柔的呼噜声，但这来自猫的爱抚并不能打动奥莲卡。她哪里需要这个？她要的是这样的爱：这种爱能将她整个人、整个灵魂和理智俘获，给予她思想，指引她生活的方向，温暖她衰老的血液。她把黑猫布雷斯卡从裙摆上抖掉，恼火地对它说：

"去，去……别在这儿烦我！"

就这样日复一日，年复一年——什么快乐也没有，什么想法也没有。厨娘玛芙拉说什么，她就听什么。

在一个炎热的七月的一天，临近傍晚，城里的牲口刚沿街赶了过去，整个院子扬起阵阵尘土，突然，有人敲了敲篱笆门。奥莲卡亲自去开门，她一看，惊呆了：门外站着兽医斯米尔宁，他头发已经斑白，身上穿着便服。她忽然想起了一切，忍不住哭了起来，把头贴到他的胸口，一句话也说不出来。她心潮澎湃，都没有注意到两人是怎么进的屋，怎么坐下来喝的茶。

"我亲爱的！"她高兴得浑身发抖，喃喃道，"弗拉基米尔·普拉东内奇！上帝从哪儿把您捎来的？"

"我想在这儿彻底安顿下来，"他说，"我申请退伍了，就来这儿试着靠自己谋谋生计，过安定的生活。再说也该把儿子送去上中学了。他长大了。您知道吗，我跟妻子也和好了。"

"那她在哪儿呢？"奥莲卡问道。

"她和儿子在旅馆里，我出来找住的地方。"

"上帝啊，老天爷啊，我的房子给你们住好了！住这儿不比租公寓差吧？噢，上帝啊，我不要你们付任何租金，"奥莲卡激动得又哭了起来，"你们就住正房这儿吧，我搬到厢房去住就够了。上帝啊，我真是太开心了！"

第二天，他们已经在给房子屋顶上油漆，把墙壁刷白了，奥莲卡双手叉腰，在院子里走来走去，发号施令。她的脸上流露出昔日的笑容，整个人都活了过来，变得神清气爽起来，仿佛睡了长长的一觉，现在终于醒来了似的。兽医的妻子来了，她是个干瘦又丑陋的女人，留着短发，神情任性十足；她带着个小男孩，名叫萨沙，矮矮的个子，看着要比他实际年龄小（他已经十岁了），长得胖乎乎，有双清澈的蓝眼睛，脸颊上还有对小酒窝。男孩一进院子就追着猫跑，一时间，院里回荡起他欢快的笑声。

"阿姨，这是您的猫吗？"他问奥莲卡，"它以后要是生崽儿了，请您送我们一只小猫吧。妈妈特别怕老鼠。"

奥莲卡跟他说了说话，给他倒茶喝，她胸脯里的那颗心顿时变得暖暖的，甜蜜地抽紧着，好像这个男孩就是她的亲生儿子一样。到了晚上，他坐在餐厅里复习功课的时候，她就带着温柔和怜悯的神情看着他，耳语道：

"我亲爱的，我的小帅帅……我的乖小子哟，你咋长得这么机灵，这么白净。"

"岛屿的意思是，"他读道，"四面环水的一片陆地。"

"岛屿的意思是……的一片陆地。"她重复道，这是她在多年的沉默和思想的空虚之后，第一次自信又明确地表达出想法。

她的确已经拥有了自己的想法。晚饭的时候，她和萨沙的父母讲，现在的孩子在古典中学所学的东西如何如何难，但不管怎样，古典教育还是比实科教育要好，因为古典中学毕业以后是有很多条路可以走的：想当医生可以去当医生，想做工程师可以去做工程师。

萨沙开始去中学上学了。他的母亲搬到哈尔科夫跟她妹妹一起住去了，再也没有回来；他父亲每天都要外出给牲畜看病，往往一连三天都不着家。奥莲卡觉得萨沙已经被他们彻底抛弃了，在家里就像个多余的人，早晚要饿死。于是她就把他带到自己的厢房，把他安排在那儿的一个小房间里住着。

转眼，萨沙已经在她的厢房里住了半年。每天早上，奥莲卡都会去他的房间，他睡得很香，手放在脸颊下边，轻柔地呼吸。她不好意思叫醒他。

"萨申卡[1]，"她忧虑地说，"快起来吧，亲爱的！该去上学了。"

他起床，穿好衣服，向上帝祷告，然后坐下来喝茶；他一连喝了三杯茶，吃了两个大面包圈和半个法式黄油面包。他还没有完全从睡梦中醒来，因此情绪不好。

"萨申卡呀，那个寓言你还没背熟呢，"奥莲卡说，看他的眼神就像是要送他去远行似的，"我要为你操多少心啊。亲爱的，你要努力学习……乖乖听老师的话。"

1　和萨沙同为亚历山大的爱称。

"哎呀，请别说了！"萨沙说。

然后他沿着街道往学校走，个头那么小，却戴了一顶大大的便帽，背上背着个书包。奥莲卡静悄悄地跟在他身后。

"萨申卡呀！"她喊道。

他转过头，她便往他手里塞一颗枣子或者夹心硬糖。他们拐进学校所在的小巷时，他感到害臊起来，因为身后跟着一个高大丰满的女人。他回头说道：

"阿姨，您回家去吧，我自己走就行了。"

她停下脚步，眼睛一眨不眨地目送他到学校门口然后消失不见。噢，她是多么爱他啊！她以前从未像这样一般深切地爱过一个人，她的灵魂从来没有像现在这样忘我地、无私地、心悦诚服地顺从过，她的心中激起了越来越强烈的母爱。为了这个别人家的小男孩儿，为了他脸颊上的酒窝，为了他的那顶帽子，她甘愿付出自己的一生，带着喜悦，带着感动的泪水付出一切。这是为什么呢？谁知道这是为什么呢？

把萨沙送到学校后，她静静地走回家，心里满意极了，恬静极了，充满了爱意。她的脸在过去的半年时间里变得年轻多了，笑容满面，容光焕发；熟人遇到她，看着她也感到阵阵愉快，对她说：

"您好呀，奥尔加·谢苗诺芙娜宝贝儿！宝贝儿过得怎么样呀？"

"如今中学里学的东西太难了，"她在集市上和人说道，"昨天给一年级的学生布置了背诵寓言的任务，还要翻译拉丁文，还要解题，这不是开玩笑吧……嗐，小孩子家家的，哪儿学得了这么多呀？"

她开始谈论老师、功课和教科书的事——跟萨沙说过的话一模一样。

两点多钟，他们一起吃午饭，傍晚一起预习功课，一起哭。把他安顿上床后，她便画很久的十字，低声做祷告，然后去睡觉，幻想着那个遥远而朦胧的未来——萨沙毕业了，成了一名医生或工程师，有了自己的大房子、马和敞篷马车，结了婚，生了孩子……她睡着了，梦里想的也是同样的事情，泪水从她紧闭的眼睛里渗出，沿着脸颊流下来。黑猫趴在她身边，发出呼噜声：

"咕噜……咕噜……咕噜……"

突然，门口传来了剧烈的敲门声。奥莲卡醒过来，吓得不敢呼吸，心脏怦怦直跳。半分钟后，敲门声又响了起来。

"是哈尔科夫来的电报吧，"她心想，开始浑身颤抖，"萨沙妈妈要把萨沙接去哈尔科夫了……哦，天哪！"

她绝望透顶，头、脚和手全凉了，仿佛全世界都没有比她更不幸的人了。但又过了一分钟，传来了说话的声音：原来是兽医从俱乐部回家来了。

"嘻，谢天谢地。"她想。

她心里的沉重感一点一点地消退了，又变得轻松起来。她躺下，想着萨沙。萨沙在隔壁房间睡得很香，偶尔会说上几句梦话：

"看我收拾你！滚开！别拽我！"

1899 年

10 带小狗的女人

一

据说，沿岸大街上出现了一张新面孔：一个带着小狗的女人。德米特里·德米特里奇·古罗夫已经在雅尔塔[1]住了两周，习惯了这儿的日子，也开始对新鲜的面孔产生了兴趣。他坐在维尔内的售货亭里，看到沿岸大街上走过一位年轻的女士，个子不高，金发，戴着一顶贝雷帽，身后跟着一条白色的狮子狗。

随后，他每天都要在城市花园和街心小公园里遇到她好几次。她一个人走着，总是戴着同一顶贝雷帽，带着那条白色狮子狗；没人知道她是谁，他们简单把她叫作"带着小狗的女人"。

"如果她不是跟丈夫或者友人一块儿来的，"古罗夫心想，"那去认识认识她也没什么不好的吧。"

他四十岁不到，却已经有一个十二岁的女儿和两个上中学的儿子了。他结婚很早，当时还是一名大学二年级的学生。而现如

---

1 位于克里米亚半岛，黑海沿岸著名疗养胜地。

今，他妻子的年纪看上去要比他大上半倍。他妻子是个高个子女人，眉毛乌黑，性情率直，气宇轩昂，仪表堂堂，用她自己的话讲——是个有头脑的女人。她读过很多书，写信的时候不写硬音符号"ъ"[1]，不叫丈夫为德米特里，而是唤其为吉米特里[2]。但他暗地里却觉得她思想肤浅，眼界狭隘，粗俗笨拙。他害怕她，不喜欢待在家里。他早早就开始背叛她了，经常出轨，大概正是出于此，他老是对女人发表很坏的评论，每当跟别人谈到女人的时候，他就这样称呼她们：

"劣等人种！"

在他看来，自己已经从痛苦的经验里学到了足够多的东西，可以随着性子骂她们了。可是，倘若没有这"劣等人种"，他连两天都活不下去。周围都是男人的时候，他感到无聊，不自在，和他们少言寡语，冷漠敷衍；可一到女人堆里，他就立马感到自由，知道该跟她们聊些什么，知道如何表现自己，哪怕和她们保持沉默，对他来说都是件轻松的事。他的相貌，他的性格，他全身上下无不散发着的某种迷人的、难以捉摸的气质，将女人们吸引到他身边，诱惑着她们；他对此心知肚明，而他自己也被某种力量牵引着，朝她们那边靠去。

一次次的经验——其实是痛苦的教训——很早以前就让他明白：对正派人来讲，尤其对迟疑不决、优柔寡断的莫斯科人来讲，任何一次互相的结识，哪怕起初多么愉快，使生活变得多么

---

1 该字母在古俄语中发作元音，19 世纪时音值完全消失，只在词内起隔音作用。

2 19 世纪末的老莫斯科口音，尤其流行于莫斯科知识分子中。

丰富多彩，看起来多么像一次甜蜜而轻松的奇遇，都会不可避免地发展成一桩极其艰难的任务，最终让人变得痛苦不堪。但只要一遇到有趣的女人，这种教训便莫名其妙地从他的记忆里逃脱不见了。他渴望生活，于是一切都看起来如此简单，如此快活了。

　　一天临近傍晚的时候，他正在花园里吃饭，那个戴着贝雷帽的女人慢慢地走近，要在他隔壁桌坐下来。她的表情、步态、衣着、发型都告诉他，她来自上流社会，已经结婚了，这是她第一次来雅尔塔，而且是独自一人来的，觉得这儿很无聊……关于当地风气败坏的传言有很多是假的，他对此很是不屑，知道这样的传言八成是那些只要有办法自己也愿意作奸犯科的人瞎诌的。可是，当这位女士在离他三步之遥的隔壁桌坐下时，他便不由得想起了那些关于风流韵事和登山旅行的传言，脑子里突然浮现出一个引人入胜的情境：来得快，去得也快的亲密关系，跟连名字和姓氏都不知道的陌生女人谈情说爱。

　　他亲切地招引狮子狗过来，小狗靠近时，他却摇了摇手指吓唬它。小狗发出怒声。古罗夫又吓唬了它一次。

　　女人看了他一眼，立刻垂下眼睛。

　　"他不咬人的。"她说道，脸蛋发红。

　　"我可以给他一根骨头吗？"她点一下头，表示肯定，他见状便有礼貌地问道，"您来雅尔塔很久了吗？"

　　"差不多有五天了。"

　　"我已经在这儿待了一周多了。"

　　两人沉默了一阵。

"时间过得真快啊，可是这儿又那么无聊！"她说着，眼睛没有看他。

"每个到这儿的人都说这里很无聊。那些人住在别廖夫或者日兹德拉的时候不觉得无聊，可一来到这儿就说：'哎呀，无聊透了！哎呀，到处是灰！'你听着还以为他们是从格林纳达[1]来的呢。"

她笑了起来，之后两人继续默默地吃饭，就像不认识一样。但饭后，他们并肩走到了一起，开始说些轻松愉快的玩笑话，就像所有那些自由的、心满意足的人一样，要往哪儿走，谈些什么，他们满不在意。他们边走边聊，聊海面上出现的奇怪的反光——海水显出淡紫色，柔和又温暖，月亮在上面映出一道金色的条纹；聊空气在炎热的白天过后有多么沉闷。古罗夫说他是莫斯科人，学的专业是语文学，但在银行工作；他曾经打算去一个私人剧团里唱歌剧，不过后来放弃了；他在莫斯科有两处房产……而从她那儿他了解到，她在彼得堡长大，但是嫁到了 C城，已经在那儿住了两年；她会在雅尔塔再待上一个月，到时她的丈夫或许会来找她，因为他也想要休个假。她怎么也解释不清自己的丈夫是在哪里任职的——是在省政府，还是在省里的地方自治会管理局呢？她自己也觉得可笑。古罗夫还知道了她的名字叫作安娜·谢尔盖耶芙娜。

后来，他回自己的房间后也止不住地想她，想明天她或许还会和自己见面。应当是要见面的。躺下准备睡觉的时候，他想到

1　加勒比海岛国。

她不久以前还在贵族女子中学读书，就跟女儿现在一样，想到她和陌生人说话的时候，笑声里仍有几分胆怯和别扭。这应当是她平生中第一次独处，还是身处于这样的情境——有人纯粹出于某个她不可能猜不到的秘密或目的跟踪她，盯着她看，同她搭讪。他想到了她那清秀柔弱的脖子，那双美丽的灰色眼睛。

"她那样子究竟还是看着有些可怜。"他心想，然后睡着了。

二

他们已经认识一周多了。那天是一个节庆日，房间里闷热得很，街上尘土飞扬，能把行人的帽子刮掉。一整天都叫人口干舌燥，古罗夫时不时去到售货亭里，给安娜·谢尔盖耶芙娜买果汁或者冰激凌。这种天儿也不知道该去哪儿好。

傍晚，等风稍微平息了一些，他们便走去防波堤，看驶近岸边的轮船。码头上有很多在散步的人，也有人手捧花束，等着接人。这个穿着考究的雅尔塔人群有两个特点尤其吸引人眼球：上了年纪的太太打扮得像年轻人一样，而且还有很多高级军官。

碰巧赶上海上起大浪，轮船到晚了，这时太阳已经落山，船在抵靠防波堤前花了好长时间掉头。安娜·谢尔盖耶芙娜透过长柄眼镜看着轮船和乘客，似乎在寻找熟人，她把头转向古罗夫时，眼里放着光。她说了很多话，断断续续地问了些问题，她自己也马上就忘了方才问过些什么。然后，在拥挤的人群里，她遗失了她的长柄眼镜。

穿着考究的人群四散而去，这下一个人都没有了，风也彻底停了下来，古罗夫和安娜·谢尔盖耶芙娜站着，像是在等着看还有没有什么人下船。安娜·谢尔盖耶芙娜一言不发，闻了闻花束的香味，眼睛没看古罗夫。

"傍晚天气变好了，"他说，"我们现在去哪儿呢？我们要不要坐车去个什么地方？"

她没有给任何答复。

就在这时，他定定地看着她，然后突然将她拥入怀中，在她的唇上吻了一下。顿时，花束的香味和湿气向他袭来，他立刻惊恐地向四下里张望，看有没有人在瞧他们。

"我们去您的住处吧。"他轻声说道。

两人快步走开了。

她房间里很闷，散发着她在一家日本商店买的香水的味道。古罗夫此时望着她，心想："生活里有多少种截然不同的邂逅啊！"他心中还留存着对过去那些无忧无虑、心地善良的女人的记忆，她们因为爱情而满心欢喜，对他给她们带来的幸福心存感激，哪怕这种幸福只能维持很短的时间；他也想到他妻子那样的女人，她们恋爱时缺乏真诚，说起话来空洞乏味，要么矫揉造作，要么歇斯底里，从她们的神情来看，好像这谈的不是恋爱，也不是激情，而是什么更重要的大事似的；他还想到有这么两三个女人，长得很美，却生性冷漠，脸上会突然闪现出一种凶恶的神色，死心塌地地想要从生活中索取和抢夺更多的东西，那些生活所不能给予的东西。这种女人已经不再年轻，为人任性，蛮不讲理，控制欲强却头脑简单，古罗夫一旦对她们冷淡下来，她们的美丽便在他心中激起仇恨，就连她们内衣上的蕾丝花边在他看

113

来都变成了鳞片一般的存在。

可眼前的她还是那么胆怯，像个青涩的小姑娘一样别扭、难为情，而且神色慌张，总觉得有人会突然来敲门似的。安娜·谢尔盖耶芙娜，这位"带小狗的女人"，对待刚刚发生的一切，态度显得有些特别，觉得很是严重，好像自己已经堕落了——至少看上去是这样的，而她的表现又那么奇怪，那么不合时宜。她的头低垂着，没有精神，长发忧愁地垂在脸颊两侧，姿态沮丧，陷入沉思，就像过去那些油画里的罪妇一样。

"这样不好，"她说，"您现在要做第一个不尊重我的人了。"

房间的桌子上有一个西瓜。古罗夫给自己切了一块儿，不紧不慢地吃了起来。两人沉默了起码有半小时。

安娜·谢尔盖耶芙娜神态动人，从她身上散发出那种正派、天真、不经世事的女人独有的纯净气息；放在桌上的那根孤零零的蜡烛几乎照不清她的脸，但还是看得出她的内心并不舒畅。

"我怎么可能不尊重你呢？"古罗夫问道，"你都不知道自己在说什么。"

"愿上帝宽恕我！"她说着，眼里噙满了泪水，"这太糟糕了。"

"你好像在为自己辩白似的。"

"叫我拿什么为自己辩白呢？我就是个坏女人、一个卑贱的女人，我鄙视自己，根本不想为自己辩解。我欺骗的不是我丈夫，而是我自己。而且不单单是现在，我已经自我欺骗很久了。我的丈夫或许是个老实人，是个好人，可要知道，他就是个奴才！我不晓得他在那里做些什么差事，我只知道他是一个奴才。

我嫁给他的时候才二十岁，成天被好奇心折磨着，想要更好的东西。您知道吗？我常对自己说，还有另一种生活的可能。我想要过快乐的生活！我要生活啊，生活……那种好奇心点燃了我……您不明白这一点，但我向上帝发誓，我控制不了自己，我的内心起了变化，什么东西都约束不了我，我就告诉丈夫我得病了，然后来了这里……我在这儿不停地走啊走，胸口阵阵狂热，像个疯子似的……结果，我变成了一个谁见了都要鄙视的庸俗女人、下流女人。"

古罗夫已经听腻了。她天真的语气，她这种出乎意料、不合时宜的忏悔都让他感到不快。要不是眼中含着热泪，旁人肯定会以为她是在开玩笑，或是在演戏。

"我不明白，"他平静地说，"你到底想要什么？"

她把脸贴到他的胸口上，紧偎着他的身体。

"请您相信我，相信我的话，我求您了……"她说，"我喜欢诚实、纯洁的生活，我厌恶罪恶，我自己也不知道自己在做什么。用常人的话说，这是鬼迷心窍了。现在我可以对自己说，我真是被鬼迷了心窍了。"

"好了，好了……"他喃喃道。

他看着她那呆滞、惊恐的眼睛，吻了吻她，亲切温柔地安慰她。她渐渐平静下来，愉快的心情又回来了。两人又都笑了起来。

后来，他们从住处出来的时候，沿岸大街上一个人也没有了，这座柏树丛生的城市显得死气沉沉，只有浪花不停拍打着海岸，发出哗哗的声音；一艘汽艇在海浪里摇摇晃晃，上面隐约闪烁着船灯发出的朦胧亮光。

他们拦了辆出租马车，往奥列安达驶去。

"我刚才在楼下前厅得知了你的姓氏，黑板上写着：冯·季杰利茨，"古罗夫说，"你丈夫是德国人吗？"

"不，他祖父好像是德国人，但他自己信东正教。"

到了奥列安达，他们坐在离教堂不远的长凳上，低头看着大海，一言不发。雅尔塔在晨雾中若隐若现，白色的云朵一动不动地停在山顶上。树叶没有一点儿动静，知了在鸣叫，从底下传来阵阵单调而低沉的海浪声，诉说着宁静，诉说着前方等待着我们的永恒的安眠。当雅尔塔和奥列安达都还没有的时候，大海就在下边这样哗哗作响了，现在还在哗哗作响，等到我们都不在了，它也依旧会这么冷漠和低沉地哗哗作响。就在这种恒常之中，在这种对我们每个人的生与死全然的冷漠之中，或许暗藏着一种保证：我们终将获得永恒的救赎，地球万物将生生不息，一切将趋于完美。此时，古罗夫坐在这样一个年轻女人旁边——她在黎明时分显得多么楚楚动人，而面对这童话般的场景——大海、山峦、云彩和宽广的苍穹，他的内心充满宁静，且感到迷醉。古罗夫心想，说到底，只要往深处想一想，这世上的一切都是如此美好，唯独我们正忘记我们存在于世的至上目标，忘记我们应当依照人性的优点去思考和行事。

一个人走了过来——应当是个看守——看了他们一眼便又走开了。就连这个小小的细节也显得那么神秘，那么美丽。能看到一艘轮船从费奥多西亚驶来，船身被黎明的曙光照亮，上面的灯光已经熄灭了。

"草地上有露水了。"安娜·谢尔盖耶芙娜打破沉默说道。

"是啊,该回去了。"

他们返回了城里。

接下来,他们每天中午都在沿岸大街上会面,一起吃早餐、午餐,一起散步、赏海。她常抱怨自己睡得不好,心里很忐忑;她老是抛出同样的问题,整个人焦躁不安,有时是出于嫉妒,有时又是因为害怕——怕他对她不够尊重。经常,在街心公园或是在花园里,当他们身边没人的时候,他就会突然将她一把搂住,热烈地亲吻她。这种完全的闲暇,这些带着谨慎和恐惧、生怕有人看到的光天化日下的亲吻,这炎热,这大海的气味,以及不断在眼前闪现的这些无所事事、衣着光鲜、吃饱喝足的人们,都仿佛让他重获了新生。他告诉安娜·谢尔盖耶芙娜,她是多么美,多么有魅力,他抑制不住内心的激情,对她寸步不离;而她却总是忧心忡忡,不停地要求他承认他不尊重她,一点儿也不爱她,只将她看作一个下流的女人罢了。几乎每晚,等夜色已深,他们都要坐车去城外的某个地方,到奥列安达,或是去瀑布那儿。每次出游都玩得很尽兴,美丽和壮观的景致总是给他们留下很深的印象。

他们在等她的丈夫来。可是,他发来一封信,信上说他得了眼病,恳求妻子尽快回家。安娜·谢尔盖耶芙娜慌张了起来。

"这挺好的,我就要走了,"她对古罗夫说,"这是命运的安排。"

她搭乘马车离开,他去送她。车开了整整一天。然后她坐上了一列特快列车的车厢,在打过第二道发车铃的时候,她对他说：

"让我再看看您吧……再看您一眼。就这样吧。"

她没有哭，只是感到忧伤，像是生病了一样。她的脸在颤抖。

"我会想您的……会想念您的，"她说，"愿上帝与您同在，请留步吧。别记着我的不好。我们要永别了，这是应当的，因为我们本就不该相遇。嗯，愿上帝与您同在。"

火车迅速地开走了，车灯很快消失不见。转眼间，连车轮的轰隆声都听不到了，仿佛一切都是蓄意商量好的一样，要尽快结束这场甜美的迷梦，这段疯狂的韵事。古罗夫孤身一人留在月台上，望着漆黑的远方，听着鹬斯的鸣叫和电报线发出的嗡嗡声，感觉自己就像将将睡醒似的。他想，他的生命里又经历了一场艳遇，一次冒险，可它同样也已经结束了，现在只留下了一段回忆……他有些动情和伤感，同时又有点儿自责，因为这个他再也见不到的年轻女人和他在一起的时候并不幸福；他待她殷勤、热忱，但在对待她的态度上，在他的语气里，他的温存中，终究带着一丝嘲弄的意味，带着一个成功男人略显粗鲁的傲慢，何况他的年纪几乎要比她大一倍。她一直说他心地善良、与众不同、思想高尚，但很明显，她眼中的他并不是真实的自己，这就意味着，他是在不自觉地欺骗她……

车站这儿已经弥漫着秋天的气息，傍晚凉风习习。

"我也该到北上的时候了，"古罗夫心想，走出站台，"是离开的时候了！"

三

在莫斯科，家家户户已然是一副过冬的样子了，炉子已经生好，当早晨孩子们准备去上学、喝早茶的时候，屋外依然一片漆黑，保姆要再点一会儿灯才行。严冬已至。到了初雪降临，人们第一天坐雪橇出门那会儿，就能看到白茫茫的大地，白皑皑的屋顶，这时呼吸轻畅极了，心中充满惬意，叫人不觉回想起青春年华。那些老椴树和老桦树结了一层白霜，显得温厚和善，比柏树和棕榈树要更贴近人心，在它们附近，你便再也不会去想那幅山海美景了。

古罗夫是莫斯科人，他在一个晴朗、寒冷的日子回到莫斯科。等到他穿上皮大衣，戴着温暖的手套沿彼得罗夫卡街散步，等到他在周六傍晚听到教堂的钟声，他最近的旅行、最近去过的地方对他来说便失去了所有的魅力。一点一点地，他沉浸在了莫斯科的生活中，每天津津有味地读着三份报纸，但表示并不是根据原则来阅读莫斯科的报纸。他出入各种餐馆、俱乐部、宴请、周年纪念日，为家里常有著名的律师和演员来做客，以及自己能在医生俱乐部里跟教授一起打牌而感到得意。他已经可以吃完一整份用小煎锅做的酸白菜炖肉了……

他觉得，只要过上大约一个月，安娜·谢尔盖耶芙娜在他的记忆中就会蒙上一层迷雾，只是偶尔会梦见她动人的微笑，就像梦见其他人一样。但一个多月过去，隆冬来临了，记忆中的一切都还是那么清晰，仿佛昨天才跟安娜·谢尔盖耶芙娜分开似的。接着，越来越强烈的回忆涌上心头。无论是在傍晚的寂静中，书房传来孩子们预习功课的声音，或者在餐馆里听到抒情歌曲或风琴演奏，还是暴风雪在壁炉里号叫，突然，一切都会在他的记忆里复活：在防波堤上发生的事，群山被云雾缭绕的那个清晨，从费奥多西亚开来的轮船，还有那些吻。他在房间里踱步了很久，回忆着，露出笑容，然后回忆变成了梦境，在想象中，过去发生的事和即将要发生的事混淆在了一起。安娜·谢尔盖耶芙娜没有出现在他的梦里，而是像影子一样到处跟随着他，注视着他。他一闭上眼睛就能看见她——活生生的她，看起来比之前更漂亮、更年轻、更温柔；而他自己也似乎比在雅尔塔的时候要更好些。她每晚都从书柜里、壁炉里、角落里看着他，他听得到她的呼吸声，她衣服发出的温柔的沙沙声。在街上，他的目光常常追随着、寻找着和她相像的女人……

他被一种强烈的愿望折磨着，想要跟什么人说说自己这些往事。但在家里万万不可袒露自己的恋情，而在外面又没什么人可以聊。跟租户讲不行，和银行的人讲也不行。再说了，能讲些什么呢？难道当时他真的爱她吗？难道在他与安娜·谢尔盖耶芙娜的关系中，的确存在什么美好的、诗意的、有教益的，或者单纯是有趣的地方吗？他不得不含混地谈论爱情，谈论女人，谁也猜不到他心里究竟是怎么想的，只有他妻子挑起她那两条黑眉毛，说：

"你啊，吉米特里，根本不适合花花公子的角色。"

一天夜里，他和一位公务员牌友走出医生俱乐部的时候，忍不住对他说：

"但愿您知道我在雅尔塔遇到了一个多么迷人的女人！"

那公务员坐上雪橇，走了，可是突然转过头，喊道：

"德米特里·德米特里奇！"

"怎么了？"

"方才您说得没错，那鲟鱼肉是有点儿臭臭的！"

这句如此日常的话不知为何突然激怒了古罗夫，在他看来是有侮辱性的、不纯洁的。多么野蛮的习气，多么可憎的面目！还有这些个浑浑噩噩的夜晚——多么无趣又平庸的日子啊！净是些疯狂的纸牌游戏、暴饮暴食、烂醉如泥，大家兜来转去老在谈一件事情。没有必要的工作和主题单调的谈话占去了一个人最好的时光、最好的精力，到头来只让人的生活变得肤浅、缺乏创造性，而沉浸在这些个无关紧要的絮语当中，你想要逃离都办不到，就像被困在了疯人院或是苦役连[1]里！

古罗夫一宿没睡，胸中愤懑不平，然后头疼了一整天。接下来的几晚也睡得不好，老是坐在床上想事情，要么从一个角落走到另一个角落。他厌倦了孩子们，厌倦了银行。他哪儿也不想去，什么话也不想说。

十二月的节庆期，他打算出远门，和妻子说的是要去彼得堡替一个年轻人办点儿事，但实际上他出发去了 C 城。去那儿做什么呢？他自己也不是很清楚。他想去见一见安娜·谢尔盖耶芙娜，和她谈谈，如果可能的话，和她约一次会面。

他一早就抵达了 C 城，住进了一家旅馆里最好一个房间，整个房间的地板都铺着做军大衣用的那种灰色呢绒的地毯，桌上

---

1 俄国 19 世纪惩罚和流放士兵的连队。

放着个墨水瓶，瓶身蒙了一层灰，上面雕着个骑马的人，拿着帽子的手高高举起，头却被人掰掉了。旅馆门房给了他需要的信息：冯·季杰利茨住在老冈察尔纳亚街的一栋私宅里，离旅馆不远，他家生活优渥、富裕，有自己的马车，全城的人都认识他。门房伙计把他的姓氏读成了"德雷迪利茨"。

古罗夫不紧不慢地走去老冈察尔纳亚街，找到了那栋房子。房子对面严丝合缝地立着一道长长的灰色围墙，上面还钉着钉子。

"谁看见这样的围墙都想逃跑。"古罗夫想，时而往窗户那儿望望，时而看看围墙。

他意识到，今天是公休日，她丈夫大概是在家。而且无论如何，直截了当地进屋打搅也是不合适的。如果送去一张便条，那它很可能会落到她丈夫手里，这样一来，一切就都毁了。最好是见机行事。他便来来回回在街上游荡，在围墙附近等待着这个时机。他看到一个乞丐进了门，遭到几条狗的袭击，然后，过了一个钟头，他听到有人在弹钢琴，琴声微弱，模糊不清。一定是安娜·谢尔盖耶芙娜在弹琴。正门突然打开来，从里面走出一位老妇，后边跟着那条熟悉的白色狮子狗。古罗夫想要唤那狗，可他的心脏突然怦怦直跳，激动得想不起来狮子狗叫什么名字了。

他来回踱步，对这堵灰色的围墙越来越厌恶，他愤愤地想，安娜·谢尔盖耶芙娜已经忘记了他，也许已经在跟另一个男人相好了，而对于一个不得不从早到晚看着这堵该死围墙的年轻女人来说，这是一件多么自然的事。他回到旅馆房间，在沙发上坐许久，不知道该做些什么，然后他吃了午饭，睡了很久的觉。

"这一切是多么愚蠢，多么让人不安，"他醒过来，心想，盯着那几扇黑漆漆的窗户——已经是傍晚了。"不知为什么我倒是把觉给睡够了。晚上去干些什么好呢？"

他坐在床上，上面铺着一条廉价的灰色毯子，像医院里的一样。他懊恼地调侃自己：

"叫你去认识什么带小狗的女人……叫你去搞外遇……看吧，现在就在这儿坐着了。"

早晨还在火车站的时候，一张海报吸引了他的注意力，上边用巨大的字体印着：《艺妓》[1]首演。他想起这件事，便坐车去了剧院。

"很有可能她也会来看首演吧。"他想。

剧院里座无虚席。这儿和所有的省城剧院一样，枝形吊灯上烟雾缭绕，顶层楼座的观众吵吵嚷嚷；演出开始前，穿戴讲究的当地公子哥儿们背着手站在第一排；在这儿的省长包厢里，省长女儿围着毛皮围脖，坐在最前面的位置，省长自己则低调地躲在帘子后头，只能看到他的两条胳膊；舞台上的帷幕晃动着，乐队调了好久的音。观众进场就座的时候，古罗夫一直睁大眼睛，聚精会神地搜寻着。

安娜·谢尔盖耶芙娜进来了。她在第三排坐下，古罗夫一看到她，心头便一阵抽紧。他清楚地认识到，对他而言，此刻世界上再没有比她更亲近、更宝贵、更重要的人了；而她呢，淹没在这群外省人的中间，这个娇小的女人，这个手上拿着一副俗气长

---

1 英国作曲家西德尼·琼斯（Sidney Jones, 1861—1946）创作于 1896 年的二幕轻歌剧。

柄眼镜的完全不显眼的女人，现在占据了他生命的全部，成为他悲伤和快乐的所在，成为他现在唯一渴望得到的幸福；听着乐队糟糕的演奏声，听着小提琴发出的粗劣庸俗的乐音，他却一心在想她有多么美。想着想着，他陷入了梦幻。

和安娜·谢尔盖耶芙娜一起进来并坐到她身边的是一个留着点儿络腮胡子、身材高挑但有些驼背的年轻人；他每走一步都要微微地点下头，好像在不停跟人鞠躬致意似的。这八成就是她的丈夫，是她那时在雅尔塔怀着满心苦楚、骂作奴才的丈夫。的确如此——在他细长的身躯上，在他的络腮胡上，在他那一小块儿秃顶上，分明有一种奴才般的谦逊；他谄媚地笑着，一枚什么学会的徽章在他外衣的扣眼上闪闪发亮，活像块仆人的牌照。

第一次幕间休息的时候，丈夫出去抽烟，她留在座位上。同样坐在池座里的古罗夫于是走到她跟前，脸上挂着勉强的微笑，用颤抖的声音说：

"您好。"

她看了看他，脸色顿时变得寡白，接着，她带着惊恐的神色又看了他一次。她不敢相信自己的眼睛，双手紧紧地捏着扇子和长柄眼镜，显然是在克制自己不要晕过去。两人都沉默了。她在那儿坐着，而他一直站着，被她的窘迫吓坏了，不敢坐在她的身边。小提琴和长笛调音的声音开始响起来了，一切突然变得可怕了起来，似乎包厢里的人都在看着他们。可是这时她猛然站起身来，快步向出口走去；他紧随她身后，两人都不知所措地向前走，穿过走廊和楼梯，时而上楼，时而下楼，他们眼前闪过一些穿着法官制服、教师制服和皇室地产管理部门制服的人，无一例外都戴着徽章；又闪过一些太太和挂在衣架上的毛皮大衣，吹起了过堂风，袭来一股烟蒂的味道。古罗夫心脏怦怦直跳，心想：

"哦，天哪！为什么要有这些人，为什么要有这个乐队……"

就在这一刻，他突然想起那天傍晚他在火车站送走安娜·谢尔盖耶芙娜后，对自己说：一切都结束了，他们从此往后再也不会相见。可这事还远远没有结束啊！

在一处狭窄阴暗、上面写着"通往半圆楼座"的楼梯口，她停了下来。

"您真是吓死我了！"她说着，喘着粗气，脸色依然苍白、震惊，"哎，您真是吓死我了！我魂都快没了。您为什么要来？来做什么呀？"

"可是您要明白，安娜，要明白……"他慌慌张张地低声说道，"我求您明白……"

她带着恐惧、哀求和爱意看着他，全神贯注地凝视着他，好将他的面容更牢固地留在自己的记忆中。

"我受够了折磨！"她没有在听他说话，继续道，"我成天想的都是您，只有您，我靠思念您而活着。我多想忘记，忘记，可是为什么，为什么您要来？"

头顶的平台上，两个中学生正在抽烟，看着下面，但古罗夫并不在乎，他把安娜·谢尔盖耶芙娜拉到身边，开始亲吻她的脸、双颊和手。

"您在做什么，在做什么呀！"她一把推开他，惊恐地说，"您和我都疯了。您今天就走吧，现在就走……我以所有圣徒的名分析求您，我恳求您……有人来了！"

下面有人正往楼上走来。

"您必须得走了……"安娜·谢尔盖耶芙娜继续低声说道，"您听见了吗，德米特里·德米特里奇？我会去莫斯科找您的。我从来不曾快乐过，现在不快乐，将来也不会快乐的，永远不会！请不要让我更痛苦了！我发誓，我会去莫斯科的。现在我们分手吧！我亲爱的、好心的人，亲爱的，你快走吧！"

她握了握他的手，接着快步往楼下走去，不停地回头看他，从她眼神中看得出来，她确实过得不快乐。古罗夫呆站了片刻，留心听着，然后，等一切都平静下来的时候，他找到自己挂在衣帽架上的大衣，离开了剧院。

四

安娜·谢尔盖耶芙娜开始到莫斯科去找他。她每两三个月会坐车从 C 城去一次，就和丈夫说是要去跟一位教授咨询自己的妇科疾病的事，而她的丈夫对此将信将疑。一到莫斯科，她便住进"斯拉夫巴扎"[1]，然后立马派一个戴红帽的人去通知古罗夫。古罗夫就来找她，莫斯科没人知道这件事。

有一次，在一个冬天的早晨，他也照这样正要去她的住处（送信的头一天晚上去找过他，但没碰见他）。他的女儿和他同路，他想送她去上学，因为刚好顺道。天下起了很大的雨夹雪。

———

1 存在于 1872 年至 1917 年的一座带娱乐设施的知名饭店，位于莫斯科市的尼古拉街。

"现在气温是三摄氏度，可还是下雪了，"古罗夫对女儿说道，"但要知道，这只是地球表面的气温，大气层以上是完全不一样的温度。"

"爸爸，为什么冬天不打雷呢？"

他解释了这个问题。他一边说一边想：现在他要去赴约，这件事没有一个人知道，而且大概永远也不会有人知道。他过着两种生活：一种是公开的生活，但凡想要了解它的人都能看得清楚，弄得明白，它充满了相对而言的真实和相对而言的欺骗，同他的熟人和朋友们过的那种生活并无二致；另一种则是隐秘的生活。并且，出于某种奇怪的巧合——也许这纯属偶然——所有那些对他来说重要的、有趣的、必要的事，那些他会真诚对待的、不自欺欺人的事，那些组成他生活实质的事，他都得瞒着别人偷偷去做；而所有那些谎言，那些为了隐藏自己、隐瞒真相的表面说辞——譬如他在银行的差事、在俱乐部里的争论、他口口声声说的"劣等人种"、他带妻子去参加周年纪念会——却反倒是公开的。他根据自己来评判别人，不相信他所看到的东西，总感觉每个人都被秘密掩护着，就像在黑夜的掩护下，他过着真实的、最有趣味的生活。每个个体的存在都与秘密捆绑在一起，而一个有修养的人之所以会急迫地要求尊重个人秘密，这或许就是一部分的原因吧。

把女儿送到学校后，古罗夫动身去"斯拉夫巴扎"。他在楼下脱了皮大衣，爬上楼，轻轻敲了敲门。安娜·谢尔盖耶芙娜穿着他喜欢的那条灰色连衣裙，因为旅行和等待而显得一脸疲惫——她从昨天傍晚就一直在等他了；她面色苍白，看着他，没有笑容，他刚一进门，她就立马扑进他的怀里。就跟两年没有见似的，他们接了很长很久的吻。

"嘿，你在那边过得怎么样？"他问，"有什么新闻没？"

"等一下，马上告诉你……我现在不能……"

她说不出话，因为一直在哭。然后她转身背向他，用手帕捂住眼睛。

"好吧，就让她哭吧，我先去坐一会儿。"他想着，在一张沙发椅上坐下。

接着，他招呼人给他送茶来；然后，他喝茶的时候，她依然站着，把脸转向了窗户那边……她哭是出于激动，也因为她悲哀地意识到，他们的生活已落入了如此悲惨的境地；他们只能在私底下相见，像小偷一样躲躲藏藏，怕被人发现！难道他们的生活还不够残破吗？

"好了，别哭了！"他说。

对他而言，他们这场恋爱显然还不会很快走向终结，不知道这一天会何时到来。安娜·谢尔盖耶芙娜越发强烈地依恋他，爱慕他；难以想象要如何告诉她这一切总有结束的一天——她是绝对不会相信的。

他走到她面前，搂住她的肩膀，爱抚她，跟她说说玩笑话。而就在这个时候，他看到了镜子里的自己。

他的头发已经开始变得有些花白了。他觉得很奇怪，最近几年他竟变得这么老、这么丑了。他双臂搂着的那对肩膀温暖而不停发颤。他对眼前这个生命充满怜悯——她依旧是那么温暖，那么美丽，可大概也已经快要开始枯萎和凋零了，就像他的生命一样。她为何如此爱他？他在女人面前总是展现出并非真实自我的那一面，而她们爱上的也并不是他本人，而是由她们的想象创造出的男人，是她们在生活中热切寻求的男人；当随后意识到自己的错误的时候，她们仍然爱他。她们当中没有任何一人与他在一起时是幸福的。时光荏苒，他总是在结识新人、与人相好、分手，但从来没有爱过；把这种事说成什么都好，可唯独不能说成是爱情。

直到现在，等他头发都开始花白了，他才平生第一次正经地、真切地爱上一个人。

他和安娜·谢尔盖耶芙娜就像极其亲密的家人那样，像丈夫和妻子那样，像无间的友人那样爱着彼此；他们觉得，自己命中注定要献身于彼此，不明白为什么他已经有了妻子，而她也有了丈夫；他们就像一雄一雌两只候鸟，被人捉住，被迫关在了两个不同的笼子里。他们原谅了彼此那些自觉羞耻的过往，原谅了现在的一切，感觉他们的爱将他们两人都改变了。

从前，在那些忧愁的时刻，他会用脑子里能想到的各种各样的道理来安慰自己，然而现在，他完全没有心思想这些道理了，他感到深深的怜悯，他想要变得真诚，变得温柔……

"别哭了，我亲爱的，"他说，"哭一阵也就差不多了……现在我们来谈谈吧，得想些法子才是。"

然后他们商量了许久，讨论应该如何让自己摆脱这种成天躲躲藏藏、欺骗、分居在不同的城市、很久才能见上一次面的处境。要如何才能从这些令人难以忍受的束缚中解放出来呢？

"该怎么做？该怎么做呢？"他抱住头，问道，"该怎么办好呢？"

　　似乎只要再过一会儿，就能找到问题的解决办法，到时就可以开始全新的、美好的生活了；可两人都清楚，事情离结束还很远很远，最复杂、最艰难的部分才刚刚开始。

1899 年

11　洛希尔德的小提琴

　　镇子很小，连个村子都不如，里头住的几乎是清一色的老人，他们中难得有人死掉，简直叫人恼火。无论是医院里还是监牢里，都极少需要用到棺材。简而言之，棺材生意糟透了。倘若雅科夫·伊万诺夫是个省城里的棺材匠，那他或许会有间私宅，人们会管他叫作雅科夫·马特维伊奇[1]；可在这个镇子上，人们只简单地叫他雅科夫，不知为何，他还得了个"青铜"的诨号。他过着贫穷的生活，就像个普通的庄稼汉，住在一个老旧的小木屋里，里面有一个房间，整个家庭的一切都塞在这个房间里：他、玛尔法、一个炉子、一张双人床、棺材、木工台，等等。

　　雅科夫做的棺材又好又结实。给农民和小市民做棺材的时候，他就按自己的身高来定尺寸，一次都没犯过错，因为哪儿也找不到他这么高、这么壮实的人了，甚至监牢里也没有，尽管他已经七十岁了。给贵族和女人做棺材的时候呢，他就得带着铁尺去量一量尺寸了。接给孩子做棺材的订单他是不乐意的，尺寸

1　俄语中，以名字加父称的形式称呼人以表示尊敬。

也不量，带着蔑视的态度直接开工，每次收工钱的时候，他都要说：

"坦白讲，我不喜欢搞这些杂七杂八的碎活儿。"

除了手艺，拉小提琴也给他带来了不大的一笔收入。镇上凡是办婚礼，通常都会请一个犹太乐队来演奏，乐队由锡匠莫伊塞·伊里奇·沙赫凯斯管理，次次都把一半以上的收入归为己有。因为雅科夫提琴拉得非常好，尤其擅长拉俄罗斯歌曲，沙赫凯斯有时会请他和乐团一起表演，一天付他五十戈比，还不包括客户的礼物。"青铜"随乐队演奏的时候，他的脸最先流汗、涨红；空气燥热，还闷着一股子大蒜味，小提琴咯吱咯吱发出高音，右耳传来低音提琴呼哧呼哧的声音，左耳则是长笛在哀鸣，吹长笛的是一个身子瘦削的红发犹太人，脸上错综布满爆起的血管和青筋，他的姓跟那个著名的富翁一模一样：洛希尔德[1]。哪怕是最欢乐的曲子，经这个该死的犹太佬一吹，也会变得跟哀乐似的。不知出于何种原因，雅科夫逐渐对犹太人，尤其是对洛希尔德产生了一种仇恨和蔑视的心态；他开始找他的碴儿，骂他坏话，有一次甚至还想动手打他。洛希尔德气坏了，恶狠狠地盯着他，说道：

"要不是我尊重您的才华，我早就把您踹飞到窗户外边了。"

然后他哭了起来。因此，"青铜"不再常常被请到乐队里来演奏了，只有在紧急情况下，比如有哪个犹太人缺席的时候才会请他。

---

1 也译作罗斯柴尔德，源于德国的著名犹太富豪家族姓氏。

雅科夫的心情从来就没好过，因为他常常遭受避免不了的巨大损失。譬如，在礼拜日和节假日工作是一种罪过，礼拜一呢，又是个不得劲儿的日子，因此，一年中加起来大约得有两百天是干不成什么事的，根本由不得自己。但要知道，这是多大的一笔损失啊！如果镇上有谁办婚礼，但没请乐队，或者沙赫凯斯没请雅科夫一起来演奏，那这就是一笔损失。有个警监病了两年，快不行了，雅科夫就焦急地盼着他快点儿死，结果警监跑到省城去治病，不料就在那儿死掉了。这不，又是一笔损失，而且损失了至少得有十个卢布，因为不得不把棺材做得很贵，还是带织金丝锦缎的那种。雅科夫老是想损失的事，困扰极了，尤其是在夜晚。他就把提琴放在床上，挨着自己，脑子里一胡思乱想，他就去碰碰琴弦，提琴在黑暗中发出声音，他的心情于是才能变得轻松一些。

去年五月六日，玛尔法突然害了病。老太婆呼吸困难，喝了好些水，走路摇摇晃晃，可还是一大早就亲自去生了炉子，甚至还去打了水。临近傍晚的时候，她就躺下了。雅科夫整天都在拉小提琴；等天完全黑了，他就拿起每天用来记录自己损失的小本子，带着烦闷的情绪开始计算他这一年总的损失。结果足有一千多卢布。这让他大为震惊，以致他把算盘摔到了地板上，用两只脚狠狠去踩。接着又捡起算盘，再次敲打了半天，紧张地深深叹气。他的脸涨得通红，被汗水浸湿。他想，要是把这损失的一千卢布存进银行，那么一年积攒的利息最少也得有四十卢布。这就意味着这四十卢布也是损失。总之，不管怎么着，处处都只有损失，没别的。

"雅科夫！"玛尔法突然喊了他一声，"我要死了！"

他回头看了看妻子。她的脸因为发热而泛红，显得异常开朗和愉悦。"青铜"看惯了她那张苍白、胆怯、悲伤的脸，现在反倒不安起来。看来她是真的快要死了，很高兴自己终于可以永远地离开这个小木屋，离开这些棺材，离开雅科夫了……她望着天花板，微微动了动嘴唇，神情是那么愉快，仿佛她看见了死神，看见了自己的救赎者，正与之耳语。

已是拂晓，透过窗户能看见朝霞正在燃烧。雅科夫看着老太婆，不知怎的，想起了自己这辈子似乎一次也没跟她亲热过，从来没疼爱过她，一次也没想到过要给她买块头巾，或是从婚宴上拿回些甜点什么的，只会冲着她大喊大叫，因为损失而责骂她，冲着她挥拳头；确实，他从来没有打过她，但还是把她吓坏了，她每次都害怕得发愣。是啊，他不许她喝茶，因为就算不买茶叶，他们的开支都已经很大了，她只好喝白开水。于是他明白了为什么她现在的脸色那么奇怪，那么欢乐，他感到毛骨悚然。

等早晨一到，他就从邻居那儿借了一匹马，把玛尔法带到了医院。这儿的病人不多，因此他并不用等太久，也就大概三个钟头的样子。令他欣喜的是，这次接诊病人的不是医生——他自己也生病了，而是医士马克西姆·尼古拉伊奇，一个老头子，全城人都说，虽然他酗酒、打架，但他比医生要更懂医术。

"您好呀，"雅科夫领老太婆进到诊室，说，"真是抱歉，马克西姆·尼古拉伊奇，我们老是为些小事来打扰您。这不，您看，我家那口子得了病。就是大家说的，生活伴侣，请原谅我这种说法……"

医士皱起灰白的眉毛，抚了抚胡须，开始打量老太婆。她呢，蜷缩在圆凳上，身子干瘪，加上尖尖的鼻子和张开的嘴巴，从侧面看活像一只口渴的鸟。

"嗯……是这样……"医士叹了口气，慢慢说道，"她得了流感，也可能是热病。现在全城都在闹伤寒。也好，老太婆活挺久的了，感谢上帝……她多大年纪了？"

"还有一年就到七十岁了，马克西姆·尼古拉伊奇。"

"也好，老太婆活得挺久了。也该知足了。"

"当然啦，您这么说也是完全有理的，马克西姆·尼古拉伊奇。"雅科夫脸上挂着礼貌的微笑，说道，"您这些美言，我们打心底里感激，但请听我和您说，哪怕是一只小虫子，都是想要活下去的。"

"那还用说嘛！"医士说话的语气就好像老太婆的死活要依赖于他似的，"得了，这样吧，伙计，你给她脑门上敷一条沾冷水的布，这些药粉一天服用两次。完事了，再见吧，拜拜。"

根据他脸上的表情，雅科夫看得出情况很糟，吃什么药粉都帮不上忙了；现在他很清楚，玛尔法很快就要死了，不是今天就是明天。他轻轻地碰了碰医士的胳膊肘，对他使了个眼色，低声说道：

"要是给她拔个火罐，马克西姆·尼古拉伊奇，兴许会好些。"

"我可没这工夫，没工夫，伙计。带你的老太婆走吧，上帝保佑。再见。"

"您就帮个忙吧，"雅科夫恳求起来，"您自己是晓得的，假如她得的是胃痛或是什么内科病，那开点儿药粉啦、滴剂啦是合适的，可要知道她得的是感冒啊！治感冒首先要做的就是放血，马克西姆·尼古拉伊奇。"

医士已经叫下一个病人了，一位农妇带着个男孩走进了诊室。

"走吧，走吧……"他皱着眉头对雅科夫说，"别在这儿胡搅蛮缠。"

"这种情况下您至少该给她贴点儿水蛭破破血吧！看在上帝的分上，求您了！"

医士勃然大怒，吼道：

"再跟我说一个字试试！大蠢货……"

雅科夫也怒了，气得面红耳赤，但一句话也没说，而是一把拽住玛尔法的胳膊，把她带出了诊室。等他们爬上马车的时候，他才恶狠狠地、带着几分讥讽地看了眼医院，说：

"一个个的可都是些个好医生啊！要是富人，保准能安排上拔罐，可要是穷人，就连条水蛭都舍不得用。这些恶棍！"

他们回到家，玛尔法一进小屋就扶着炉子，站了得有十分钟。她觉得，如果自己躺下来，雅科夫肯定就得说损失的事，然后责骂她老是躺着不肯干活。雅科夫烦闷地瞅着她，想起明天是使徒约翰的主保日，而后天是圣徒尼古拉的主保日，接着又到了礼拜日，然后是礼拜一——不得劲儿的一天。一连四天都没法干活，而玛尔法很有可能会在这几天当中死掉，这就意味着，今天就得把棺材做好。他抓起他的铁尺，走到老太婆面前，给她量尺寸。然后她躺了下来，他在自己胸前画了个十字，便开始做起棺材来。

干完活后，"青铜"戴上眼镜，在小本里写道：

"给玛尔法·伊万诺娃做棺材一口——两卢布四十戈比。"

然后他叹了口气。老太婆一直静静地躺着，双眼紧闭。可到了傍晚，天色已黑，她突然叫了老头子一声。

"你还记得不，雅科夫？"她高兴地望着他，问，"你还记得五十年前上帝赐给我们一个金色头发的宝宝吗？那时咱们老在小河边坐着，唱歌……坐在柳树下边，"然后，她苦苦地笑了一下，补充一句，"小姑娘死掉了。"

雅科夫思来想去，可完全记不起来什么宝宝和柳树的事。

"是你的幻觉吧。"他说。

神父来了，给她授了圣餐，涂了圣油。然后，玛尔法开始咕哝些让人难以理解的话，快到早晨的时候，她去世了。

邻居老太太们为她洗净身子，穿好衣服，放进棺材里。为了不付多余的钱给教堂执事，雅科夫亲自给她咏唱了赞美诗；买坟墓他没花一分钱，因为守墓的人是他的干亲家。四个农民把棺材抬到墓地，不是为了挣钱，而是出于尊重。老太太们、乞丐们，还有两个疯子跟在棺材后面走着，经过的路人都十分虔诚地画着十字……雅科夫感到很满意，一切都是那么正派，那么体面，没花几个钱，也没冒犯什么人。最后和玛尔法道别的时候，他用手摸了摸棺材，心想："这活儿干得挺好！"

可当他从墓地往家走时，心里却充满了一种深深的惆怅。他觉得身体被掏空了似的：呼吸变得燥热又沉重，双腿变得虚弱，口渴难耐。接着，各种各样的思绪涌入脑海。他又一次想到，自己这一辈子从来没疼爱过玛尔法，没跟她亲热过。他们整整五十二年都住在同一个屋檐下，多么漫长的一段岁月啊，可不知怎么，一直以来他从未替她着想过，从没对她上心过，就好像她是一只猫，或一条狗。而她呢，可是每天都在生炉子，煮菜，烤面包，出去打水，砍柴，和他睡在同一张床上，每次他从婚宴上醉醺醺地回到家来，她都带着虔敬的心将他的提琴挂在墙上，把他弄到床上去睡觉，她从不抱怨一句，脸上总是副胆怯又体贴的神情。

洛希尔德朝雅科夫迎面走过来，脸上挂着笑，对他点头致意。

"我正在找您呢，大叔！"他说，"莫伊塞·伊里奇问您好，要您立马到他那儿去。"

雅科夫根本顾不上这个，他只想哭。

"别来烦我！"他说，然后继续往前走。

"怎么能这样？"洛希尔德惊慌失措，向前跑起来，"莫伊塞·伊里奇会生气的！他们请您快去！"

在雅科夫看来，眼前这个犹太佬气喘吁吁、不停眨巴眼睛、脸上爬满棕红色雀斑的样子真叫人厌恶。看着他那打满深色补丁的绿色长大衣和那柔弱纤细的身子骨，简直让人感到恶心。

"你干吗缠着我，小贼头？"雅科夫喊道，"别来烦人！"

犹太人生气了，也朝他喊道：

"请您小声点儿吧，否则我把您踹飞到围墙外去！"

"给我滚到一边儿去！"雅科夫大吼一声，攥起拳头向他冲去，"这些癞皮狗害得人日子都过不成！"

洛希尔德吓得浑身一僵，蹲了下来，两条胳膊举在头顶挥来挥去，像是在自我防卫，生怕被打中似的，然后跳起来，使尽浑身力气跑开了。他跑起来一蹦一跳的，举起两手轻轻拍着，能看见他瘦长干瘪的背脊在打哆嗦。几个调皮的小男孩看到这一幕简直高兴坏了，在他后边追着跑，嘴里喊："犹太佬！犹太佬！"几条狗也追着他，叫个不停。有人哈哈大笑起来，然后吹了吹口哨，那些狗就叫得更狠、更欢了……接着，八成是一条狗咬到了洛希尔德，因为传来了一阵绝望、痛苦的哭叫声。

雅科夫在牧场上闲逛了一阵，然后漫无目的地沿着城市边缘走去，小男孩们就喊："'青铜'来了！'青铜'来了！"走着走着来到了河边。鹅群飞来飞去，发出吱吱的叫声，鸭子也在嘎嘎叫着。太阳炙烤着河面，河水闪耀着点点波光，亮得直晃眼。雅科夫沿河岸的小路往前走着，看到浴棚里走出一位身材丰满、两颊绯红的太太，心里想："哎，瞧啊，水獭！"离浴棚不远的地方，一群男孩正在拿肉钓虾；他们一看到他，就恶狠狠地吼道："'青铜'！'青铜'！"接着，他走到一棵枝叶茂盛的老柳树边，树干上有个巨大的树洞，树顶上是乌鸦筑的巢……突然，一个生动的场景从雅科夫的脑海中冒了出来：有个金色头发的小宝宝，还有一棵柳树，就跟玛尔法提到的一个样。没错，就是这样的一棵柳树——翠绿、安静又忧愁的柳树……它变得老多了，真是可怜！

他坐到树下，开始回忆往事。河对岸，在如今已是水地草甸的地方，那会儿长着一大片白桦树；远处，挺立在地平线上的那个光秃秃的山上，当时可是一片暗青色的古老的松林。河上曾驶着三桅帆船。可现在呢，一切都平整而光滑，对岸只剩下了一棵白桦树，生得幼小而纤细，就像个娇小姐，河上只有鸭子和鹅，看起来就像从来没有帆船在这儿走过似的。比起从前，鹅似乎也变少了。雅科夫闭上眼睛，脑海里便出现了一大群白鹅，一只迎着一只飞跑起来。

他感到纳闷，事情怎么会变成这个样子：在他生命最近的这四五十年里，他怎么会一次都没有来过这条河边？或许他来过，只是从来不曾注意到它？要知道，这条河倒是挺不错的，并不是毫无价值；河上可以捞鱼，鱼可以卖给商人、官员和车站小吃店的老板，然后可以把钱存进银行；可以驾条小船从一个庄园到另一个庄园去拉小提琴，各种身份的人都会愿意付钱的；还可以再去试试开三桅帆船——这比做棺材要好多了；末了，可以去养鹅，冬天把它们宰了，送去莫斯科；单是鹅毛，恐怕一年就能挣上十个卢布。但他全错过了，这些事他什么也没做。多大的损失啊！唉，多大的损失啊！假如这些活儿一个不落地全干了——又去捞鱼，又去拉琴，又开帆船，又宰鹅，结果能赚到多大的一笔资产啊！但这一切都没有发生，连做梦也没梦到过，生活白白过去，没有任何乐趣，日日徒劳无益，什么也没留下；往后的日子什么盼头也没有，回顾以往呢，除了损失——那些个极其可怕、让人浑身发凉的损失——也什么都不剩。为什么一个人不能摆脱这些消耗和损失，好好地活着？试问：为什么要把白桦林和松林砍个精光？为什么白白地让牧场休耕？为什么人们总是去做那些不该做的事？为什么雅科夫一辈子都在责骂、呵斥别人，对人挥拳，欺负自己的妻子？试问：他方才有什么必要去一个劲儿地恐吓和侮辱犹太人呢?为什么人们老是要去干涉彼此的生活?要知道,这会造成怎样的损失啊!多么可怕的损失!要是没有仇恨,没有愤怒,人们彼此间的相处才有很大的益处吧。

傍晚时分,还有夜里,他一直恍恍惚惚看见小宝宝、柳树、鱼、宰好的鹅、侧脸看起来就像只口渴的鸟的玛尔法,以及洛希尔德那苍白、难看的脸,还有好些个嘴脸从四面八方逼近他,喃喃念叨着损失。他辗转反侧,四五次从床上爬起来拉琴。

早上他费了好大的劲儿才爬起身,然后去了医院。接诊的还是那位马克西姆·尼古拉伊奇,吩咐他在脑门上敷一条沾冷水的布,给他开了些药粉,从他脸上的表情和语气中,雅科夫意识到情况很糟,吃什么药粉也无济于事了。接着,在回家的路上,他一直在想:死了倒也挺好,不用吃,不用喝,不用纳税,也不用得罪人了;而且由于人在坟墓里不是躺一年,而是要躺成百上千年,那么,如果细算的话,好处就将是巨大的。人活着处处是损失,死了反倒尽是益处。这种想法当然是正确的,但还是让人觉得难受,觉得苦闷:为什么世上竟会有这样一种奇怪的规则,一个人在自己仅有的一生中却要过得毫无益处可言?

死了并不可惜,但一到家,一看到那把提琴,他的心就一阵抽紧,觉得舍不得。提琴可是没法跟人一起进坟墓的,如今它就要变得孤苦伶仃了,落得跟那片白桦林和松林一样的下场了。这个世界上的一切都被白白糟蹋了,以后也还要继续被白白糟蹋!雅科夫走出小木屋,在门槛处坐下,把提琴紧紧贴在胸口上。想着那些销声匿迹、满是损失的生活,他开始拉起琴来,自己也不知道拉的什么曲子,曲调那么伤感、动人,两行热泪顺着他的脸颊流了下来。他越想越深，提琴奏出的曲子就越是悲伤。

门销咯吱地响了一两声，洛希尔德出现在便门外。他大胆地穿过了半个院子，但是一看到雅科夫，就突然停住脚步，全身缩紧；大概因为害怕，他用手比画了些姿势，好像是想用指头表明现在是几点钟似的。

"过来呀，没事的，"雅科夫温柔地说，招呼他来自己跟前，"来呀！"

洛希尔德带着怀疑和恐惧望着他，一步步走近他，在离他还有一俄丈[1]的地方站住了。

"您行行好吧，别打我！"他蹲下，说，"莫伊塞·伊里奇又打发我来了。他们说：你别怕，再去趟雅科夫那儿，跟他讲，缺了他无论如何也不行。礼拜三有场婚礼……对啦！是沙波瓦洛夫老爷嫁女儿来着，新郎官儿是个好人……那婚宴肯定丰盛极了，喔哦！"犹太人补充道，稍微眯缝起一只眼睛。

"我去不了……"雅科夫喘着粗气说，"我得病了，兄弟。"

然后他又拉起琴来，眼泪从眼睛里夺眶而出，落到了提琴上。洛希尔德专心地听着，侧着身子对着他，两条胳膊叉在胸前。他脸上那惊恐、困惑的神情一点点转变成了悲伤和苦楚，他眼睛往上翻，仿佛是感受到了某种伴随着痛苦的狂喜，嘴里挤出声"呜——呜！……"泪水顺着他的脸颊缓缓流下，滴在他绿色的长大衣上。

接下来一整天雅科夫都躺着，怀想往事。傍晚，神父来听他

---

1 约合 2.13 米。

忏悔的时候问他记不记得自己犯过些什么特别的罪孽，他使劲绷紧逐渐消退的记忆，再次回想起了玛尔法那张不幸福的脸庞，回想起被狗咬伤的犹太人发出的绝望的哭喊声，然后用极度虚弱的声音说：

"把提琴交给洛希尔德。"

"好的。"神父回答。

如今，镇子里每个人都在问：洛希尔德从哪儿弄到这么好的一把提琴？他是买的呢，还是偷的，或者是谁打赌输了抵押在他这儿的？他早就不吹长笛了，现在专攻小提琴。琴弓下面流淌出哀伤的乐音，就跟他先前吹长笛时一个样；不过，当他试图重复雅科夫坐在门槛上拉的那段曲子的时候，他就会拉出一种凄凉、悲痛的感觉，叫听众纷纷落泪，他自己也在曲末把眼睛往上翻，嘴里挤出声"呜——呜！……"这首新曲子在镇上非常受欢迎，商人和官员们争着抢着邀请洛希尔德来家里演奏，每次都叫他把这曲子拉上个十回。

1894 年

12 吻

五月二十日晚上八点，往营地进发的某炮兵后备旅的所有六个连队在梅斯捷奇基村停下，准备过夜。正是最忙乱的时候：一些军官在加农炮附近忙碌地张罗着，其他人则聚集在教堂外墙附近的广场上，听着设营员讲话。就在这时，从教堂后头走来一匹奇怪的马，骑马的是个穿便服的人。那马生着浅黄的鬃毛，个头矮小，脖颈很漂亮，尾巴短短的，走起步来歪歪扭扭，老是侧着身子，操着舞步一般的小碎步子踉踉跄跄地往前走，就好像有人在拿鞭子抽它的腿似的。等马靠近那群军官，那骑手便稍稍提了提礼帽，说道：

"此地领主，中将冯·拉贝克阁下诚邀各位军官先生即刻光临府邸喝茶……"

那匹马耷拉了几下脑袋，踏着跳舞似的步子侧身后退；骑手再次提了提礼帽，一眨眼的工夫就骑着他那匹奇怪的马消失在了教堂后头。

"鬼才知道是怎么回事！"一些军官嘟囔着，正四散开，要往各自的住所走去，"都要睡觉了，结果冒出个冯·拉贝克请喝茶！咱们可是知道这喝的是哪门子的茶！"

全部六个连的军官们都还能清晰地回忆起去年那次经历。那是在一场大型军事演习的间隙，一支哥萨克部队的军官们同他们一道，也是以同样的方式被一位退了伍的地主——一位伯爵老爷请去喝茶；殷勤好客的伯爵亲切地招待他们，请他们吃饱喝足后，硬是不放他们回村里的住所，叫他们留在家里过夜。当然，这整件事都挺好的，简直不能要求更好了，可烦就烦在这位退役军人待这些年轻人们过分热忱了。他彻夜拉着军官们讲自己那一段段美好的往事，带他们到各个房间转悠，向他们展示名贵的画作、古老的版画、稀有的兵器，给他们读上层大人物们的亲笔来信，一直忙活到天亮。疲惫不堪、精疲力竭的军官们只好一直听着、看着，瞌睡虫在脑子里蠢蠢欲动，他们小心翼翼用袖口捂着嘴打哈欠。当主人终于放他们走的时候，睡觉已经彻底来不及了。

这位冯·拉贝克会不会也这样呢？不管会不会这样，要逃避已经是不可能的了。军官们穿好军服，把自己收拾干净，排成列队动身去找地主的宅子。在教堂附近的广场上，有人告诉他们去那先生家可以沿着下坡路走——先绕过教堂，下到河边，然后沿着河岸走到一个花园，那儿有条林荫小径，通往他们需要去到的地方；要么走上边的路——直接沿着教堂前的大路走，在离村子半俄里[1]的地方就到了地主家的粮仓。军官们决定走上边的路。

"这个冯·拉贝克到底是个什么人呢？"他们一路上都在讨

---

1 约合 0.53 千米。

论，"他该不会是那个在普列夫纳城郊战役上指挥过某某骑兵师的人吧？"

"不不，那人不叫冯·拉贝克，就叫拉贝，没有'冯'字。"

"天儿可真好啊！"

在地主家的第一座粮仓那儿，马路分了岔：一条直直地向前延伸，消失在傍晚的昏暗之中，另一条则往右拐到了地主家的正房处。军官们向右转去，说话声逐渐变小……路的两边是一座接一座的石砌粮仓，屋顶都被漆成红色，看起来笨重且森严，像极了县城里的兵营。前方，地主家正房的窗户里灯火闪耀。

"诸位先生，好兆头啊！"其中一位军官说道，"咱们的猎犬跑到所有人前头去了；这就意味着它嗅到了前边会有猎物！……"

走在众人面前的是洛贝特科中尉，他高大健硕，然而一点儿胡须也没有（他至少有二十五岁了，但他那圆溜溜的、富态的脸上不知为何还没生出半点儿毛发），他总是隔着老远就能感觉和判断出有女人存在，并凭借这一点闻名全旅。他转身说道：

"没错，这儿应该是有女人。这我凭本能就能感觉到。"

在门口迎接军官们的是冯·拉贝克本人，一位仪表堂堂的老者，大约六十岁的样子，身上穿着便装。他一边和客人们握手，一边说自己是多么高兴、多么幸福，但恳切地请求军官先生们看在上帝面上原谅他不能留他们过夜——两个姐妹带着孩子来看望他，还有几位兄弟和邻居也来了，因此家里一间空房也没有了。

将军和每个人都握了手，道了歉，投以微笑，但从他的面部表情能够看出，他远不像去年的伯爵那样，对客人的到来由衷地感到欣喜，在他看来，邀请军官做客仅仅是出于礼节的需要。而这些军官们自己呢，一边沿铺着软地毯的楼梯向楼上走着，听着他说话，一边觉得他们之所以会被邀请到这所房子里来，仅仅是因为不邀他们不合适；当他们看着仆人们急匆匆地点亮楼下门口和楼上前厅处的灯的时候，便开始觉得，自己的到来给这所房子添了多少麻烦，多少惊慌。大概是为了什么家庭庆典或是活动，两姐妹、她们的孩子、兄弟和邻居们在此聚集一堂，这种情况下谁会喜欢有十九个陌生军官在场呢？

楼上，大厅入口处，迎接宾客的是一位身材修长的老太太，长脸上挂着两条黑色眉毛，跟欧仁妮皇后[1]特别相像。她和蔼而庄严地微笑着，说在家里见到客人们感到很高兴，很幸福，并为这次她和丈夫不能留军官先生们过夜而道歉。每当她因为什么事情而转身离开客人时，她那美丽而庄严的笑容就会立马从脸上消失不见，由此看来，她定是在一生中见过许许多多的军官了，现在对他们早就没了兴趣，即便邀请他们来家做客并对他们致歉，那也只是出于她的教养和上流社会处世原则的需要罢了。

军官们走进宴会大厅，厅里有十来位男女老少正坐在长桌的一端喝茶。在他们的椅子后面，一群男人笼罩在雪茄淡淡的烟雾中，若隐若现；他们当中站着一个身材瘦削的年轻人，长着棕红色的络腮胡子，正在用英语说着些什么，声音很大，但咬字不清。这群人的背后有一扇门，透过门，能看到一间摆着淡蓝色家具的敞亮房间。

---

1 法兰西第二帝国皇后，拿破仑三世之妻。

"先生们，你们人太多，没法跟你们挨个儿介绍了！"将军大声说道，试图表现得很快活，"你们简单地介绍一下自己吧，先生们！"

这些军官们有的摆出副正儿八经的表情，甚至有些严肃的样子，有的则拘谨地微笑着，大家都感到很不自在，就漫不经心地一一鞠了个躬，然后坐下来喝茶。

其中最不自在的要数上尉里亚博维奇了，他是位身材矮小、有点儿驼背的军官，戴着副眼镜，留着猞猁一般的络腮胡。当他的一些同事摆出一脸严肃的表情，另一些则强颜欢笑的时候，他那张面孔、那猞猁似的胡须和眼镜却好像在告诉大家："我是全旅最羞怯、最谦虚、最平庸的军官！"他从走进宴会厅，然后坐下喝茶的那一刻起，就怎么都没法把注意力放在某个具体的人或物件上。那些面孔、衣裙、装着白兰地的菱形玻璃瓶、杯子里冒出的热气，还有雕着花纹的窗帘架——所有这一切都融合成了一个共同的、巨大的印象，让里亚博维奇感到惊慌，想要把自己的脑袋藏起来。他就像首次在公众面前讲话的朗诵者一样，眼前的一切虽然都能被视觉捕捉下来，但心里却是懵懵懂懂的（生理学家管这种虽然能看见，但是不能理解的状态叫作"心理视盲"）。过了一会儿，里亚博维奇习惯这里的环境了，眼睛就亮了起来，开始往四下里打量。作为一个胆怯且不善社交的人，最先吸引住他眼球的是他从未拥有过的东西——他在这些新结识的人身上看到了一种的非凡的勇气。冯·拉贝克、他妻子、两位上了年纪的太太、一位穿着淡紫色礼裙的小姐、一个长着棕红色小络腮胡的年轻人（原来是拉贝克的小儿子），一个个都异常灵巧地、好像先前排练好似的各自安插在军官们中间，并随即发动起一场热烈的争论，让客人们不得不加入话题。穿淡紫色裙子的小姐开始热切地论证，说炮兵的生活比骑兵和步兵要容易得多，而拉贝克和上了年纪的太太们则持相反的意见。大家你一句我一句地谈了起来。里亚博维奇瞧着这位穿淡紫色裙子的小姐，她正激烈地争论着一些对她而言既陌生又没有一点儿趣味的话题，他就这么看着她脸上那不真诚的笑容时而出现，时而消失。冯·拉贝克和他的家人娴熟地将军官们拉进了辩论中，而他们自己则在此间敏锐地观察着他们杯中和嘴巴里的情况，看看他们是不是在喝茶，是不是每个人都有甜点吃，为什么某某人不吃饼干或者不喝白兰地。里亚博维奇看得越多，听得越多，就越是喜欢这个不真诚但行事极有条理的家庭。

喝过茶后，军官们去了正厅。洛贝特科的本能没有欺骗他：正厅里果真有许多小姐和年轻的太太。这位"猎犬中尉"已经站在了一位穿黑色礼裙的金发少女身旁，利落地躬着身，像是靠在一把看不见的军刀上，脸上挂着笑，风流地耸动着肩膀。他大概是在说些很无趣的废话，因为金发姑娘将信将疑地瞧着他胖乎乎的脸，冷冷地问道："真的吗？"要是够聪明，"猎犬"便可从这句冷淡的"真的吗"上得出结论：人家未必想要逗弄这样的一条狗。

三角钢琴奏出隆隆乐声，一曲忧郁的华尔兹从正厅往敞开的窗户外面飘去，所有人不知怎的突然想起，窗外正值春天，这是一个五月的傍晚。每个人都感觉到空气中弥漫着白杨嫩叶、玫瑰和丁香的气味。在音乐的影响下，喝下肚中的白兰地开始起作用——里亚博维奇瞟了眼窗户，笑了笑，然后目光开始追随着女人们四处游动，他觉得那玫瑰、白杨和丁香的气味不是来自花园，而是从女人们的脸上和裙子上飘来的。

拉贝克的儿子邀请了个消瘦的姑娘一起跳舞，跳了两轮。洛贝特科在镶木地板上滑过去，飞跑到穿淡紫色礼裙的小姐身旁，带着她在正厅里翩翩起舞。舞会开始了……里亚博维奇站在门口附近那群不跳舞的人中间，观看着。他这辈子从没跳过一次舞，也从没搂过哪个正派女人的腰。他爱极了眼前的这一幕：男人在众目睽睽之下，搂着一个陌生姑娘的腰，将她的手搭在自个儿肩膀上，但他却无论如何也没法想象那男人换作他自己会是什么样。曾几何时，他也羡慕过同事们的勇敢和敏捷，心里很是难受；他意识到自己生性胆怯，背有点儿驼，平庸无奇，腰部细长，还长着猞猁那样的络腮胡子，一想到这些，他都感到心痛万分，但一年又一年，他对这种想法已经习以为常了，现在，看着人们跳舞或大声说话，他已然不再羡慕，只是暗自感伤罢了。

开始跳卡德里尔舞的时候，小冯·拉贝克走到不跳舞的那群人跟前，邀请两位军官去打台球。军官们同意了，和他一起离开了正厅。里亚博维奇无所事事，就想至少该参加个什么团体活动，于是也不紧不慢地跟在他们身后走了出去。他们出了正厅，进入客厅，然后走过一条带玻璃顶棚的狭长走廊，从这儿进到一个房间里，看到他们出现，三个昏昏欲睡的仆人立马从沙发上一跃而起。终于，穿过一排房间后，小拉贝克和军官们来到了一个摆着台球桌的小房间。他们开始打起台球。

里亚博维奇除了打牌什么都不会，此时只好站在台球桌旁边，冷淡地看着他们玩，打球的这几位解开上衣，手握球杆来回走动，嘴上说着俏皮话，不时喊出些叫人听不懂的词汇。他们没有注意到他，只是偶尔其中有谁的手肘碰到了他，或是不小心用球杆打到他，才转头说一声："Pardon！"[1]还没等第一局结束，他已经感到很无聊了，而且他开始觉得自己是多余的，在妨碍他们打球……于是他慢慢往正厅方向挪步，出了房门。

在回去的路上，他不得不经历一次小小的冒险。走到一半，他发现自己走错方向。他清楚地记得，路上应当会遇到那三个昏昏欲睡的仆人，可他一连穿过了五六个房间，这几个人就好像钻到地底下去消失了一样。他察觉到了自己的错误，往回退了一段距离，向右拐去，不知不觉走进了一间半明半暗的书房，这个房间他去台球室的时候并没有看到过；他在这儿站了半分钟，接着试探性地打开了第一扇映入眼帘的门，进到了一个完全漆黑的房间里。一眼能看见的是一条门缝，从那儿透出亮光；门后隐约传来了忧郁的玛祖卡舞曲的声音。和正厅里一样，这儿的窗户也敞开着，弥漫着白杨、丁香和玫瑰的气味……

里亚博维奇停下脚步想了一会儿……就在这时，他突然听到一阵急促的脚步声和裙子的沙沙声，一个女人气喘吁吁地低声说道："总算来了！"接着，两只柔软又芳香、毫无疑问是女人的手臂搂住了他的脖子；一张温暖的脸贴在他了的脸颊上，同时发出了亲吻的声音。不过，这个献吻的女人立刻轻轻叫了一声，里亚博维奇感觉，她是带着厌恶从他身边跳开的。他也几乎叫了起

---

1 法语：对不起。

来，赶紧冲向那条透光的门缝……

他回到正厅，心怦怦直跳，两只手抖得厉害，他赶忙将手藏到背后。起初，他心里满是羞耻和恐惧，生怕全场都知道他刚刚被一个女人拥抱和亲吻过，他缩起身子，不安地环顾四周，不过，在确认了正厅里的大伙儿还跟先前一样漫不经心地跳舞和闲聊后，他陷于一种迄今为止从未在生活里体验过的全新的感受当中。他身上发生了某种奇怪的变化……他那刚刚被柔软而芳香的手臂搂住的脖子，现在就好像抹了油一样；而在被陌生女人亲吻过的左侧胡须附近的脸颊上，仿佛有种轻微的、令人愉快的凉意，像是擦过薄荷滴剂似的，他越是揉这个地方，这种凉意就越发强烈；他整个人从头到脚都充满了一种新的、奇妙的感觉，这感觉在不断地增强、生长……他不禁想要跳舞、说话，想跑进花园，想要大声地笑……他完全忘记了自己是个有点儿驼背的、平庸无奇的人，忘记了他那猞猁一般的络腮胡子和"难以定性的外表"（他有次无意中听到几位太太在谈论他的外表时用了这一说法）。拉贝克的妻子从他身边经过时，他对她笑得如此开朗和亲切，以至于她停下脚步，一脸疑惑地望了望他。

"您的房子我真是喜欢极了！"他说着，一边抽了抽眼镜。

将军妻子微笑着，说这房子原本是她父亲的，然后询问他的父母是否健在，入伍是不是很久了，为什么这么瘦，等等。得到问题的答案后，她便继续往前走去；而他呢，在和她说完话后，笑容变得更亲切了，觉得自己周围全是最出色的人……

晚餐时，里亚博维奇机械地吃着、喝着端给他的任何东西，完全没在听旁人说话，试图为自己捋清方才经历的这宗奇事……

这场奇遇具有神秘和浪漫的特质，但理解起来并不困难。大概是某位小姐或太太约了个什么人在那黑房间里见面，等了很久，正是紧张兴奋的时候，便错把里亚博维奇当成了她要见的那个人；更何况穿过黑房间那会儿，里亚博维奇停下脚步迟疑了一阵，也显得好像在等什么人似的，这就看起来更像那么一回事了……里亚博维奇就是这样向自己解释被人亲吻的缘由的。

"她究竟是谁？"他想，四下里打量着在场女人们的面孔，"她应当很年轻，因为老太太是不会去约见情人的。然后，她还是个很有修养的女人——从她裙子的沙沙声、她散发出的香气和她的嗓音中就能感觉出来……"

他将目光停留在了穿淡紫色礼裙的小姐身上，她很讨他喜欢，有对漂亮的肩膀和手臂、聪慧的脸庞、美妙的嗓音。里亚博维奇看着她，希望那个陌生女人不是别人，就是她……可是她不知怎的很不真诚地笑了起来，皱起了自己的长鼻子，这就让她看起来显老了。于是，他又将目光转向穿黑色礼裙的金发姑娘身上，她更年轻，更单纯，也更真诚，长着好看的鬈发，非常优雅地对着玻璃酒杯喝酒。里亚博维奇现在希望那个陌生女人是她。但很快他就发现她的脸实在平凡，然后又将目光投向了站在她旁边的女人……

"实在是不好猜，"他想着，陷入了梦幻，"如果只取穿淡紫色礼裙的小姐的肩膀和手臂，加上金发姑娘的鬈发，再配上那个坐在洛贝特科左边的女人的眼睛，那么……"

他在脑子里做着加法，于是浮现出吻他的那个姑娘的形象，那个他想找的人，可这样的形象却怎么也没法在餐桌上找到……

晚餐后，吃饱喝足的客人们开始道别和道谢。主人夫妇俩再次因为不能留他们在家里过夜而向他们道歉。

"真是非常非常地高兴，先生们！"将军说，这句话倒说得挺真诚（大概是因为人在送客的时候都会远比迎客时要更真诚、友好吧），"非常高兴！你们回来路过的时候敬请再次光临！不要客气！你们怎么走啊？想沿着上边的路走吗？不不，穿过花园走下边的路吧，这边要更近些。"

军官们出了房子，走进花园。刚离开明亮的灯火和喧嚣，花园对他们来说显得异常黑暗和寂静。他们默不作声地往外墙门口走。大家都喝得半醉，心里愉快、满足，但这黑暗和寂静迫使他们沉思了一会儿。他们每个人，包括里亚博维奇，大概都冒出了同样的想法：他们自己会不会什么时候也像拉贝克一样，拥有一所大房子、一个家庭、一座花园，即便内心并不真诚，也有机会去款待宾客，让他们吃饱喝足，感到满意呢？

一出外门，他们便立刻七嘴八舌说起话来，无缘无故大笑起来。此时，他们正沿着一条小路走着，这小路向下通到河边，然后顺着河继续向前延伸，不时绕开水边的灌木、沟壑和垂悬在水面上的柳树。河岸和小路倒勉勉强强能看见，对岸的一切则完全淹没在了黑暗之中。点点星光倒映在黑暗的水面上，它们颤动着，向周围散开——只凭这一点才能猜到，这条河流得很快。四下里一片寂静。对岸，一群昏昏欲睡的鹬在哼叫；这边岸上的某处灌木丛里，一只夜莺全然不理会这群军官，自顾自地大声鸣唱。军官们在灌木丛附近站了一会儿，用手碰了碰它，可这夜莺还一直唱个不停。

"好一只鸟！"大家发出一阵赞叹声，"咱们就站在旁边，可它却一点儿警觉也没有！好个小滑头！"

走完这段，小路爬上坡去，然后在教堂外墙附近并入大路。在这儿，军官们爬坡爬累了，就坐下来抽了会儿烟。河对岸出现了一道暗淡的红色光亮，他们闲来无事，就猜了很久这到底是篝火，还是窗户里发出的光，还是别的什么东西……里亚博维奇也望着这道光，觉得这光仿佛在对他微笑，向他眨眼示意，好像它知道那个吻似的。

回到住所，里亚博维奇迅速脱衣躺下。和他同住一个小木屋的除了洛贝特科，还有梅尔兹利亚科夫中尉，他是个安静、沉默寡言的年轻人，在他的圈子里被认为是位受过良好教育的军官，到哪儿都随身携带一份《欧洲通报》，一有机会就掏出来读。洛贝特科脱了衣服，在房间里来来回回走个不停，看起来像是玩得还不尽兴，于是叫了个勤务兵去买啤酒。梅尔兹利亚科夫躺了下来，在床头放上一根蜡烛，专心致志地读起《欧洲通报》。

"她究竟是谁呢？"里亚博维奇望着被熏黑的天花板，心想。

他感觉自己的脖子还是像抹了油一样，嘴边有一股子凉意，像是擦过薄荷滴剂似的。在他的想象中隐约出现了淡紫裙小姐的肩膀和手臂、黑裙金发姑娘的鬈发和真诚的眼睛，还有好些人的腰部、礼裙、胸针。他试图把自己的注意力放在这些形象上，可它们却一直跳来跳去，向四周扩散，反复地闪动着。当这些形象在每个人一闭上眼就能看到的宽阔的黑色背景中完全消失时，他就开始听到急促的脚步声、裙子的沙沙声、亲吻的声音，于是，一种强烈且无端的喜悦之情便占据了他的心……正当他沉浸在这喜悦里的时候，听到了勤务兵回到营地，报告说没买到啤酒。洛贝特科气坏了，又开始走了起来。

"嘿，他是白痴不是？"他一会儿在里亚博维奇面前停下，一会儿又站到梅尔兹利亚科夫跟前，说，"连点儿啤酒都找不到，不是笨蛋和傻瓜，那是什么！哈？难道他在骗人不成？"

"这里当然是找不到啤酒的。"梅尔兹利亚科夫说，视线一刻也不离开那份《欧洲通报》。

"是吗？您这么觉得？"洛贝特科纠缠不休，"我的老天爷啊，就算把我扔到月亮上去，我也照样能立马给你们找到啤酒和女人！我现在就去找……要是找不到，你们尽管叫我孬种！"

他穿了老半天的衣服，费劲套上大靴子，然后默默抽了几口烟，出发了。

"拉贝克，格拉贝克，拉贝克，"他咕哝着，在外屋停了下来，"我不想一个人去，该死的。里亚博维奇，想跟我出去溜达溜达吗？哈？"

他没得到回应，便走了回来，慢慢把衣服脱掉，然后躺下。梅尔兹利亚科夫叹了口气，把《欧洲通报》塞到一边，吹灭了蜡烛。

"嗯，好吧。"洛贝特科喃喃地念叨了一句，在黑暗中抽起烟来。

里亚博维奇蒙头盖上被子，蜷作一团，开始捕捉那些不断闪现在脑海中的形象，并将它们合成一个整体。但他没有成功，很快就睡着了。进入梦乡前的一刻，他冒出这样的想法：有个人对他温存了一下，让他喜悦，他的生活中发生了这么一件不同寻常的、愚蠢的，却又极其美好和快乐的事情。就算在梦里，这个想法也一直跟随着他。

醒来的时候，他的脖子已经没有抹了油的感觉，嘴边那股薄荷似的凉意也消失了，可那喜悦还是如昨日一般，在他胸中荡漾开来。他兴高采烈地望了望被初升的太阳染成金色的窗框，倾听街上走路的动静。有人在窗下大声说着话。里亚博维奇所在炮兵连的指挥官列别捷茨基刚赶到旅里来，由于不习惯轻声说话，正用很大的音量跟自己的司务长交谈。

"还有什么要报告的吗？"指挥官吼道。

"长官，昨天给马重新挂掌的时候，'小乖'的蹄子被钉伤了。医士用浸了醋的黏土给它敷了伤口。现在正用缰绳牵着它在边上走。还有，长官，工匠阿尔捷米耶夫昨儿喝醉了，中尉下令把他拴在一座备用炮架的前车上。"

司务长还报告说，卡尔波夫忘了带新的管绳和支帐篷用的木桩子，以及军官先生们昨晚去冯·拉贝克将军家做客了。话还没谈完，列别捷茨基那红毛脑袋就出现在了窗口。他眯起近视的眼睛看着军官们睡眼惺忪的脸，跟他们打招呼。

"一切都顺利吗？"他问道。

"那匹备了鞍子用来驾辕的马，肩隆那儿给擦伤了，"洛贝特科打着哈欠回答，"新套具弄的。"

指挥官叹了口气，想了想，大声说道：

"我还想着到亚历珊德拉·叶甫格拉弗芙娜那儿去一趟呢。得拜访拜访她才行。那就再见吧。我傍晚前能追上你们。"

一刻钟后，旅团出发了。当队伍沿着大路经过地主家的粮仓时，里亚博维奇往右瞥了一眼正房。窗户上的百叶窗紧闭着，显然屋里的人都还在睡觉。昨天吻了里亚博维奇的那个人也在睡觉。他不禁对她睡眠的情境浮想联翩：卧室里敞开着的窗子，伸进窗里的绿枝，晨间的清新空气，白杨、丁香和玫瑰的香味，一张床，一把椅子，椅子上放着的那件昨天穿过的沙沙作响的礼裙，一双精致的便鞋，桌上的小表……这一切都在他脑海里被描绘如此清晰明了，可就是那副面容、那睡梦中的可爱微笑——恰恰是那些重要的、独特的东西——却像水银从指缝间流失一般，从他的幻想中逃逸了。行进了半俄里后，他又回头看了看：那座黄色教堂、那所房子、那条河跟花园都淹没在了日光里；河岸郁郁葱葱，水面倒映着蓝天，其间的某处在阳光下闪烁银光，漂亮极了。里亚博维奇最后看了梅斯捷奇基村一眼，忧伤之情油然而生，就像要阔别一件很亲近、很亲密的东西似的。

　　一路上，目之所及之处尽是那些个熟悉不过且了无生趣的图景……左右两边的田里长着黑麦和荞麦幼苗，白嘴鸦在田间上蹿下跳；向前望去，看到的是浮尘和大家的后脑勺，往后看呢，依然是浮尘和一副副面孔……走在所有人前面的是四个别着军刀的士兵——这是前卫队。一群军歌手跟在他们身后，后边是骑马的司号员。前卫队和军歌手就像葬礼行列里拿火把的人，时常忘记约定好的行进距离，把大部队远远甩在后头……里亚博维奇走在第五炮兵连的第一门炮附近，能看见他前方的所有四个连。对于非军队的人来说，这个行军中的旅团形成的冗长又笨重的队列看起来好似一摊离奇古怪、令人费解的粥糊糊；难以理解为什么一门炮旁边要有这么多人守着，为什么要动用这么多匹套着奇怪马具的马来拉，好像它真的那么危险、那么沉重似的。在里亚博维奇看来，一切倒是都明明白白，所以才显得非常无趣。他早就知道为什么每个炮兵连前头除了要有一个军官，旁边还得配一个魁梧的炮兵骑行，他还知道为什么这位炮兵叫作前导；在这炮兵的背后，可以看到拉前套的护卫骑兵，然后是中间拉边套的骑兵；里亚博维奇知道，他们骑的左边的马叫作鞍马，右边的叫作副马。这些都很无趣。护卫骑兵后头跟着两匹辕马。其中一匹马上的骑兵背上还沾着昨天的灰尘，右腿上绑着一节笨拙又滑稽的木制假肢；里亚博维奇知道这木制假肢意味着什么，他觉得这并不好笑。骑兵一个个都机械地挥动着他们的马鞭，偶尔吆喝几声。那炮本身很丑。前车上放着好几袋盖着帆布的燕麦，炮身挂满了茶壶、士兵的行囊、小麻袋，看起来像一只温顺无害的小动物，不知为何被人和马团团包围。炮的两侧，六个炮手背着风往前走，胳膊来回摆动。这炮后面又是一队新的前导、护卫骑兵、辕马，他们后头又拖了一门炮，就跟第一门一样丑陋、朴实。第二门炮后边跟着第三门、第四门；第四门炮那儿又有一个军官，以此类推。整个旅共有六个炮兵连，每个炮兵连里又有四门炮。队列绵延半俄里之长。殿后的是一列大车，车队旁边是一头极可爱的牲口——驴子马加尔，它是由一个炮兵连的指挥官从土耳其带来的，长着对长耳朵，耷拉着脑袋，若有所思地挪着步子。

里亚博维奇冷漠地看着前面和后面，看着士兵们的后脑勺和脸。换作他日，他肯定得打瞌睡，可现在，他完全沉浸在自己那新鲜、愉悦的思绪中。一开始，旅团刚刚出发的时候，他还想说服自己：这宗亲吻事件只不过是一次小小的、不为人知的奇遇罢了，本质上是无足轻重的，把它想得太认真，至少也是挺蠢的；但很快，他就放弃了逻辑，任由自己沉湎于幻想之中了……他一会儿想象自己在拉贝克的客厅里，旁边坐着个看起来像是淡紫裙小姐和黑裙金发姑娘的女孩；一会儿闭上眼睛，又看到自己身边是另一位完全陌生的姑娘，五官很不清晰，他暗自跟她说着话，爱抚着她，把头贴到她的肩膀上，想象着战争和分离的情形，然后再次相聚，和妻子吃晚餐，还有孩子们……

"刹车！"每次下山，这个命令都会响起来。

他也跟着喊"刹车"，可又生怕这叫声会打断他的幻想，把他拉回到现实……

路过某个地主的庄园的时候，里亚博维奇望向栅栏后边的花园。他看到一条像尺子一样又长又直的林荫道，上面撒了一层黄沙，两旁栽满了小桦树……他带着耽于幻想的人的那份渴望，想象出了两条女人的小腿，在黄沙地上走着。突然间，他的脑海里清晰地出现了亲吻他的那个女人的样子——那个昨天在晚餐时他想象出的样子。这个形象留在了他的脑子里，再也不离开他了。

中午时分，后头的大车队传来一声喊叫：

"立正！向左看！军官先生们！"

一位准将驾着辆由一对白马拉着的小车疾驰而过。他在第二个炮兵连附近停了下来，叫嚷起一些没人能听懂的话。几名军官骑马向他快跑过去，里亚博维奇也在其中。

"啊？怎么样？什么？"准将眨巴着布满血丝的眼睛，问道，"有人病了吗？"

得到答复后，这位又矮又瘦的将军吧嗒了几下嘴，想了想，转头对其中一名军官说：

"你们第三门炮那儿骑辕马的骑兵摘掉了护膝，把它挂到了前车上去，这个浑蛋。得处分他。"

他抬头看向里亚博维奇，继续说道：

"您的辕链[1]好像太长了……"

又训了几句无聊的话后，将军看了眼洛贝特科，冷冷一笑。

"您呀，洛贝特科中尉，今天是一脸愁容啊，"他说，"怕不是想洛普霍娃了吧？啊？先生们，他就是想洛普霍娃了！"

洛普霍娃是一位非常丰满、非常高大的女士，早已年过四十岁。这将军对身材魁伟的女人颇有好感——不管她们年纪多大，而且怀疑自己的军官们也有同他一样的偏好。军官们恭敬地笑了笑。因为觉得自己说了几句又好笑又恶毒的话，将军得意极了，哈哈大笑起来，碰了碰车夫的背，举手行了个军礼。他驾着小车继续往前奔去……

"我现在所幻想的一切，在我看来不能实现的、超越凡俗的一切，实际上都是再普通不过的事，"里亚博维奇望着将军车后飞扬的尘土，心想，"这一切是那么地普通，每个人都可能经历过……比方说，这位将军也曾经爱过别人，现在结婚了，有了孩子。瓦赫特大尉也结婚了，有人爱，虽然他的后脑勺又丑又红，还没有腰身……萨尔马诺夫生性粗鲁，一副鞑靼人做派，但他身上也发生过浪漫故事，最后还修成了正果……我和别人并无二致，或迟或早会经历那些别人都经历过的事情……"

---

1 由马的颈圈系到车辕前端的宽皮带。

一想到自己是个普通人，自己的生活如此普通，他便感到高兴，感到鼓舞。他已经能大胆地、如愿地描摹那个"她"和自己的幸福了，已经没有什么东西可以限制他的想象了……

傍晚，旅团到达了目的地。军官们在帐篷里休息，里亚博维奇、梅尔兹利亚科夫和洛贝特科围着个大箱子坐下来吃晚饭。梅尔兹利亚科夫慢条斯理地吃着，一边慢慢咀嚼，一边读他放在膝盖上的《欧洲通报》。洛贝特科则在没完没了地说话，一个劲地往杯子里倒啤酒。里亚博维奇呢，做了一整天的白日梦，现在脑子里蒙蒙的，正一声不吭地喝着酒。三杯酒下肚，他有点儿醉了，身体飘飘然，抑制不住地想要和同事们分享心中的新感悟。

"我在拉贝克家碰见了一件怪事……"他试图在自己的嗓音里加入一种满不在意又略带嘲弄的腔调，开始说道，"你们知道吧，我去了台球室……"

他开始详尽地讲述那个吻的来龙去脉，可刚过一分钟就没话可说了……就在那一分钟内，他把一切都说了出来，他感到惊讶极了——讲完这件事竟然只需要用这么短的时间。他本以为，关于这个吻可以一直讲到第二天早上呢。听过他的故事，平日里就满口跑火车、不信任任何人的洛贝特科一脸怀疑地看着他，冷笑了几声。梅尔兹利亚科夫挑了挑眉毛，视线一刻不离那份《欧洲通报》，平静地说道：

"天晓得这是怎么一回事！……吭也不吭一声就跑去抱人的脖子……这女的一定是个神经病吧。"

"是啊，一定是个神经病吧……"里亚博维奇同意道。

"类似的事在我身上也发生过一次……"洛贝特科说，眼里露出惊恐的神色，"去年我坐火车去科夫诺[1]……买的是二等票……车厢里挤满了人，根本睡不着。我给乘务员塞了半卢布……他就拿上我的行李，把我领到了包厢……我躺了下来，盖上被子……那儿特别黑，你们要知道。突然，我觉得有人在摸我的肩膀，往我脸上呼气。我这么摆了摆手，碰到了一个人的胳膊肘……我睁开眼睛，你们猜怎么着，居然是个女人！她长着双黑色的眼睛，嘴唇红红的，像条上好的鲑鱼，鼻孔用力呼着气，那对乳房丰满得很……"

"不好意思，"梅尔兹利亚科夫平静地打断他，"胸部的部分我倒是能理解，可如果当时挺黑，你怎么能看到嘴唇呢？"

洛贝特科赶紧圆谎，并嘲笑梅尔兹利亚科夫脑子不机灵。这让里亚博维奇感到厌恶。他从箱子边走开，上床躺下，向自己发誓永远不再对别人袒露心声。

营地生活开始了……日子一天天过去，了无新意。在这些日子里，里亚博维奇的感情、思想和行为都好像陷入了爱情一样。每天早上，勤务兵给他送来洗漱的东西，他每次往自己头上泼冷水的时候，就会想起他的生活中还有着一些美好而温暖的东西。

晚上，当同事们开始谈论爱情和女人时，他便认真倾听，凑近身子，脸上摆出这样一副表情：就像士兵在听人讲述他们亲身参与过的战斗似的。有些晚上，那群以"猎犬"洛贝特科为首的喝得微醺的高级军官们会去"突袭"某些"桃色场所"，而参与"突袭行动"的里亚博维奇每次都觉得很难过，感到深深的内疚，

---

1 立陶宛城市考纳斯的旧称。

在心里请求"她"的原谅……在那些个无所事事的时刻，或是在不眠之夜，当他每每回忆起自己的童年、父亲、母亲等亲近之人的时候，他也一定会想起梅斯捷奇基村，想到那匹奇怪的马，想到拉贝克和他长得像欧仁妮皇后的妻子，还有那个漆黑的房间，那条透光的门缝……

八月三十一日，他从营地回来，不过不是跟整个旅一起，而是带着两个炮兵连走的。一路上他浮想联翩，又慌张不安，仿佛这是一趟归乡之旅。他极度渴望再次见到那匹奇怪的马、那教堂、不真诚的拉贝克一家、那漆黑的房间；那个经常蒙骗恋爱之人的"内心的声音"不知为何对他发出耳语，说他一定会见到她……他苦苦思索这些问题：他要怎么去见她？和她谈些什么？她是否忘了那个吻？他想，最坏的结局是，即使见不到她，只要能再在那漆黑的房间里走一走，回想一下当时的情景，对他来说也就挺欣慰的了……

临近傍晚，地平线上出现了那座熟悉的教堂和白色的粮仓。里亚博维奇的心开始怦怦直跳……他没听在他身边骑行的军官对他说了些什么，他把一切抛在了脑后，聚精会神地凝视着远处波光粼粼的河水，凝视着房子的屋顶和上面的鸽子窝——一群鸽子在那上方盘旋，被落日的余晖照得发亮。

靠近教堂的时候，还有接下来听设营员讲话的时候，他都在等待这样的时刻——一个人骑马从围墙外出现，请军官们去喝茶，可是……等设营员的报告结束，军官们已经下马往村子里走去，那个骑马的人还没有出现……

"拉贝克马上就能从农民那儿得知我们抵达的消息，肯定会派人来找我们的。"里亚博维奇心想，往小木屋里走，不明白为什么一位同事点起了蜡烛，为什么勤务兵匆匆忙忙地摆起茶炊……

一种巨大的不安占据了他的内心。他躺下，然后起身，向窗外望去，看有没有人骑马过来。然而这骑马的人还是没出现。他又了躺下来，过了半个钟头再次爬起身，他实在忍受不了这份不安，于是出门走到街上，朝教堂方向走去。靠近外墙的教堂广场上漆黑一片，空无一人……三四名士兵在斜坡旁站着，一言不发。他们看见里亚博维奇，立马精神一振，敬了个礼。他也向他们回敬了个礼，然后沿着熟悉的小路往坡下走。

河的另一岸，整个天空都被染成了深红色：月亮升起来了；两个村妇大声说着话，在菜地里穿梭，采摘白菜叶；菜地后面，几间木屋渐渐暗淡下去……而在河的这边，一切都还跟五月的时候一个样：小路、灌木丛、垂悬在水面上的柳树……只是听不到那只大胆的夜莺的叫声了，也闻不到杨树和嫩草的香气了。

里亚博维奇走到了花园，透过便门往里张望。花园里漆黑又宁静……只能看见最近几棵桦树的白树干，还有一小段林荫道，其余的都跟这漆黑的背景混作了一团。里亚博维奇聚精会神地听着，观察着，但站了足足一刻钟，也没有听到任何声响，也没有看到任何光亮，于是他缓缓地往回走去……

他到了河边。前面白晃晃地出现了将军的浴棚和挂在小桥栏杆上的床单……他走上小桥，站了一会儿，完全没必要地摸了摸床单。那床单摸起来粗糙又冰冷。他低头看了看河水……河水急速奔流，在浴棚的木桩附近勉强能听到潺潺的水声。一轮红月倒映在左岸那边；朵朵小浪花从它的倒影上掠过，将倒影拉长，扯破成一片一片，好像要把它给带走似的……

"真蠢！真蠢！"里亚博维奇看着流水，心想，"这一切是多么不理智啊！"

现在，他什么也不期盼了，那个吻的事、他急躁的心情、那些若隐若现的希望和失望便在他脑海里变得明了起来。没能等到将军派来的骑手，永远见不到那个不小心把他认作别人而吻了他的女人——这对他而言已经显得不再奇怪了，反倒是见到了她才奇怪吧……

河水不明去向也不明缘由地奔涌着，这景象和五月时没有丝毫区别；五月里，它从小河流到大河，又从大河流到大海，然后蒸发，变成了雨，或许，它再次化作了河水，如今正好在里亚博维奇的眼前淌过……这是为什么？为什么呢？

这整个世界、自己的整个生活，在里亚博维奇看来，都成了一个难以理解、漫无目的的笑话……而把目光从水面移开，望向天空的时候，他又想到，命运是如何化作一个陌生的女人，在无意间给了他些许温存，他想起了自己夏日里的那些幻想，那些个形象，于是便觉得自己的生活异常贫乏、残缺、平淡无奇……

他回到自己住的小木屋，没遇到一个同事。勤务兵报告他说，他们都出门去"冯特里亚布金将军"家了，这将军派了个人骑马过来请他们去的……一瞬间，里亚博维奇的胸中迸发出一丝喜悦，但他立刻将它扑灭，躺到了床上去。他成心跟命运作对，好像故意惹它生气似的，偏就不去将军家。

1887 年

13　未婚妻

一

　　已经是晚上十点钟的样子了，一轮明月照耀在花园上空。舒明家里，由祖母玛尔法·米哈伊洛芙娜吩咐做的晚祷将将结束，娜佳去花园里待了一阵，这会儿看见大厅桌子上正在摆点心，祖母穿着华丽的丝绸连衣裙忙碌地张罗着。教堂的大司祭安德烈神父在和娜佳的母亲尼娜·伊万诺夫娜谈些什么事情，透过窗户望去，母亲在夜晚灯火的映衬下不知为何显得异常年轻。一旁站着的是安德烈神父的儿子安德烈·安德烈伊奇，他正专心地听着谈话。

　　花园里安谧又凉爽，漆黑的阴影静静地落在地上。可以听到在很远很远的地方——应当是在城外——有青蛙在叫。能感受到五月的气息，可爱的五月啊！只要深深呼吸几口，就会不禁去想：不在这里，而是天空下的某处，在树的上方，在城外某个遥远的地方，在田野和森林里，春天的生命已然绽放开来，那生命如此神秘、美好、丰富、圣洁，是软弱、罪恶的人所无法理解的。不知为何，真叫人想哭。

她，娜佳，已经二十三岁了。从十六岁起，她就热切地梦想着出嫁，如今，她终于成了站在窗户里头的那个安德烈·安德烈伊奇的未婚妻。他很讨她喜欢，婚礼已经定在了七月七日，可她却一点儿也高兴不起来，晚上睡不好，心情低落……从厨房所在的地下室那一层，透过敞开的窗户能听到大伙儿在里头忙前忙后、用刀剁东西、砰砰开关房门的声音，能闻见烤火鸡和醋渍樱桃的味道。不知为何，她觉得自己的一辈子都将照现在这样过下去，没有变化，也没有尽头！

有人从屋里走出来，在门廊上站住。这是位十几天前从莫斯科来的客人，亚历山大·季莫费伊奇，或者简单地叫作萨沙。很久以前，祖母的远房亲戚玛丽亚·彼得罗芙娜常来讨救济——她是个贫穷的贵妇寡妇，长得又矮又瘦，一副病容。她有个儿子，那就是萨沙。不知为何，大家都说他是一位出色的画家，当他母亲去世时，祖母为了拯救自己的灵魂，把他送去了莫斯科的科米萨罗夫斯基学校；大约两年后他转入了绘画学校，在那儿待了将近十五年，勉勉强强从建筑系毕业，可还是没有从事建筑行业，而是去了一家莫斯科的石印工厂工作。他几乎每年夏天都会来祖母家，总是病得很重，在这儿稍事休息、调养身子。

他这会儿穿着一件常礼服，纽扣都扣了起来，还穿着条破旧的帆布裤子，裤脚已经磨坏了。他的衬衫没有熨平，全身上下显出一副无精打采的样子。他很瘦，长着双大大的眼睛，手指细长，留着胡子，面色黝黑，不过仍然挺漂亮的。他已经跟舒明一家子很熟了，待他们就像待自己亲人似的，住在他们家就和住自己家里一样。而他在这儿住的房间，早就被叫作"萨沙的房间"了。

他在门廊上站着，看见了娜佳，于是朝她走去。

"你们这儿挺好的。"他说。

"当然是挺好的。您应该在这儿住到秋天。"

"是啊，是应该，应当是要的。我大概会在你们这儿住到九月。"

他无缘无故地笑了起来，然后在她身边坐下。

"我坐在这儿看我妈妈，"娜佳说，"从这儿看过去她显得好年轻！当然，我妈妈有她的弱点，"她顿了顿，补充道，"但她仍然是个非凡的女人。"

"是啊，她是挺好的……"萨沙同意道，"您的妈妈，就她本人而言，当然是个非常善良和可爱的女人，可是……怎么和您说呢？今天我一大早去了趟您家的厨房，那儿有四个女仆直接睡在地板上，床也没有，只有些破布替代被褥，臭气熏天，臭虫和蟑螂爬来爬去……跟二十年前没什么两样，一点儿变化都没有。祖母嘛——愿上帝保佑她——毕竟是老太太，怪不得她了；可要知道，您的妈妈想必会讲法语，还参加话剧演出。她理应是能明白的。"

萨沙一说起话，就要把两根细长的手指伸到听者面前。

"不知怎么，这儿的一切我都觉得荒唐、不习惯，"他继续说，"天晓得为什么这儿的人什么事都不干。您的妈妈整天只知道散步，就像个公爵夫人似的，祖母也什么事情都不做，您也是。您的未婚夫安德烈·安德烈伊奇同样无所事事。"

这话娜佳去年就听过了，而且似乎前年也听过，她知道萨沙抱定了这个想法。这话起初还能把她逗乐，但不知为何现在她听着却觉得很恼火。

"这些都是老生常谈，我早就听厌烦了，"她说着站起身来，"您该想出些新一点儿的东西来才是。"

他笑了起来，也站起身，两人一起往屋里走。她高挑、美丽、苗条，这时在他旁边显得格外健康，衣着也漂亮；她察觉到了这一点，替他感到难过，不知为何觉得很难为情。

"您说了太多没必要的话了，"她说，"您刚刚谈到了我的安德烈，但要知道，您根本不了解他。"

"'我的安德烈'……去他的吧，您的安德烈！我真是为您的青春感到可惜。"

他们走进大厅时，大家已经坐下吃晚饭了。祖母——也就是家人口中的老太太——长得很胖很丑，生着浓密的眉毛，还有唇髭，说话声音很大。从她的嗓音和说话的方法上可以看出，她是这所房子里当家的一位。她的财产包括集市上的好几排商户以及这座带柱子和花园的老房子，但她每天早上都要祈祷，求上帝保佑她免于破产，一边祷告一边哭泣。还有她的儿媳、娜佳的母亲尼娜·伊万诺夫娜，长着浅黄色的头发，束腰勒得很紧，戴着夹鼻眼镜，每根手指上都戴着钻石戒指；然后是安德烈神父，一个瘦削的老头子，牙齿已经没有了，脸上的神情就好像要讲一些非常好笑的事情似的；以及他的儿子安德烈·安德烈伊奇，娜佳的未婚夫，面相圆润、帅气，生得一头鬈发，看起来像个演员或者画家。他们三个人正在探讨催眠术。

"你在我这儿待上一周就会好起来的，"祖母转头对萨沙说，"只要多吃点儿就行了。你瞧瞧你跟什么似的！"她叹了口气，"你这模样真是可怕！简直和那浪子一个德行了。"

"耗尽了父亲馈赠的资财，"安德烈神父眼里带着笑意，缓缓说道，"只得和些无知的牲畜一起过活，罪人啊……"[1]

"我爱我爹，"安德烈·安德烈伊奇说，摸了摸父亲的肩膀，"他是个好老头，善良的老头。"

大家沉默了一阵。萨沙突然笑了起来，拿餐巾捂住嘴。

"所以您相信催眠术？"安德烈神父问尼娜·伊万诺夫娜。

"当然，也不能说是我相信，"尼娜·伊万诺夫娜答道，脸上露出一副非常严肃甚至是严厉的表情，"但我必须承认，自然界中有许多神秘的、不可理解的东西。"

"我完全同意您的看法，尽管我必须补充一点：信仰在很大程度上为我们缩小了神秘的领域。"

一只又大又肥的火鸡上桌了。安德烈神父和尼娜·伊万诺夫娜继续着他们的谈话。钻石在尼娜·伊万诺夫娜的手指上闪烁，接着是泪水在她的眼眶中闪烁，她激动了起来。

"虽然我不敢跟您争辩，"她说，"但您肯定会同意一点：生活中有如此多无法解开的谜团！"

"一个也没有，我敢向您保证。"

晚饭过后，安德烈·安德烈伊奇拉小提琴，尼娜·伊万诺夫娜弹钢琴为他伴奏。他十年前从大学的语文系毕业，但没有去任

---

1 《新约圣经》中《路加福音》第十五章记载的浪子回头的故事。

何地方任职，没有什么固定的工作，只是偶尔参加一些慈善音乐会；在城里，人们管他叫艺术家。

安德烈·安德烈伊奇拉琴，每个人都安静地听着。桌上的茶炊静静地烧着，只有萨沙一人在喝茶。然后，当钟打过十二点时，小提琴上突然断了一根弦；大家都笑了起来，纷纷起身，开始道别。

送走未婚夫后，娜佳上了楼——她和母亲住在楼上，祖母则住楼下。下边大厅里，灯火被一盏一盏熄灭，而萨沙依旧坐在那儿喝茶。他总是按莫斯科人的习惯，喝很久的茶，一次要喝上七杯。娜佳脱了衣服躺到床上，许久还能听见楼下女仆打扫的声音，以及祖母发怒的声音。终于，一切都平静了下来，只是不时从楼下萨沙的房间里传来低沉的咳嗽声。

二

娜佳应当是两点钟醒来的，这会儿天已经蒙蒙亮了。在远处的某个地方，更夫在打更。她不想再睡觉了，床太软，躺着不舒服。娜佳和过去所有那些五月的夜晚一样，从床上坐起来，开始想心事。她的思绪也和先前的一个晚上一样，单调、多余却又摆脱不掉。她回想着安德烈·安德烈伊奇是怎么开始对她献殷勤、怎么向她求婚的，以及自己是怎么答应求婚的，然后一点一点地欣赏起这个善良、聪明的男人。可现在不知为何，距离婚礼只剩下一个月的时间了，她却开始感到恐惧、不安，仿佛有什么不确定的、沉重的事情在前面等着她。

"叮咚，叮咚……"更夫懒洋洋地敲着更，"叮咚……"

透过那扇老旧的大窗可以看到花园，远处灌木丛里开着密密麻麻的丁香花，在寒气中无精打采，萎靡不振；白色的浓雾悄悄地飘到丁香旁边，想要盖住它。远方树林里，一群昏昏欲睡的白嘴鸦在嘎嘎叫唤。

"我的上帝啊，我为什么这么痛苦！"

或许，每个新娘在婚礼前都会有这样的感受吧。谁知道呢！还是说她受了萨沙的影响？但要知道，同样的话萨沙已经一连说了好几年了，就像背书似的，而且他一说起来，就显得天真又古怪。可为什么萨沙还是不肯离开她的脑袋？为什么呢？

更夫早就停止了打更。窗户下、花园里，鸟儿开始叽叽喳喳地鸣叫，雾气从花园里散去，周遭的一切在春光中变得明亮起来，像是被微笑点亮了似的。很快，整个花园都被阳光照得暖暖的，仿佛受到了爱抚，恢复了活力。露珠如钻石一般，在树叶上闪闪发光。这座老旧的、荒芜了许久的花园在这个早晨显得如此年轻，如此华丽。

祖母已经醒来了。萨沙用低沉的声音咳嗽起来。能听到楼下摆茶炊、动椅子的声音。

钟走得很慢。娜佳早就起来了，已经在花园里走了很久，可这会儿依旧是早晨。

尼娜·伊万诺夫娜也出现了，满脸是泪痕，手里拿着一杯矿泉水。她研究招魂术和顺势疗法，读了很多书，喜欢谈论她所遭遇的疑惑，而这一切在娜佳看来，都蕴含着某种深刻而神秘的意义。娜佳上前吻了吻母亲，和她并肩走着。

"妈妈，你哭什么呢？"她问道。

"昨天睡前我开始读一个中篇小说，讲的是一个老人和他女儿的故事。这老人在某个地方任职，唉，他上司爱上了他的女儿。我还没读完，不过有个地方实在让人忍不住想哭，"尼娜·伊万诺夫娜说，喝了一口杯里的水，"今天早上我想起来，又哭了。"

"这些天我心里一直很苦闷，"娜佳沉默一会儿，说，"为什么我整晚整晚睡不着觉？"

"我不知道，亲爱的。我夜里睡不着的时候，就会把眼睛闭得紧紧的，就像这样，脑子里想象安娜·卡列尼娜的形象，想她走路和说话的样子，或者想象古代世界的某个历史场景……"

娜佳觉得母亲并不理解她，也无法理解她。她生平第一次这么觉得，她甚至感到害怕，想要躲起来。然后她回了自己的房间。

两点钟，大家坐下来吃午饭。那是星期三，是斋日，因此做了素红菜汤和欧鳊配粥给祖母吃。

为了逗弄祖母，萨沙既吃肉汤，又吃素红菜汤。吃饭的时候他一直在开玩笑，但说出的笑话总是很拙劣，还一律要含着点儿寓意；在讲俏皮话前，他总是要高高举起那又长又瘦像死人一样的手指，只让人觉得他病得很重，或许在这世上活不久了，于是，他的那些话也就完全不好笑了，谁都会为他难过得掉眼泪。

午饭过后，祖母回自己房间休息，尼娜·伊万诺夫娜弹了会儿钢琴，然后也离开了。

"唉，亲爱的娜佳啊，"萨沙开始了他惯常的饭后说教，"要是您能听听我的话就好了！要是那样就好了呀！"

她闭起眼睛，蜷着身子坐在一张老扶手椅里；他则静静在房间里踱步，从一个墙角走到另一个墙角。

"要是您能去念书就好了！"他说，"只有受过教育的、神圣的人才是有趣味的人，只有他们才是被社会需要的人。要知道，这样的人越多，世间的天国才能越快到来。你们的城市将一点一点地土崩瓦解——一切都会发生天翻地覆的变化，一切都将焕然一新，像被施了魔法一样。那时，这儿就会有高大、绝美的楼房，会有壮丽的花园和非凡的喷泉，会有卓越的人……但这些都不是最重要的。最重要的是，我们概念里的群众，这些以现在的方式生活的群众，他们身上的恶将荡然无存，因为每个人都有信仰，每个人都知道自己为何而活，没有一个人要依赖别人才能立足。亲爱的，好姑娘，走吧！去告诉所有人，这种一成不变的、灰色的、罪恶的生活您已经厌倦透顶。哪怕是自己弄明白这一点也好！"

"不行，萨沙。我要嫁人了。"

"嘻，何苦呢！谁说一定得结婚呢？"

他们出门去了花园，在那儿散了会儿步。

"不管怎样，我亲爱的，都得好好想一想，要明白，你们这种无所事事的生活是多么不纯洁，多么不道德。"萨沙继续道，"您要理解，要知道，比方说，如果您和您的母亲、您的祖母什么事都不做，那就意味着得有别人替你们工作，你们是在啃食他人的生命。难道这样做纯洁吗？不肮脏吗？"

娜佳想说"是的，说得没错"，想说她心里明白，可泪水却在她眼眶里打转，她忽然安静下来，浑身抽紧，走回自己的房间去了。

傍晚前，安德烈·安德烈伊奇来了，像往常一样拉了很久的小提琴。大体上讲，他是个沉默寡言的人，钟爱小提琴，也许是因为拉琴的时候可以不用说话吧。十点多钟，他准备告辞回家，穿好外套后，他拥抱了娜佳，然后开始贪婪地亲吻她的脸、肩膀和手。

"亲爱的，我的心肝儿，我的美人儿！……"他喃喃道，"噢，我多么幸福啊！我高兴得要发疯了！"

她觉得，这话她很久很久以前就已经听过了，要么就是在哪儿读到过……也许是在某本陈旧、破烂、早就被扔掉的长篇小说里读到的吧。

大厅里，萨沙正坐在桌边喝茶，将茶托放在他修长的五指上；祖母在摆牌阵，尼娜·伊万诺夫娜则在读书。火光在小油灯里噼啪作响，一切都显得平静、安好。娜佳道了晚安，上楼回了自己的房间，躺下，不到一会儿就睡着了。不过，和头晚一样，天刚蒙蒙亮的时候她就醒了。她睡不着，心里惴惴不安，感到痛苦。她坐起来，把头放在膝盖上，想着未婚夫和婚礼的事……不知为何，她想起自己的母亲并不爱她已故的丈夫，如今她一无所有，完全依赖她的婆婆，也就是祖母生活。娜佳怎么想也想不明白，为什么自己迄今为止在母亲身上只看到那些特别的、非凡的品质，为什么没发觉她其实是个普通的、平凡的、不幸福的女人。

楼下，萨沙也没睡觉——能听到他咳嗽的声音。娜佳想，他是这么一个古怪、天真的人，在他的那些梦想里，在他所有关于壮丽的花园、非凡的喷泉的说辞里，总蕴含着些许荒谬；可不知为何，在他的天真里，甚至在这种荒谬里，也蕴含着那么多的美，以至于她只要一想到要去读书，一阵凉爽的气息便会沁入她的整个心胸，使她充满愉悦、欣喜的感觉。

"不过还是别去想的好，别去想的好……"她小声说，"不要再去想这些了。"

"叮咚，"更夫在远处的什么地方敲着更，"叮咚……叮咚……"

三

六月中旬，萨沙突然开始觉得无聊，准备回莫斯科去。

"我没法在这个城市待下去了，"他忧郁地说，"这儿既没自来水管也没下水道！吃饭的时候我直犯恶心：厨房里简直脏到不行！"

"再等等吧，浪子！"祖母不知为何，低声劝说道，"婚礼就在七号啊！"

"不想再等了。"

"你本来不是打算在我们这儿住到九月的吗！"

"现在我不想了。我需要去工作！"

碰巧那个夏天又潮又冷，树都是湿漉漉的，花园里的一切都显得凄凉、阴郁，叫人着实想去工作。楼上楼下的房间里传来了陌生女人说话的声音，祖母的缝纫机咯吱响个不停：大家正忙着做嫁妆呢。单是皮大衣就给娜佳做了六件，其中最便宜的一件，据祖母说，都值三百卢布！这种无谓的奔忙让萨沙恼火，他坐在自己的房间里生闷气。但他还是被说服留下来了，他答应再待上一阵，七月一号再走。

时间过得很快。彼得日[1]那天，吃过午饭后，安德烈·安德烈伊奇和娜佳一起到莫斯科街去再次查看那栋早就租下、准备给这对新人居住的房子。这栋房子有两层楼，但目前只有楼上装修好了。大厅里铺着亮闪闪的拼花地板，放着几把维也纳式的椅子、一架三角钢琴、一个小提琴谱架，闻着尚有油漆味。墙上挂着一幅很大的油画，裱在金色的画框里，画的是一个裸体的女子，旁边有个断了瓶把的浅紫色花瓶。

"多美妙的一幅画啊，"安德烈·安德烈伊奇说，心里满是敬意地叹了一口气，"这是画家希施马切夫斯基的作品。"

然后是客厅，里面有一张圆桌、一个沙发和几把包着亮蓝色布套的扶手椅。沙发上方挂着张安德烈神父的大照片，头戴教士的法冠，胸口别着许多勋章。接着，他们走进了一间带橱柜的餐厅，然后是卧室，里边光线昏暗，并排放着两张床，就好像在布置卧室的时候，大家认定这儿的生活将会美满幸福，绝不可能有别的情况。安德烈·安德烈伊奇带娜佳在各个房间穿梭，胳膊一直搂着她的腰。而她却感到虚弱、内疚，她讨厌所有这些房间、床和扶手椅，那个裸女让她感到恶心。她心里清楚，自己已经不再爱安德烈·安德烈伊奇了，或许从来就不曾爱过他。但这要怎

1　俄国东正教会纪念使徒彼得的节日，为俄国旧历的 6 月 29 日。

么说出口，对谁去说，说了以后要怎么样，她却不明白，也没法弄明白，虽然她一连好几天、好几夜都在想这件事……他搂着她的腰，说起话来那么温柔、谦逊，走在属于自己的房子里，他是多么幸福。可她呢，在一切东西里只看到了庸俗——愚蠢的、幼稚的、叫人无法忍受的庸俗；而他搂她腰的那只胳膊，在她看来则显得又硬又冰冷，就像一个铁箍。她每时每刻都想要逃走，想号啕大哭，想从窗子上跳下去。安德烈·安德烈伊奇将她带到浴室，动了动嵌在墙上的水龙头，立马有水流了出来。

"怎么样？"他说，脸上挂着笑，"我找人在顶楼装了个水箱，能装一百桶水，这下咱们就有水用了。"

他们穿过院子，然后来到街上，坐上了一辆出租马车。尘土像厚重的乌云一样飞扬起来，似乎马上就要下雨了。

"你不冷吗？"安德烈·安德烈伊奇被尘土吹得眯起眼睛，问道。

她默不作声。

"昨天，你还记得吗，萨沙指责我什么事都不做，"他沉默了一会儿，说道，"好吧，他是对的！完全正确！我是什么事都不做，也什么都做不了。我亲爱的，这是为什么呢？为什么一想到有一天要在脑门上顶个帽徽去工作，我心里就感到厌恶呢？为什么看到律师、拉丁文老师或者议会委员的时候，我会那么不自在？噢，俄罗斯母亲！噢，俄罗斯母亲啊，你还背负着多少游手好闲、一无是处的人啊！有多少人像我这样被你驮在背上，受尽苦难的母亲啊！"

关于自己的无所事事，他做出了一个总结，认为这是时代的特征。

"等我们结婚了，"他继续说，"我们就一起搬到乡下去，亲爱的，我们去那儿工作！到时候我们就买一小片带花园、带河的土地，在那儿劳作，观察生活……噢，那该有多好啊！"

他摘下帽子，头发随风飘动；而她听了他的话，心里却想："上帝啊，我想回家！上帝啊！"在就快到家的地方，他们赶上了安德烈神父。

"看，父亲来了！"安德烈·安德烈伊奇乐了起来，挥动帽子，"我爱我爹，真的，"他说，一边付车钱，"他是个好老头，善良的老头。"

娜佳气呼呼地进了屋，浑身不舒服，心想：家里一整晚都是客人，要招待他们，赔笑脸，听小提琴演奏，听各式各样的废话，还只能谈婚礼的事。祖母坐在茶炊旁边，穿着她的丝绸连衣裙，神气而华丽，总是在客人面前摆出一副傲慢的样子。安德烈神父带着狡黠的微笑走了进来。

"看到您老身体健康，我觉得很高兴，很欣慰。"他对祖母讲，也不晓得他是开玩笑呢，还是在认真地说这句话。

四

风敲打着窗户，敲打着屋顶。呼啸声不绝于耳，家神[1]在炉子里愁苦忧郁地哼着他的歌。现在是夜里十二点多，屋里的人

---

1 斯拉夫民间神话中房屋的守护神。

都已经躺下，但谁也没睡着，娜佳老是感觉楼下有人在拉小提琴似的。突然传来砰的一声，应该是一扇百叶窗被刮掉了。一分钟后，尼娜·伊万诺夫娜走了进来，身上只穿了件衬衫，手里举着支蜡烛。

"什么声音，娜佳？"她问道。

母亲将头发编成了一根辫子，脸上挂着怯生生的笑容，在这个暴风雨的夜晚显得老了，丑了，也矮了。娜佳想起，不久前她还觉得自己的母亲是多么非同寻常，听她说话心里还满是自豪。可现在，她怎么也想不起来她说过的那些话了，能想起来的话都是那么微不足道、没有必要。

炉子里传出好几个男低音的歌唱声，甚至听起来好像："唉——唉，我的上帝啊！"娜佳坐在床上，突然紧紧抓住自己的头发，痛哭起来。

"妈妈，妈妈，"她说，"我的好妈妈，要是你知道我现在的心情就好了！求你了，我恳求你，放我走吧！我求求你了！"

"去哪儿？"尼娜·伊万诺夫娜疑惑地问道，然后在床上坐下，"要去哪儿呢？"

娜佳哭了很久，一个字也说不出来。

"让我离开这座城吧！"她终于说出了口，"不应该办这婚礼，也不会办成的，你要明白！我不爱这个人……连谈一谈他我都做不到。"

"不，我的宝贝，不，"尼娜·伊万诺夫娜吓坏了，急忙说，"你冷静冷静！你是因为心里不高兴才会这么说的。都会过去的。这种事常有。看来你是跟安德烈吵架了，但小两口嘛，打是亲，骂是爱。"

"唉，你走开吧，妈妈，走开吧！"娜佳号啕着说。

"是啊，"尼娜·伊万诺夫娜沉默一会儿，说道，"不久以前你还是个孩子，还是个小姑娘，可如今都变成新娘了。在自然界中，万物总是在不断地更新。一不留神，你自己也会成为一个母亲，一个老太婆，你也会和我一样有个固执任性的女儿。"

"亲爱的妈妈，我的好妈妈，你要知道，你聪明，但又不幸，"娜佳说，"你过得一点儿也不幸福啊，可你到底为什么要说那些庸俗的话呢？看在上帝的分上，为什么呢？"

尼娜·伊万诺夫娜想要说些什么，可一句话也说不出来，哽咽着走回了自己的房间。男低音又在炉子里嗡嗡响起，突然变得可怕起来。娜佳急忙从床上起来，飞快地跑到母亲那儿去。尼娜·伊万诺夫娜泪流满面地躺在床上，身上盖着条淡蓝色的被子，手里拿着一本书。

"妈妈，你听我说！"娜佳说道，"求你了，你好好想一想，得弄明白！你要明白，咱们的生活是多么卑劣，多么有失体面。我的眼睛睁开了，现在一切都看清楚了。你的安德烈·安德烈伊奇是个什么样的人呢？要知道，他是没头脑的，妈妈！噢，我的上帝啊！要明白，妈妈，他简直愚蠢！"

尼娜·伊万诺夫娜猛地坐了起来。

"你和你祖母都在折磨我！"她涨红了脸，说道，"我想要生活！生活！"她反复着，两次举起拳头捶自己的胸口，"给我自由吧！我还年轻，我想要生活，你们却把我逼成了个老太婆！……"

她泣不成声，躺了下来，蜷缩在被子里，显得那么弱小、可怜、不谙世故。娜佳回到自己的房间，穿好衣服，在窗边坐下，开始等待天亮。她坐了一整夜，想了一整夜，外边不知是谁不停地敲着百叶窗，发出呼啸声。

早晨，祖母抱怨说，昨夜花园里所有的苹果都被风打落了，一棵老李树也被吹折了。天色灰蒙蒙的，阴郁又凄凉，哪怕点上灯也不亮堂。大家都在抱怨冷，雨滴不停敲打着窗户。喝过茶后，娜佳走进萨沙的房间，一句话也不说，跪在角落一把扶手椅旁边，双手捂住脸。

"怎么了？"萨沙问。

"我受不了了……"她说，"我以前是怎么在这儿过下去的，我不明白，我想不通！我鄙视我的未婚夫，鄙视我自己，我彻头彻尾瞧不起这无所事事、毫无意义的生活……"

"好了，好了……"萨沙说，还没搞明白这究竟是怎么一回事，"这没什么……这样挺好的。"

"这种生活让我感到厌恶，"娜佳继续说，"我在这儿一天也受不了了。明天我就离开这里。带我走吧，看在上帝的分上！"

萨沙吃惊地看了她片刻，终于明白过来，于是像孩子一样高兴起来。他挥舞胳膊，开始用鞋踏拍子，开心得跟跳起了舞似的。

"好极了！"他一边说，一边搓着手，"上帝啊，这简直太棒了！"

她望着他，那双充满爱意的大眼睛一眨也不眨，好像着了迷似的，期待他会立刻和她讲些意味深长、无比重要的话。他还什么都没对她说出，可在她看来，一片先前不为她所知的广阔新天地已经在她面前徐徐敞开了。她已经满怀期待地望着它，准备好去做任何事，哪怕是去死。

"明天我就要走了，"他想了想，说道，"您去火车站送我吧……我把您的行李塞到我的皮箱里，然后给您买张票，打第三次铃的时候，您就进到车厢里来，我们一起离开。您将我送到莫斯科，从那儿再一个人去彼得堡。您有身份证吗？"

"有。"

"我向您发誓，您不会遗憾，不会后悔的，"萨沙满腔热情地说，"您走吧，去念书，就让命运带您前行吧。等您彻底改变您的生活后，一切就都会不一样了。最重要的是，得让生活完全变个样，其他一切都不重要。那么，明天咱们一块儿走吗？"

"噢，是的！看在上帝的分上吧！"

娜佳觉得心里激动万分，灵魂深处有种前所未有的沉重感，觉得从现在起直到离开的那一刻，自己都不得不在煎熬中、在痛苦的思索中度过。可她一回楼上自己的房间，刚在床上躺下一会儿，就立马睡着了，睡得如此酣甜，脸上挂着泪痕，带着笑容，一觉睡到了傍晚。

五

雇好的出租马车到了。娜佳已经戴上帽子，穿好外套，去上楼再看看母亲，看看自己的每件东西。她在自己房间靠近床的位置站了一阵——那床现在还暖暖的，环顾了下四周，然后悄悄地走到母亲房里。尼娜·伊万诺夫娜还在睡觉，房间里很安静。娜佳亲了亲母亲，为她整理整理头发，又站了两三分钟……然后不慌不忙地回到了楼下。

外面下着倾盆大雨。出租马车支起车篷停在大门口，车身都湿透了。

"这车你们俩坐不下的，娜佳，"祖母说，女仆开始往车上放行李箱，"这种天气你还想送人！还是待在家里吧。你瞅瞅这雨都下成什么样了！"

娜佳想要说些什么，却没法说出口。这时萨沙扶娜佳上了车，往她腿上盖了条毛毯，然后在她身边坐下。

"祝你们顺利！愿上帝赐福！"祖母站在门廊上喊道，"你，萨沙，到了莫斯科要给我们写信啊！"

"好的。再见了，祖母！"

"愿圣母保佑你！"

"唉，这天气呀！"萨沙说。

直到这会儿，娜佳才哭了起来。现在她心里清楚，自己当真是要走了，先前和祖母告别，以及看望母亲的时候，她还没法相信这一切。别了，这座城！忽然间，种种往事浮上她的心头：安德烈，他的父亲，那所新房子，带花瓶的裸女。而这一切已经不再让她感到害怕，觉得压抑，而是显得幼稚、微不足道，正在一点一点地往后退去。等他们在车厢里坐下，火车开动，那个庞大而严肃的过去，便整个缩成了一小团，一个宏大、广阔、至今还几乎不为人知的未来正徐徐展开。雨点儿在车窗上敲打着，放眼望去尽是绿油油的田野，电线杆和电线上的鸟儿一个接一个闪过，她突然高兴得喘不过气来：她想到，自己正在驶向自由，驶向求知之路，就跟很早以前人们说的那样——去过一种哥萨克式的生活[1]。她一边笑，一边哭，一边祈祷着。

"没事的！"萨沙得意地微笑着说，"没事的！"

六

秋天过去了，接着冬天也过去了。娜佳已经非常想家，每天都在惦念母亲和祖母，想着萨沙。家里来信的语气逐渐变得平缓、亲切，似乎一切都已经被原谅，被遗忘了。五月考试结束后，她动身回家，身体健康，心情愉快，她中途在莫斯科停留了一阵，好见一见萨沙。他还跟去年夏天一样：留着胡子，头发乱蓬蓬的，依旧穿着同一件的常礼服和帆布裤子，眼睛依旧又大又漂亮。但他看起来不健康，显得很疲乏，他变老也变瘦了，依旧会不时地咳嗽几声。不知为何，娜佳觉得他气色阴沉，浑身冒土气。

"我的上帝啊，娜佳来了！"他说，开心地大笑起来，"我的亲人，我的好姑娘！"

他们在印厂里坐了一会儿，那儿满屋是烟，有一股很浓的油墨和颜料味，闷得叫人喘不上气来。后来，他们去了他的房间，那儿也烟雾缭绕，到处是痰渍。桌上，在已经变凉的茶炊旁边，放着个破盘子，上面盖了一小张黑乎乎的纸，桌面上和地板上有

---

1 哥萨克：居住在东欧南部草原地区的自由骑士团体。

许多死苍蝇。种种迹象表明，萨沙将自己的个人生活打理得很是潦草，只是被动地活着，完全不在乎舒适与否。如果谁跟他谈起他的个人幸福，他的私人生活，以及对他的爱，那他保准什么都理解不了，只会发笑。

"挺好的，一切都很顺利，"娜佳赶忙说道，"妈妈秋天来彼得堡找过我，说祖母没生气，只是老去我的房间，对着墙画十字。"

萨沙看起来很高兴，但不停咳嗽，说起话来声音发颤。娜佳仔细端详着他，不知道他是真的病得很重呢，还是只不过在她眼中是这样。

"萨沙，我亲爱的，"她说，"要知道，您病了！"

"不，没事的。我是病了，但病得不重……"

"唉，我的上帝，"娜佳激动起来，"为什么您不去治病呢，为什么不爱惜自己的健康呢？亲爱的，我心爱的萨沙，"她说，泪水从她的眼眶中涌出，不知为何，她的脑海里冒出了安德烈·安德烈伊奇，冒出了那个带花瓶的裸女，还有她的整个过去——那个现在看来就像童年一般遥远的过去。她哭了起来，因为萨沙在她看来已经不再像去年那样新奇、有见识和有趣了，"亲爱的萨沙，您病得很重很重。我不知道该做些什么才能让您不这么苍白、消瘦。我欠您太多了！您甚至想象不到您为我做了多少事，我的好萨沙！其实，您现在已经是我最亲近、最亲爱的人了。"

他们坐了一阵，聊了会儿天。在彼得堡度过了一个冬天后，娜佳如今感到，从萨沙身上，从他的话里、笑容里和他整个形象上都散发出一种陈旧的、老派的、早就不新鲜，或许已是墓中人一般的气息。

"我后天要出发到伏尔加河去，"萨沙说，"嗯，然后去喝马奶酒[1]。我想要喝一喝马奶酒。一位朋友和他的妻子会跟我一起去。他妻子是个了不起的人，我常常怂恿她，劝她去念书。我想要她的生活彻底变个样。"

聊完，他们便动身去车站。萨沙请她喝茶，吃苹果。火车开动的时候，他笑着挥动手帕，光是从腿上也能看出，他病得很重，将不久于人世了。

娜佳中午的时候抵达了老家那座城。从火车站回家这一路上，她觉得街道都很宽阔，可房子却都又小又扁。街上一个人也没有，只遇到了穿着棕红色外套的德裔钢琴调音师。所有的房子都好像盖满了灰尘。年纪已经很大的祖母依旧肥胖、丑陋，把娜佳搂在怀里哭了半天，脸贴在她肩膀上，分也分不开。尼娜·伊万诺夫娜也老了许多，丑了许多，不知怎么，整个人都消瘦得厉害，但还是像从前那样，将束腰勒得很紧，钻石戒指在她手指上闪闪发光。

"我亲爱的！"她说，浑身发着颤，"我亲爱的！"

然后，她们坐下来默默哭泣。很明显，祖母和母亲都感觉到，往昔的日子已经永远、彻底地逝去了：她们不再拥有社会地位，不再有先前的名声，不再有权利邀请别人来家里做客。变故常发生在轻松的、无忧无虑的生活当中——就像警察在夜里突然

---

1 俄国 19 世纪末流行用马奶酒治疗肺结核等慢性疾病，契诃夫本人就曾接受过马奶酒疗法。

来访，进行搜查，结果发现一家之主盗用公款、制造假钞——那你就只能和这轻松的、无忧无虑的生活永远说再见了！

娜佳上了楼，看到先前的那张床，那扇挂着朴素的白色窗帘的窗户，窗外还是先前那座花园，充满阳光、欢快、喧闹。她摸了摸自己的桌子、床，然后坐下，想心事。午饭吃得很好，配着美味的浓奶油喝了茶，但总觉得缺了些什么，每个房间都显得空空荡荡，天花板也看起来很低。晚上，她躺下睡觉，盖好被子，可不知为何，躺在这张温暖柔软的床上，她觉得很是可笑。

尼娜·伊万诺夫娜进来待了一会儿，她坐下来，像个犯了罪的人似的，显得胆怯又谨慎。

"嗯，怎么样，娜佳？"她先是沉默了片刻，然后问道，"你满意吗？很满意吗？"

"满意，妈妈。"

尼娜·伊万诺夫娜站了起来，对着娜佳和窗户画了个十字。

"我呢，就像你看到的，开始信教了，"她说，"你知道吗，我现在在研究哲学，总是不停地想啊，想啊……现在许多事情对我来说都变得像白昼一样敞亮了。我觉得，首要的是，整个生活都应该像光透过三棱镜一样来度过。"

"告诉我，妈妈，祖母身体还好吗？"

"好像是还行。你跟萨沙一起逃走那会儿，你发来一封电报，祖母读过后就晕倒了，一连躺了三天没动弹。后来她就不停向上帝祷告，老是哭。不过现在她已经好了。"

她站起来，在房间里踱步。

"叮咚……"更夫在打更，"叮咚，叮咚……"

"首要的是，整个生活都应该像光透过三棱镜一样来度过。"她说，"换句话说，就是应该有意识地将生活分解成最简单的一些元素，就跟把光分为七种基本颜色一样，然后每个元素都要进行单独的研究。"

尼娜·伊万诺夫娜还说了些什么，什么时候离开的，娜佳都没听见，因为她很快就睡着了。

五月过去，六月到来了。娜佳已经习惯了在家的日子。祖母忙前忙后摆茶炊，深深地叹气；尼娜·伊万诺夫娜每晚谈论她的哲学，她依旧像个寄人篱下的人一样住在这所房子里，连花二十戈比的小钱都得找祖母要。屋里有很多苍蝇，房间的天花板看起来一天比一天低。祖母和尼娜·伊万诺夫娜不出门上街，因为害怕碰见安德烈神父和安德烈·安德烈伊奇。娜佳在花园里和街道上散步，看着那些个房子和灰色的围墙，心里觉得，这座城市的一切早已变得陈旧、过时，一切都在等待一个终结，或者在等待一个崭新的、新鲜的开端。噢，要是这个光明的新生活快点儿到来就好了，到那时，人们便能勇敢地直面自己的命运，肯定自己的存在，成为快乐、自由的人！这样的生活迟早会到来！要知道，总有一天，祖母家的这座房子——这所连安顿四个女仆住下都办不到，只得把她们塞进一个房间，迫使她们住在污浊的地下室的房子——会消失得不留一点儿痕迹，人们会忘记它，不会有人再记起它。给娜佳解闷的只有隔壁院子里的那几个小男孩，她在花园散步的时候，他们就敲着栅栏，笑着戏弄她：

"新娘子！新娘子！"

萨沙从萨拉托夫[1]寄来一封信。他用欢快、飞舞的笔迹写道，他的伏尔加河之旅特别顺利，可是在萨拉托夫，他闹了点儿小病，嗓子说不出话了，已经在医院躺了两个礼拜。她明白这意味着什么，心中被一种近乎确信的预感占据着。她感到不是滋味：这种预感，以及对萨沙的挂念都不再像以前那样让她激动了。她热切地想要生活，想回彼得堡，她与萨沙的交情仿佛已经成为一段美好却又遥远的过去了！她一宿没睡，早晨在窗边坐下，倾听着外边的动静。果然，楼下传来了一阵说话声，惊慌失措的祖母在着急地询问些什么事情。接着，有人哭了起来……娜佳下楼，只见祖母正站在角落里做祷告，脸上布满泪痕。桌上放着一封电报。

　　娜佳在房间里来来回回走了很久，听祖母哭，然后拿起电报读了起来。上面通知说，亚历山大·季莫费伊奇，或者简单地叫作萨沙，昨天早上在萨拉托夫因肺痨去世了。

　　祖母和尼娜·伊万诺夫娜去教堂请人做安灵弥撒，娜佳依然在房间里走了很久，思考着。她清楚地意识到，她的生活已经发生天翻地覆的变化了，正如萨沙所希望的那样；如今她在这里孑然一身，像个外人、一个多余的人；这儿的一切对她来说都是没有必要的，过往的一切都从她身上剥离开去，消失无踪了，仿佛被付之一炬，化作灰烬，随风消散。她走进萨沙的房间，在那儿站了一阵。

　　"再见了，亲爱的萨沙！"她心想。而在她前方，一个崭新

———

1　俄罗斯欧洲部分东南部城市，位于伏尔加河下游。

的、广阔的、自由自在的生活逐渐显现了出来——这生活尚不明晰，充满奥秘，却在向她招手，引她前往。

她上楼回到自己房间收拾好行李，第二天早上，她向家人告别，朝气蓬勃、满心愉悦地离开了这座城。她想，她再也不会回来了。

1903 年

14 六号病房

一

　　医院的院子里有一间不大的厢房，周围密密麻麻长了一大片牛蒡、荨麻和野生大麻。这房子的屋顶已经锈了，烟囱塌了一半，门廊的台阶朽坏不堪，杂草丛生，墙上也仅剩下一点儿灰泥刷过的痕迹。厢房正面朝向医院，后面则是田野，房子与田野之间被医院那堵安着钉子的灰色围墙间隔开来。这些尖头朝上的钉子、这堵围墙和这间厢房本身都有着一种极度沉闷、丑恶的外观，只有我们的医院和监狱建筑才长这样。

　　如果您不怕被荨麻刺伤，那就可以顺着通往厢房的狭窄小道走一走，去看看里头的情况。打开第一扇门，我们便走进了一间过道屋。屋里靠近墙壁和炉子的地方堆满了医院里的各种垃圾。什么床垫啦，被扯破的旧病袍啦，裤子啦，带蓝条纹的衬衫啦，搁哪儿都没人要的破鞋啦——所有这些破衣烂衫都被堆成一堆，皱皱巴巴，错综凌乱，腐烂发霉，散发出一股令人窒息的气味。

　　看守尼基塔是个年老的退役士兵，衣服上的军章已经褪成了褐色，他老是躺在这堆垃圾上，嘴里叼着烟斗。他表情严厉，面容枯槁，加上一对八字眉，让他的脸看起来就跟个草原牧羊犬似的，他还有一个红彤彤的鼻子。他个子不高，看起来骨瘦如柴，青筋突起，可是气派威严，拳头粗大。他属于头脑简单、行事积极、执行力强却呆板愚钝的那类人，这些人热爱秩序胜过世上的一切，因此坚信他们是非打不可的。他朝人脸上打、胸上打、背上打，往任何能打到的地方上打，他确信，要是不这么做，这儿就没有秩序可言。

接着，您会进到一个宽敞的大房间，不算过道屋的话，这个房间就占了整个厢房的面积。这儿的墙壁上涂着肮脏的淡蓝色油漆，天花板被熏黑了，就像在鸡舍里一样——很明显，这里的炉子冬天会漏烟，老是有一股子煤气味儿。窗子里面钉了一道铁格栅，很难看。地板灰突突的，凹凸不平。房间里散发着酸白菜、烧焦的灯芯、臭虫和氨水的臭味，这臭味会在第一时间给您留下一种仿佛正置身于动物园的印象。

房间里放着好几张床，都用螺栓钉在了地板上。床上要么坐着，要么躺着一些身穿深蓝色病袍、按照老派戴着尖顶睡帽的人。他们都是疯子。

这儿一共住着五个人。只有一位是贵族，其余的都是小市民。靠门第一个床位的是个又高又瘦的小市民，长着发亮的棕红色唇髭和一双泪痕斑斑的眼睛，他托着腮坐着，眼睛盯着一个地方看。他成天成夜地忧郁，不停地摇头、叹气、苦笑；他很少参与谈话，通常不回答别人的问题。开饭的时候，他就机械地吃喝。从他痛苦、刺耳的咳嗽声，消瘦的身子骨以及脸颊上的红晕来看，他差不多要得肺结核了。

他后边的是一个矮小、活泼、非常好动的老头，留着尖尖的胡须，长着一头黑人那样的乌黑的鬈发。白天，他要么就在病房里溜达，从一个窗口走到另一个窗口，要么就像土耳其人那样盘腿坐在自己的床上，跟只灰雀似的吵个不停，吹口哨，小声唱歌，咯咯地笑。夜里，他起床向上帝祈祷的时候也显露出一种孩子般的快乐，展现出活泼的性格，一个劲地用拳头捶打自己的胸口，用手指头抠门。这是犹太人莫伊谢伊卡，一个傻子。他是在大约二十年前，自己的帽子作坊被烧毁的时候得的神经错乱。

在六号病房的所有住户里，只有他被允许离开厢房，甚至能出医院的院子，到街上去。他很久以来一直享受这样的特权，大概因为他已经是这所医院的老住户了吧，而且还是个安静无害的傻子、一个供市民取乐的小丑，人们老是看到他在街上被一群男孩和狗包围着，早就习惯了。他穿着病袍，戴着滑稽的尖顶睡帽，有时穿便鞋，有时打赤脚，甚至连外裤都不穿，就这么走在街上，时不时在别人家和小店铺门口停下来，讨一点儿小钱。到一个地方，有人会舍他点儿格瓦斯，去另一个地方，能要来点儿面包，再换个地方，讨来几个戈比。就这样，他回到厢房的时候，经常是吃饱又喝足了的。他带回来的每样东西都会被尼基塔给搜刮走，占为己有。这个当兵的干起这种事来总是粗鲁至极，怒气冲天，将莫伊谢伊卡的口袋翻个底朝天，并要上帝做证，他再也不会放这犹太人上街了——对他而言，不守秩序是这世上最糟糕的事情。

莫伊谢伊卡乐于助人，他给病友们端水，睡觉的时候为他们盖被子，答应从街上讨钱回来分给他们，还要为每个人缝一顶新帽子。他用勺给他左边床瘫痪的邻居喂饭吃，这么做并非出于同情，也不是出于什么人道精神的考虑，而是在模仿和下意识地服从他右边床的邻居格罗莫夫罢了。

伊万·德米特里奇·格罗莫夫是一位约莫三十三岁的男人，出身贵族，曾经担任过法警和省里的书记员[1]，患有被害妄想症。他要么蜷作一团躺在床上，要么从一个角落走到另一个角落，好像在活动身体似的，就是很少坐着。他总是被一种模糊的、不确定的期望弄得情绪激昂，心情激动，浑身紧张。过道屋里一点儿轻微的沙沙声或者外头的一声喊叫都足以让他抬起头来，侧耳细听：是不是有人来抓他了？是不是有人在找他？这时，他的脸上便会流露出极度不安和憎恶的表情。

我喜欢他宽大、颧骨突出的脸庞，那张脸总是显得苍白，写满忧伤，就像一面镜子，映照出一个被内心斗争和长期恐惧折磨着的灵魂。他摆出一副古怪而病态的表情，他脸上那清秀的眉目——虽然呈现出深沉、真切的痛苦——能给人理性而睿智的感觉，他的眼中闪烁着温暖而健康的光芒。我喜欢这个人本身，他彬彬有礼，乐于助人，在跟尼基塔以外的所有人打交道时都异常客气。每当有人纽扣或者勺子掉了，他就马上从床上跳起来去帮忙捡起。每天早上，他都会向他的病友们问好，睡觉前还会祝他们晚安。

除了经常性的紧张状态和狰狞的表情，他的疯癫还体现在以

---

1 俄罗斯帝国《官秩表》十四等级中的第十二级文官。

下几方面。有时，每逢傍晚，他就把自己裹紧在病袍里，浑身发抖，牙齿打战，开始快步从一个角落走到另一个角落，在病床间走来走去，看起来像是得了很严重的热病。其间他会突然站住，盯着病友们看，显然是想说些很重要的事情，但大概又意识到自己不会被倾听或被理解，于是只好不耐烦地甩甩头，继续往前踱步。不过很快，说话的欲望就压倒所有的顾虑，他便索性放任自流，热情洋溢地说起话来。他的话如同呓语一般杂乱无章，狂热激昂，而且他说得很急，并不总是能让人听明白。不过，在这些话里——无论是在他的咬字上，还是在他说话的声调里——又能让人听出些极其优美的东西。他说话的时候，能同时感觉到他疯癫的一面，以及正常人的一面。要将他疯狂的言语搬到纸上是很难办到的。他谈论人类的卑鄙，谈论践踏真理的暴力，谈论终有一日将在地球上实现的美好生活，谈论那些个打在窗户上的、时时刻刻让他想起暴徒的麻木残忍的铁格栅。结果，他的话就成了由许多虽然老套，但也尚未过时的歌组成的一首混乱且不协调的杂曲。

二

　　不知是十二年前还是十五年前，这座城市主干道上的一所私宅里住着个姓格罗莫夫的文官，名望颇高，生活富足。他有两个儿子：谢尔盖和伊万。谢尔盖还在读大学四年级的时候得急性结核病去世了，他的死似乎成了一连串不幸的开端，突然就降临到了格罗莫夫一家人的头上。为谢尔盖办完葬礼一周后，老父亲因为作假和盗用公款被告上了法庭，没过多久就在监狱医院里得伤寒死了。房子和所有动产都被拍卖掉了，伊万·德米特里奇和他的母亲变得分文不剩。

先前，父亲还活着的时候，在彼得堡上大学的伊万·德米特里奇每月能收到六七十卢布，从来不知道贫穷是什么滋味，可如今，他不得不彻头彻尾改变自己的生活。他必须从早到晚给人上课，外加做些抄写的工作才能赚上几个小钱，但依然挨饿，因为他把所有的收入都寄给母亲用来糊口了。伊万·德米特里奇无法忍受这样的生活，他灰心丧气，逐渐沉沦下去，最后退了学，回家去了。在这座小城里，他托人情谋到了个县立学校教师的工作，但和同事们处不到一块儿，也不招学生喜欢，很快就辞职了。接着母亲去世。他整整半年断了生计，只靠面包和水度日，后来去做了法警。他一直担任这个职务，直到因病被解雇。

就连在年纪轻轻的学生时代，他也从未给人留下过健康的印象。他永远面色苍白，消瘦，容易感冒，吃得很少，睡得不好。一杯葡萄酒就能让他头晕目眩，癔病发作。与人交往他总是愿意的，但因为脾气暴躁，生性多疑，他跟谁都没法走得很近，没有什么朋友。谈到城里的居民他老是带着轻蔑的态度，说他们的粗野、愚钝，以及他们所过的这种死气沉沉的牲畜一般的生活，在他看来既卑鄙又恶劣。他用男高音的嗓子说话，洪亮、热烈，要么怒气冲冲，愤慨激昂，要么兴高采烈，惊讶诧异，反正总是相当真诚。不管你一开头跟他聊什么，他都会把话题引向一处：生活在这座城里又闷又无聊，社会上缺乏高级趣味，导致人们只能过一种枯燥的、无意义的生活，这生活充斥着暴力、粗鄙的荒淫和虚伪；下流胚子吃饱穿好，老实人却只能用残羹剩饭果腹；这儿需要学校、报道公允的地方报纸、剧院、公众朗读会、知识力量的凝聚；社会必须形成自我意识和忧患意识。他常用浓重的调子来评判他人，非黑即白，别的任何色彩一概不认。他把人类分为正直的人和坏蛋，没有中间的类别。他总是热情洋溢地谈论女人和爱情，可自己却一次恋爱都没谈过。

尽管他对人要求苛刻，神经过敏，但这城里的人都很喜爱他，大家背地里亲切地把他叫作万尼亚[1]。他与生俱来的礼貌、乐于助人的性格、正派的品行、道德上的纯洁以及他破旧的常礼服、病态的外表和家庭的不幸，都使人产生一种美好、温暖又忧伤的感觉；何况他还受过良好的教育，博览群书，在城里居民们看来，他无所不知，在这个城里就像一本行走的百科辞典。

他读过很多书。有时，他会一直坐在俱乐部里，神经兮兮地捋着胡子，翻阅杂志和书籍。从他的面部表情可以看出，他不是在阅读，而是在狼吞虎咽着什么，几乎都来不及嚼烂似的。这不禁让人觉得，阅读也是他病态的嗜好之一，因为他对于落入他手中的一切读物都表现出同样的饿虎扑食一般的贪婪，甚至上一年的报纸和日历都不放过。在自己家的时候，他总是躺着看书。

三

一个秋天的清晨，伊万·德米特里奇竖起大衣领子，啪嗒啪嗒蹚过烂泥，穿过好几条小巷和后街，带着法院开的执行票来一——

---

1 伊万的爱称。

个小市民家收钱。他的心情很阴郁，每天早上都这样。在其中一条小巷里，他遇到了两个被捕的人，戴着镣铐，旁边是四名持枪的护卫兵。从前，伊万·德米特里奇经常会见到有人被捕，这些人每次都让他心生同情和尴尬之感，可现在，这样的遭遇却给他留下了某种特别的、奇怪的印象。不知为何，他突然觉得自己也可能被人铐上镣铐，像这样穿过烂泥，押送到监狱里去。他去过小市民家，在回自己家的途中，在邮局附近遇到了一位熟识的警监，那人跟他打了个招呼，然后和他一道沿着街走了一段路，不知为何，这事让他觉得可疑。接着，他一整天在家脑子里想的都是那两个被捕的人和带枪的士兵，一种发自内心深处的莫名其妙的惊恐使他读不进书，也没法集中注意力。到了傍晚，他都没给家里点灯，夜里也没睡着，一直想着自己可能会被逮捕，被铐上镣铐，关进监狱里去。他知道自己从来没犯过什么罪，并且能确定自己将来永远不会干杀人、放火或偷窃的勾当；可是，难道就不会在偶然和无意中犯罪吗？难道就不会遇到诽谤，不会遇到法院误判吗？难怪，多年的民间经验一直教导我们："谁也不敢保证自己不会沦为乞丐和因事坐牢。"[1] 况且，从当前司法系统运转的方式来看，误判的可能性是很大的，这也没什么好奇怪的。那些因为职务和工作性质需要接触到他人痛苦的人，譬如法官、警察和医生，会随着时间的推移，在习惯的影响下，磨出一种麻木不仁的性格：即便心里想，却也不能用更好的方式对待当事人，只得流于惯式；从这方面来讲，他们跟那些在后院里杀羊宰牛，

———

1 俄国谚语，意为：人不可能确保自己免受任何不幸，不该认为自己无懈可击。

却对血腥视而不见的农民没有什么不同。既然以形式主义的、冷酷无情的方式去对待个人，那么要褫夺一个无辜人的一切公权并判他去做苦役，法官就只需要一样东西：时间。只要花点儿时间走走形式，法官就能拿到薪水，而一切也就盖棺定论了。事后，你能在这个距离铁路两百俄里的肮脏小城找哪门子的公正，哪门子的辩护啊！当形形色色的暴力被社会视作合理合法的必需品，而各种善举，诸如宣告无罪的判决，却会在全社会引发不满和报复情绪，那么谋求正义难道不显得荒谬可笑吗？

早上，伊万·德米特里奇惊恐地从床上爬起来，额头直冒冷汗，已经彻底确信自己随时随刻都会被逮捕了。既然昨天那些个沉重的想法久久不肯离开他的头脑，他想，那就说明其中是有些道理的。它们绝对不可能无缘无故地钻进他脑袋里。

一个警士不慌不忙地经过他的窗口——这不会是没有原因的。还有两个人在他房子附近站住，一言不发。他们为什么不说话呢？

随后的日日夜夜，伊万·德米特里奇受尽了折磨。每一个路过他窗口和走进他院子的人看起来都像是间谍和密探。正午时分，当地警察局局长通常会乘一辆双套马车驶过他家，这是他从他市郊的庄园前往警察总局的必经之路，但伊万·德米特里奇每次都觉得他的车跑得太快了，而且他脸上还带着一种特别的表情——显然，他是要赶着去宣布：城里出现了一个非常重要的罪犯。每次有人摇门铃或是敲门的时候，伊万·德米特里奇都浑身发抖，要是在女房东那儿见到一个陌生面孔，他就会感到很难受；遇到警察和宪兵的时候，为了显得自己满不在乎，他总会投以微笑，吹起口哨。他一连好几个晚上都睡不着，等着被逮捕，不过他会故意发出睡着时那种很响的鼾声和粗重的呼吸声，好让女房东以为他正在熟睡；要知道，如果他没睡着，那就意味着他正在遭受良心的谴责——这是多么好的罪证啊！事实和正当的逻辑告诉他，所有这些恐惧都是无稽之谈，是心理作用；而且被逮捕也好，被关进监狱也好，倘若把问题看开些，这本质上并没什么可怕的——只要良心安宁就行了。可是，他把事情想得越通透、越有逻辑，他内心的惊恐就越是强烈、越让他感到痛苦。就像一个隐士想要在原始森林里为自己开辟一小方居所，他越是努力用斧头砍树，森林反倒长得越茂密、越繁盛。最终，伊万·德米特里奇看清胡思乱想对自己毫无帮助，便彻底放弃思考，完全屈服于绝望和恐惧了。

他开始离群索居，逃避社交。从前工作就已经够让他感到厌恶的了，如今看来则彻底变得难以忍受了。他害怕受人哄骗，怕被人悄悄在口袋里放点儿什么贿赂然后告发他，或者他自己不小心在写公文的时候犯了个错误，被人当成是在作假，要么就是他把别人的钱给弄丢了。奇怪的是，他的思维从来没有像现在这样灵活、这样机敏过——他每天都能想出成千上万种不同的理由来认真担忧自己的自由和名誉。可同时，他对外界的兴趣，尤其是对书籍的兴趣，却大大地减弱了，他的记忆力也开始严重衰减。

春天，积雪融化的时候，人们在墓地附近的一条山沟里发现了两具几近腐烂的尸体，他们是一个老太婆和一个小男孩，有暴力致死的迹象。城里开始议论纷纷，谈这两具尸体和那不知名凶手的身份。伊万·德米特里奇为了不让大家认为人是他杀的，但凡走在街上都要面带微笑，每逢遇见熟人，他的脸就忽白忽红，然后开始向对方断言，说没有比谋杀弱者和无力自卫的人更卑鄙的罪行了。但这种虚伪的做派很快就使他感到厌烦了，在一番深思熟虑后，他做出决定——以他的处境来看，最好的做法就是躲在女房东家的地窖里。他在地窖里坐了一天，然后又待了一整夜和一个白天，浑身都冻僵了，等着天黑，他才像窃贼一样偷偷摸摸地溜回自己的房间。直到拂晓，他都站在房间中央，一动也不动，仔细地听着什么。一大早，太阳都还没升起，几个修炉匠就来女房东家了。伊万·德米特里奇很清楚，他们是来翻修厨房里的炉子的，但恐惧告诉他，他们是伪装成修炉匠的便衣警察。他吓得魂不附体，悄悄离开了住所，没戴帽子也没穿外衣，就这样冲到街上。几条狗追着他跑，汪汪叫个不停，后头什么地方还有个农民在叫唤，风在他耳边呼呼地吹。伊万·德米特里奇觉得，整个世界的暴力都积聚到了他身后，正在追赶着他。

人们把他拦下，带回家，打发女房东请医生来。安德烈·叶菲梅奇医生——我们稍后会谈到他——让用湿毛巾给他敷头，还开了些桂樱叶滴剂，然后忧愁地摇摇头，告辞了。他告诉女房东他不会再来了，因为不应该阻止人发疯。由于住在家里没法生活，也得不到治疗，伊万·德米特里奇很快就被送进了医院，安置在性病患者的病房。他夜里睡不着觉，老是耍脾气，打扰别的病人，不久后，安德烈·叶菲梅奇决定把他转移到六号病房。

一年后，城里的人已经彻底忘记伊万·德米特里奇的存在了。他的书被女房东胡乱地堆在棚子下面的雪橇上，被小孩子们一点一点给偷光了。

四

伊万·德米特里奇左边床的邻居，我已经说过，是犹太人莫伊谢伊卡，而右边床的邻居则是个满身肥油、几乎通体浑圆的农民，他呆滞愚钝，神情空洞。这分明就是一个行动迟缓、贪吃、肮脏的动物，早就丧失了思考和感受的能力。从他身上不断散发出一股刺鼻的、令人窒息的恶臭。

为他收拾脏东西的时候，尼基塔经常甩开膀子，狠狠揍他，一点儿也不心疼自己的拳头。而可怕的并不是被揍——这倒还是可以习惯的——而是这只愚笨的动物对挨打没有任何反应，吭也不吭一声，动也不动一下，连个痛苦的眼神都没有，只是轻微地晃一晃身子，像个沉重的圆桶似的。

六号病房的第五位，也是最后一位住户是个曾经在邮局做分拣员的小市民，他身材瘦小，一头金发，面容善良，却也带着几分狡黠。从那双机敏、平静的眼睛射出的澄澈、开朗的眼神里可以看出，他城府很深，心中藏着个极其重要又令人愉快的秘密。他在枕头底下和床垫底下藏了些什么东西，从没向任何人展示过，并不是因为害怕它们可能会被抢走或偷走，而是出于羞怯。有时，他会走到窗前，背对着病友，把某件东西别在胸口上，低着头看它。假如在这个时候往他身边靠近，他就会发窘，赶紧把那东西从胸口上拽下来。不过，他这秘密也并不难猜到。

"恭喜我吧，"他经常对伊万·德米特里奇说，"我被呈请授予带星的斯坦尼斯拉夫二等勋章[1]了。带星的二等勋章只颁给外国人，但不知道为什么他们愿为我破例一次，"他微笑着，困惑地耸了耸肩，"是啊，老实说，我真是没想到啊！"

"我完全不了解这事。"伊万·德米特里奇忧郁地声明。

"不过，您知道我迟早会取得什么样的成就吗？"这位曾经的分拣员狡黠地眯缝着眼睛，继续说道，"我一定能得到瑞典的'北极星'[2]。那勋章好极了，值得为此去努力努力。它是个白色十字，配黑色绸带，可漂亮着呢。"

或许，这世上再也没有第二个地方过着跟这间厢房里一样单调的生活了。早上，瘫子和胖农民以外的病人们在过道屋就着大木桶里的水洗脸，然后用病袍的后襟擦干；随后，他们用锡制杯子喝茶，茶是尼基塔从医院主楼带过来的，每个人只能分上一杯喝。中午吃酸白菜汤和粥，晚上吃午饭剩下来的粥。在两顿饭之间，他们就躺着，睡觉，望着窗外，从一个角落走到另一个角落，日日如此，甚至那曾经的分拣员也在没完没了地说着同样的关于勋章的话。

六号病房里很少能见到新面孔。医生已经很久没有收治新的疯子了，这个世界上喜欢访问疯人院的人也不太多哩。每两个月，理发师谢苗·拉扎里奇就会来厢房一次。至于他是如何给疯子们理发的，尼基塔是如何帮他做到这一点的，以及这个醉醺醺、笑眯眯的理发师每次出现时病人们怎样大乱，咱们就不细

---

1 俄国 1831 年至 1917 年设立和颁发的一种皇家荣誉勋章。

2 瑞典王国设立于 1748 年的皇家骑士勋章。

说了。

除了理发师，就再没人会光顾这间厢房了。病人注定了每天只能看见尼基塔一人。

然而不久前，一个相当奇怪的流言在医院主楼里传开了。

传言说，医生好像开始常去六号病房了。

五

多么奇怪的流言啊！

安德烈·叶菲梅奇·拉金医生从某种意义上讲算是一个出色的人。据说，他年轻的时候相当虔诚，已经准备好献身宗教事业了。1863年在古典中学修业期满后，他本打算入读神学院，可他那位做外科医生的医学博士父亲老是对他冷嘲热讽，并且明确声明，如果他去做教士，就不认他这个儿子。至于这个故事有多大的真实性，我不好说，不过，安德烈·叶菲梅奇本人倒是不止一次承认，他从来没有觉得自己适合研究医学，对其他的专门科学也大体上是这样的态度。

尽管如此，在学完医学院的课程后，他并没有落发为僧。他很少表现出虔诚，刚开始从事医疗事业的时候，他就不像是个笃信上帝的人，现在也一样。

他外形笨重、粗糙，就像个庄稼汉；他的脸、胡子、中规中矩的头发和强壮笨拙的体格都让人想到大马路上开小酒馆的那种肥头大耳、不加检点、专横任性的老板。他神情严肃，脸上布满青筋，长着双小眼睛，红鼻头。为了配合高大的身材和宽阔的肩膀，他的手跟脚也都生得很大，估计谁只要被他打上一拳就足以断气了。不过，他走起路来倒是很安静，步态谨慎、温柔；在狭窄的走廊里迎面碰见别人的时候，他总会第一个停下来让路，不是如你期待的那样用低音，而是用尖细柔和的男高音说："不好意思！"他的脖子上有一个不大的肿块，导致他没法穿有浆硬衬领的衣服，因此他总是穿着柔软的亚麻布或印花棉布做的衬衫。总之，他穿得不像个医生。一身衣服他能穿个十来年，而平时在犹太人开的店里买的新衣服穿在他身上也看起来跟旧衣服似的，松松垮垮，皱皱巴巴；无论是接诊病人，吃午饭，还是去做客，他都穿着同一件常礼服，不过这并不是因为他舍不得花钱，而是因为他完全不注重自己的外表。

安德烈·叶菲梅奇刚到这座城市任职的那会儿，这个"慈善机构"的境况可怕极了。病房里、走廊里、医院的院子里到处飘着恶臭，让人难以呼吸。医院的勤杂工、助理护士以及他们的孩子跟病人们一起睡在病房里。他们抱怨这里蟑螂、臭虫和耗子太多，简直没法住人。在外科诊室，丹毒就没绝迹过。整所医院只有两把手术刀，连个体温计都没有，浴盆是拿来放土豆的。总务、女保管员和医士们不停地勒索病人，而关于安德烈·叶菲梅奇之前的那位老医生，据说他好像偷偷贩卖医院里的酒精，还纳了一大堆护士和女病人做自己的后宫。城里的人对这些个乱七八糟的事了如指掌，甚至一谈起来就夸大其词，可是他们对待这些现象却是相当坦然。有些人辩解说，住在医院里的只有小市民和农民，他们不可能不满意，因为他们在家里过得比在医院里差多了，难道要喂他们吃松鸡不成！另外一些人则辩解说，没有地方自治局的帮助，单单靠这一座城市是没法供得起一所好医院的。感谢上帝，虽然医院不好，但好歹也有一所。新成立的地方自治局根本没在城里或是附近哪里开办诊疗所，总是借口说城里已经有一所医院了。

查看过这所医院后，安德烈·叶菲梅奇得出结论：这个机构是不道德的，对居民的健康危害极大。在他看来，能做的最明智的事情就是释放病人，然后关闭医院。然而他认定，这事光靠他的意志是不够的，到头来只会是徒劳一场。倘若将肉体和精神上的污垢从一个地方撵走，那它必定会转移到另一个地方去。应当要等待，等这污垢自行消解。何况，如果人们开了一所医院，并且容许它存在，那就意味着他们是需要它的。偏见和所有这些日常的污秽与龌龊都是为人所需要的，因为随着时间的推移，它们会转变成有用的东西，就像粪肥化作黑土一样。地球上不会有什么好东西是在起源的时候一丁点儿污秽都不带的。

看来，接受了这个职位后，安德烈·叶菲梅奇对种种乱象就采取了一种相当冷漠的态度。他只要求医院的勤杂工和助理护士不要在病房里过夜，此外还置办了两柜子的医疗器械。至于总务、女保管员、医士，以及外科诊室里丹毒的问题，却还统统维持原状。

安德烈·叶菲梅奇极其喜爱智慧和诚实，但是要把自己所处的生活打理得有智慧且诚实，他却缺乏毅力，也缺乏对自己权利的信心。下命令、禁止和坚持，他无疑是办不到的。就好像他发过誓，永远不会提高嗓门，也不会用命令式对别人说话。他很难说出"给我"或"拿来"这样的话；想吃东西的时候，他会先迟疑地咳嗽几声，然后对厨娘说："要是帮我端点儿茶来就好了……"或者说："要是能帮我弄点儿午饭就好了。"至于要告诉总务停止偷窃，或者将他赶走，抑或要彻底废除这一不必要的、寄生虫一般的职位，就完全超出他的能力范围了。每当安德烈·叶菲梅奇遭人欺骗或被人奉承，或者被人哄去给明摆着动了手脚的账目签字的时候，他的脸就红得像只龙虾，心里觉得愧疚，可依然会为账目签字；有病人向他抱怨吃不饱饭，或者护士太粗鲁的时候，他就觉得难为情，惭愧地嘟囔道：

"好的，好的，我稍后去弄清楚……这当中怕是有什么误会……"

起初，安德烈·叶菲梅奇工作非常勤恳。他每天从早上到中午都在接诊，做手术，甚至给人接生。太太们每每提到他，都说他做事细心，善于诊断疾病，尤其是儿科和妇科病。但随着时间的推移，这一职业明显使他感到厌倦，让他觉得单调乏味又毫无用处。今天给三十个病人看病，明天呢，一瞧变成三十五个了，到后天就得有四十个了，就这样日复一日，年复一年，可城里的死亡率并没有降低，来看病的人还是络绎不绝。要在早上到中午的这段时间为四十个病人提供认真的诊治，身体是不可能吃得消的，这就意味着不得不欺骗。假如一年总共接诊了一万两千个病人，那就意味着差不多骗了一万两千个人。想把重症病人在病房里安置好，并按照科学的规则治疗他们也是不可能办到的，因为这里只有规则，却没有科学。如果将不切实际的空谈抛在一边，像其他医生那样循规蹈矩地办事，那么首先要做的是保持清洁，通风换气，而不是藏污纳垢；要提供的是健康的饮食，而不是发臭的酸白菜汤；需要的是得利的助手，而不是小偷。

再说了，如果死亡是每个人正常的、应有的结局的话，那又何必要阻止人们去死呢？要是某个小贩或官员多活个五年十年，那又能怎么样呢？要是认为医疗的目的就在于用药物减轻痛苦，那么我们就自然会生出这样的疑问：为什么要去减轻痛苦呢？首先，大家都说，痛苦能引导人趋向完美；其次，倘若人类真的学会了用药丸和滴剂来减轻痛苦，那么宗教和哲学也就将被彻底放弃了，可时至今日，人类仍旧习惯在宗教和哲学中寻求逃避各种灾祸的庇护，甚至还找到了幸福。普希金临终前遭受了可怕的折磨，不幸的海涅曾瘫痪数年，那么其他人——叫安德烈·叶菲梅奇也好，叫玛特廖娜·萨维什娜也罢——生一生病又何妨呢？毕竟这些人的生活是如此地空洞，如果连痛苦都没有的话，那真就什么也不剩，跟变形虫[1]的生活没什么两样了。

安德烈·叶菲梅奇被这样的思考压抑着，终于放弃努力，不再每天到医院坐诊了。

六

他的日常生活是这样度过的。通常，他早上八点钟起床，穿好衣服，喝茶。然后，他要么坐在书房看书，要么去医院。医院狭窄黑暗的走廊里坐着来看门诊的病人，正等着医生接诊。不断有勤杂工和助理护士从他们身边跑过，靴子在砖砌的地板上发

1　一种单细胞原生动物。

出啪嗒啪嗒的响声；还有穿着病袍的消瘦的病人经过，有人抬着死人和装污物的容器走过；孩子哭个没完，过堂风不停地吹。安德烈·叶菲梅奇明知道，对患寒热病、肺结核和任何体质敏感的患者来说，这样的环境是折磨人的，可又有什么办法？候诊室里，迎接他的是医士谢尔盖·谢尔盖伊奇。这是个身材矮小却肥胖的男人，脸上的胡须都剃光了，洗得很干净，脸形丰满；他气质温柔，从容不迫，身穿一套肥大的新西装，看起来更像是位参议员，而不是医士。他给城里的许多人都看过病，一条白领带往脖子上一系，自认为比完全不上手实操的医生要更内行。候诊室的角落里有一个圣像龛，里边放着幅很大的圣像画，前头立着一盏很沉的油灯，旁边是一个铺着白色布套的蜡台；墙上挂着好几位主教的肖像、一张斯维亚托戈尔斯基修道院[1]的照片和几个矢车菊干花编成的花环。谢尔盖·谢尔盖伊奇信教，喜爱隆重的仪式。这幅圣像画是由他特意花钱请来的。每到礼拜日，他都要安排一个病人在候诊室里朗诵赞美诗，朗诵完后，谢尔盖·谢尔盖伊奇本人会提溜个香炉，把所有病房都走一遭，往里头摇炉散香。

病人太多，时间又太少，于是看病流程就只能缩减为一次简短的问诊，外加开一些类似快干药膏或蓖麻油的药物。安德烈·叶菲梅奇坐在那儿，用拳头托着脸颊，思考着，漫不经心地提些问题。谢尔盖·谢尔盖伊奇也坐着，搓着他那两只小手，偶尔插几句话。

"我们之所以生病，受穷，"他说，"都是因为没好好向仁慈

1　位丁普斯科大州的著名修道院，普希金墓所在地。

的上帝祈祷。没错！"

接诊的时候，安德烈·叶菲梅奇是从来不动什么手术的。他对手术早就生疏了，一见到血就会扰得他不舒服。每次他不得不扒开小孩的嘴检查喉咙，孩子又一边尖叫一边挥着小手自卫的时候，他就会被冲进耳朵里的噪声弄得头晕目眩，眼睛里涌出泪水。于是他就急忙把药开好，摆摆手，让女人赶紧把孩子带走。

接诊的时候，病人总是胆小又糊涂，正襟危坐的谢尔盖·谢尔盖伊奇老是靠他那么近，加上墙上挂着的肖像和自己二十多年来反反复复提的那些个问题，他很快就觉得厌烦了。结果他刚看完五六个病人就走了，其余的统统留给医士一个人来看。

安德烈·叶菲梅奇回到家，脑子里冒出一个愉快的想法：感谢上帝，自己早就不接私诊了，不会再有人来打扰他了。他立刻坐去书房的桌前，开始阅读。他读很多书，且读书时总是带着一种巨大的满足感。他一半的薪水都花在了买书上，在他寓所的六个房间中，有三个房间都塞满了各种书籍和旧杂志。他最爱读历史和哲学方面的著作，而医学领域的读物，他只订了本《医生》杂志，并且总是从最后一页开始读起。每次，他都要一口气连续读上好几个小时，一点儿也不觉得疲倦。他读起书来不像曾经的伊万·德米特里奇那样，看得又快又急，而是慢慢地读，边读边消化，常常在他喜欢的或不理解的地方停住。书旁边总是放着一小瓶伏特加，再放一根腌黄瓜或一个渍苹果——直接搁在呢绒桌布上，而不是装在盘子里。每隔半小时，他都要给自己倒一杯伏特加，喝下去，目光始终不从书上移开；然后，看也不看，摸到那根黄瓜，咬下一小段。

三点钟的时候，他小心翼翼地走到厨房门口，咳几声，说道：

"达留什卡，要是能帮我弄点儿午饭就好了……"

吃过一顿味道很糟、做得马马虎虎的午饭后，安德烈·叶菲梅奇双手交叉抱在胸前，在各个房间里来回踱步，想心事。到了四点钟，然后五点，他仍然在踱步，想心事。厨房的门不时咯吱响几下，从里头探出达留什卡红彤彤的、困倦的脸。

"安德烈·叶菲梅奇，是不是到您喝啤酒的时候了？"她关切地问道。

"不，还没到时候……"他答道，"我要再等会儿……再等会儿……"

临近傍晚的时候，邮政局局长米哈伊尔·阿韦里亚内奇通常会来拜访，他是全城唯一一个交往起来不会让安德烈·叶菲梅奇感到不快的人。米哈伊尔·阿韦里亚内奇曾经是位非常富有的地主，在骑兵团服役，但后来破产了，为穷困所迫，只好上了年纪还进到邮政部门工作。他精神矍铄，气色健康，长着浓密的白色络腮胡，举止彬彬有礼，声音洪亮悦耳。他为人善良且重感情，就是脾气暴躁。每次遇到邮局里有来办事的人提出抗议，不同意他的话，或仅仅是要开始讲道理的时候，米哈伊尔·阿韦里亚内奇的脸便涨得通红，全身颤抖着，用雷鸣般的声音喊道："闭嘴！"因此，这个邮局长期以来一直名声在外，大家都害怕去那里办事。米哈伊尔·阿韦里亚内奇尊重且喜爱安德烈·叶菲梅奇，因为他有教养，品性高尚；可他对待城里的其他居民则是一副高高在上的态度，就像对自己的下属一样。

"我来啦！"他走进安德烈·叶菲梅奇家门，说道，"您好啊，我亲爱的！恐怕我已经让您厌烦了吧，哈？"

"相反，我很高兴，"医生回答他，"我总是很高兴见到您。"

朋友俩坐到书房的沙发上，默默地抽了一会儿烟。

"达留什卡，要是能帮我们拿点儿啤酒来就好了！"安德烈·叶菲梅奇说。

喝第一杯酒的时候两人也默不作声：医生陷入了沉思，米哈伊尔·阿韦里亚内奇则是露出愉快、兴奋的神情，好像有什么特别有趣的事要讲一讲似的。聊天总是由医生开启。

"真可惜啊，"他缓慢而平静地说，一边摇着头，没有看着对话者的眼睛（他从不直视对方的眼睛），"真是太可惜了，尊敬的米哈伊尔·阿韦里亚内奇，咱们这座城里完全没有人善于，并且喜爱跟人睿智而有趣地聊聊天。这对我们来说是个巨大的损失。即便是知识分子也不免落入庸俗。我向您保证，这里知识分子的发展水平一点儿也不比下层阶级高。"

"完全正确。我同意。"

"您要知道，"医生平静地、抑扬顿挫地继续说，"除了人类智慧显影出的崇高精神外，这个世界上的一切都是微不足道、没有趣味的。智慧在兽和人之间画了一条清晰的界线，暗示出后者的神性，在某种程度上甚至用人去代替那其实并不存在的不朽。由此说来，智慧是快乐唯一可能的来源。可是周围的智慧我们既看不见，也听不见，这就意味着我们被剥夺了快乐。确实，我们还有书可读，但这跟现场谈话和交流是完全不同的。请容许我做这么一个不完全恰当的比喻：书就像乐谱，而谈话就像唱歌。"

"完全正确。"

又是一阵沉默。达留什卡从厨房里走出来，脸上呆滞地挂着悲伤的神情，站在门口，用拳头托着脸，听他们谈话。

"唉！"米哈伊尔·阿韦里亚内奇叹了口气，"想要现在的人有智慧是办不到的！"

他开始讲过去的生活是如何地好，如何地快乐、有趣，讲俄罗斯曾经有多么睿智的知识分子，他们将名誉和友谊看得多么重要。他们借钱给别人是不用开借条的，若是不向需要帮助的朋友伸出援手，那就会被视作一种耻辱。那时大伙儿行过的军、冒过的险、打过的仗，还有交往过的朋友、见识过的女人，哪样不精彩！再说到高加索山——多么叫人惊叹的地方啊！记得有个营长的妻子，一个古怪的女人，一到晚上就穿上军官的制服，独自一人骑马离开营地往山里钻，连个向导都不带。据说她和某个山村小部落的首领有染。

"圣母啊，我的妈呀……"达留什卡感叹道。

"那时的我们豪爽地喝！大口地吃！那时有多么无畏的自由主义者！"

安德烈·叶菲梅奇听而不闻，他在想着些什么，不时喝一口啤酒。

"我经常梦见睿智的人，以及和他们交谈的场景，"他突然打断了米哈伊尔·阿韦里亚内奇的话，说起来，"我父亲给了我很好的教育，但在六十年代思想的影响下，他强迫我做了一名医生。我想，假如当初我不听他的，那现在我肯定就处在智力活动的中心了。我可能会是大学里某个系的教员。当然，智慧也不是永恒的，它也是易逝的，不过您已经知道我为什么对它如此倾心了。生活就是个恼人的圈套。当一个有思想的人终于达到心智完善、意识成熟的时候，他就会不由自主地感觉到自己陷入了一个圈套里，无法脱身。的确，他从虚无中被唤出并被赋予生命，这是他自己做不了主的，是由一些个偶然事件促成的……可是为什么呢？他想弄清自己存在的意义和目的，但没人能告诉他答案，要么就是跟他说些胡言乱语；他敲门——没人为他开门；接着死亡降临到他身上——这也是他自己做不了主的。于是，就像在监狱里，被共同的不幸捆绑在一起的人们只有抱团取暖才会感觉轻松些一样，当喜欢分析和总结的人聚集到一起，并把时间都花在交流其崇高、自由的想法上的时候，便察觉不到自己身处在生活的圈套里了。从这个意义上讲，智慧是一种不可替代的快乐。"

"完全正确。"

安德烈·叶菲梅奇没有看对方的眼睛，继续用平静的语气断断续续地谈论着睿智的人，以及同他们的对话；米哈伊尔·阿韦里亚内奇专注地听他说，不时同意道："完全正确。"

"可您不相信灵魂是不朽的吗？"邮政局局长突然发问。

"不，尊敬的米哈伊尔·阿韦里亚内奇，我不相信，也没有理由相信。"

"我得承认，我对此也是怀疑的。虽然我又有一种感觉，觉得自己似乎永远都不会死。啊呀，我心里想：老家伙呀，你该到死的时候了！可我的灵魂深处却有一个小小的声音说：'别信这话，你不会死的！'……"

一过九点，米哈伊尔·阿韦里亚内奇就告辞了。在前厅穿皮大衣的时候，他叹了口气道：

"可是命运把我们送到什么样的穷乡僻壤来了！最难过的是，我们还得死在这个地方。唉！……"

七

送走朋友后，安德烈·叶菲梅奇在桌前坐下，又开始读起书来。没有一点儿声响打破这傍晚以及接下来夜晚的宁静，时间仿佛停止了，将读书的医生定格在了一个瞬间，似乎除了这本书和那盏带绿色灯罩的灯外，别的什么都不存在。医生那张庄稼汉似的粗糙面孔一点一点绽放出感动的笑容，显露出人在进行智力活动时才有的那种喜悦。"噢，为什么人得不到永生呢？"他想。如果一切注定会归于尘土，最终和地壳一起冷却，在接下来的数百万年里毫无意义、漫无目的地跟地球一道绕着太阳来回旋转，那何必要有什么大脑中枢和脑回，何必要有视觉、言语，要有人的自我感觉和才能呢？如果最终宿命只是冷却，然后随地球旋转，那就根本没必要将有着近乎神明一般高级智慧的人类从虚无中拉出，结果却像开玩笑似的再把他变成泥土。

这就是新陈代谢吧！可是用这种代替不朽的东西来安慰自己，是多么怯懦啊！自然界中所发生的种种无意识的变化过程甚至比人类的愚蠢还要低级，因为在愚蠢中至少还有意识和意志，而这在自然变化中是绝对没有的。只有在死亡面前恐惧多于尊严的懦夫，才会安慰自己说：自己的遗体会随着时间的推移化作青草、石头、蟾蜍的一部分……在新陈代谢中预见自己的不朽是奇怪的，就像是在一把昂贵的小提琴损坏了、没法再用了以后，预言琴盒将有一个灿烂的未来一样。

　　每到时钟敲响，安德烈·叶菲梅奇就把后背靠在扶手椅上，闭上眼睛，思考片刻。在书里偶然读到什么不错的观点的时候，他便会借此审视一下自己的过去和现在。过去令人憎恶，最好不要去想。而现在呢，和过去也没什么两样。他知道，就在他的思绪随着冷却后的地球绕太阳旋转的同时，在医师寓所旁边的那栋大楼里，人们正在受着病痛和肉体上污秽的折磨；也许，有人睡不着，正在与虫子作战，有人染上了丹毒，或者因为绷带捆得太紧而发出呻吟；也许，有病人正在和助理护士打牌，喝伏特加。一年总计要骗上一万两千个人；整个医院的工作都和二十年前一样，是建立在盗窃、争吵、诽谤、裙带关系以及拙劣的招摇撞骗之上的，医院仍旧是个不道德的机构，对居民的健康危害极大。他知道在六号病房里，在那铁格栅后面，尼基塔正在殴打病人，而莫伊谢伊卡则每天都在城里闲逛，乞讨。

　　可另一方面，他又非常清楚，在过去的二十五年里，医学发生了怎样非凡的变化。还在大学读书那时，他觉得医学很快就会遭遇跟炼金术和玄学同样的命运；而现在呢，每逢他晚上读书，医学都给他很大的触动，使他感到惊讶，甚至兴奋。的确，这是多么出乎意料的辉煌，一场怎样的革命啊！多亏有了抗菌剂，伟大的皮罗戈夫[1]认为甚至连 in spe[2] 都不可能实现的手术，现在就

───

1　尼古拉·伊万诺维奇·皮罗戈夫（Николай Иванович Пирогов，1810—1881），俄国外科学家、解剖学家，野外手术创始人。

2　拉丁语：在预期中，在将来。

能做到了。小地方上的普通医生也可以做膝关节切除手术，一百场剖腹手术里只会有一个死亡病例，结石病已经算不上什么大病了，都不会被写进论著里。连梅毒也能被彻底治愈了。更不用提还有遗传理论、催眠术、巴斯德[1]和科赫[2]的发现、卫生统计学以及我们俄罗斯的地方自治局医疗等诸多进展了！当前精神病学中的疾病分类法、诊断法和治疗方法与过去相比，简直就是一整座厄尔布鲁士山[3]。如今已经不再往疯子的头上浇冷水，也不再给他们穿紧身衣了；疯子得到人性化的对待，甚至还像报纸里写的那样，有人为他们举办演出和舞会。安德烈·叶菲梅奇明白，以目前的观点和水准来看，像六号病房这样的丑事只可能出现在离铁路两百俄里远的地方，在这样的一个小城里——这儿的市长和所有的议员都是识字不多的小市民，他们将医生看作祭司，即便医生要把熔化的锡水灌进他们嘴巴里去，也对他百依百顺，不加半点儿批评。换在别处，民众和报纸早就将这座小巴士底狱砸个粉碎了。

"但又能如何呢？"安德烈·叶菲梅奇睁开眼睛，问自己，"这又能怎样呢？是有了抗菌剂，有了科赫和巴斯德，可事情的本质根本就没有改变过。患病率和死亡率照样不变。为疯子办演出和舞会，可依旧不给他们人身自由。这就意味着，一切都是瞎扯，都是白忙活，维也纳最好的诊所跟我的医院在本质上一点儿——

1　路易·巴斯德（Louis Pasteur, 1822—1895），法国微生物学家、化学家，微生物学奠基人之一。

2　罗伯特·科赫（Robert Koch, 1843—1910），德国微生物学家，细菌学始祖之一。

3　位于俄国西南部高加索山脉，为休眠火山，俄国最高峰，欧洲最高峰。

区别都没有。"

然而，悲痛和一种类似嫉妒的感情使他再也无法表现得冷漠。这大概是因为他累了吧。他沉重的脑袋往书上垂下去，他就将两只手放在脸下面，好让它舒服些，心里想：

"我从事这有害的职业，从我欺骗的人那里榨取薪水，我不是个正直的人。可是我自己也根本无足轻重，我不过是不可避免的社会之恶的一部分罢了：所有在县级部门干活的公务员都是有害的，他们都白拿薪水……所以嘛，为我的不正直承担责任的不应该是我自己，而是时代……假如我出生在两百年以后，那我就不会是现在的样子了。"

当钟声敲响三点的时候，他熄灭灯，走进卧室。他没有一点儿睡意。

八

两年前，地方自治局慷慨解囊，决定在自治局医院开张之前，每年发放三百卢布的津贴，以扩充该市医院的医务人员队伍，并由市里邀请了县城医生叶甫盖尼·费奥多雷奇·霍博托夫来协助安德烈·叶菲梅奇。他还是个非常年轻的人，都不到三十岁，身材高大，黑发，宽颧骨，小眼睛，大概祖上是外族人。他来到这座城市的时候身无分文，只带了一个不大的手提箱，还有一个长相难看的年轻女人——他管她叫作厨娘。这个女人有一个尚在襁褓中的孩子。叶甫盖尼·费奥多雷奇走在路上常戴一顶大檐的遮阳帽，穿高筒靴，冬天就穿一件短皮大衣。他跟医士谢尔盖·谢尔盖伊奇以及出纳员打成一片，可不知为何，他把其他的公职人员都说成贵族，并刻意躲开他们。他的整个住所里只有一本书——《1881年维也纳诊所最新处方》。去看病人时，他总是带着这本书。他每晚都在俱乐部里打台球，但他不喜欢打牌。和别人交谈的时候，他特别爱说"无聊死了""尽是废话""不是蒙你"一类的话。

他每周来医院两次，巡视病房，接诊病人。他因为这里完全没有抗菌剂，而且用吸血罐放血而感到恼火，但他也没有引进什么新的方法，害怕这样做会冒犯到安德烈·叶菲梅奇。他认为自己的同事安德烈·叶菲梅奇就是个老滑头，怀疑他有很多钱，暗地里嫉妒他，巴不得取代他的位置。

九

一个春天的傍晚，这时是三月底，地上已经没有积雪了，一群椋鸟在医院的花园里唱着歌，医生出去将他的邮政局局长朋友送到大门口。恰好这个时候，要饭回来的犹太人莫伊谢伊卡走进了院子。他没戴帽子，光脚穿着双低帮的橡胶套鞋，手里拎着个用来装施舍品的小袋子。

"给我一个戈比吧！"他向医生请求道，身子冷得直哆嗦，脸上挂着笑。

向来不会拒绝别人的安德烈·叶菲梅奇递给他一枚十戈比的硬币。

"这太糟糕了，"他望着他的光脚和红彤彤的细脚踝，心想，

"瞧，他脚都湿了。"

然后，在一种既好似怜悯，又好似厌恶的感情的驱使下，他开始跟着犹太人往厢房那儿走，时而看看他的秃顶，时而看看他的脚踝。医生一进门，尼基塔就赶忙从那堆垃圾上跳下来，挺直身子。

"你好啊，尼基塔，"安德烈·叶菲梅奇轻柔地说，"得给这个犹太人发双靴子才是，要不他会着凉的。"

"知道了，大人。我会向总务报告的。"

"拜托了。你就以我的名义请求他。说这是我要他办的。"

从过道屋进病房的门是开着的。伊万·德米特里奇躺在床上，用一边胳膊肘撑起身子，惊慌地听着来客的声音，然后突然认出了医生。他气得浑身颤抖起来，猛地跳下床，通红的脸上露出凶恶的表情，瞪大眼睛，跑到病房中央。

"医生来了！"他大叫一声，又哈哈大笑起来，"终于啊！先生们，我向你们道喜了，医生大驾光临寒舍了！这该死的浑蛋！"他尖叫了一声，带着这病房里从未见过的狂怒，踩了下脚，"打死这个浑蛋！不，打死也太便宜他了！该把他淹死在茅坑里！"

听到这话，安德烈·叶菲梅奇从过道屋往病房里瞧了瞧，轻柔地问道：

"为什么呢？"

"为什么？"伊万·德米特里奇喊道，横眉怒目地走到他跟前，快速将身上的病袍裹紧，"为什么？因为你是贼啊！"他憎恶地说，努起嘴唇像是要啐他似的，"骗子！刽子手！"

"您冷静些，"安德烈·叶菲梅奇愧疚地微笑着，说，"我向您保证，我从来没有偷过任何东西，至于别的话，您大概说得太过夸张了。我看您是在生我的气。我求您冷静些，如果可以的话，请您平心静气地说说看，您为了什么生气？"

"您为什么要把我关在这里？"

"因为您生病了。"

"是的，我是生病了。但要知道，还有成百上千的疯子在外边逍遥自在着呢，因为您医术不精，没法把他们跟健康人区分开来。为什么我和这些个倒霉蛋要像替罪羊一样代替所有人关在这儿？您、医士、总务，还有您医院里所有的浑蛋，在道德上都要比我们中的每个人低不止一点半点，可为什么关在这儿的是我们，不是你们？这当中的逻辑在哪儿？"

"这跟道德和逻辑没关系。这一切都取决于具体的情况。谁要是被关进来了，那就只好待在这儿，谁要是没被关进来，就可以在外逍遥，就是这么个理。我是医生，您是精神病人，这既无关道德，也无关逻辑，只是纯粹的偶然罢了。"

"我不懂您在胡说八道些什么……"伊万·德米特里奇低沉地说，在自己床上坐下。

尼基塔当着医生的面不好意思搜莫伊谢伊卡的身，莫伊谢伊卡就把面包块啦，纸片啦，小骨头啦统统摊在自己的床上。他还在因为冷而发着抖，开始讲起犹太话来，说得很快，跟唱歌似的。他大概是在想象自己开了一家小店铺。

"放我出去吧。"伊万·德米特里奇说，声音颤抖了一下。

"我办不到。"

"为什么不行？为什么？"

"因为这事不是我能做决定的。您想想看，如果我把您放出去，对您有什么好处吗？您尽管走吧，您肯定会被市民或者警察捉住，然后再送回来的。"

"是啊，是啊，说得没错……"伊万·德米特里奇说，搓了搓额头，"这太糟了！可是我该怎么办呢？怎么办？"

安德烈·叶菲梅奇喜欢上了伊万·德米特里奇的嗓音和他那张不时做怪相的年轻、睿智的脸。他想要安抚这个年轻人，让他冷静下来。他到床边挨着他坐下，想了想，说道：

"您问我该怎么办？以您目前的处境讲，最好就是从这儿逃跑。不过，很遗憾，这是没用的。您会被人抓起来。当一个社会极力防备罪犯、精神病患者和所有那些不相宜的人的时候，它总是不可战胜的。您只有一个选择：冷静下来好好想想——您住在这儿是有必要的。"

"这对谁都不是有必要的。"

"既然存在监狱和疯人院，那么就得有人被关在里面。不是您，就是我，不是我，就是别的什么人。等着瞧吧，在遥远的将来，监狱和疯人院统统消失的时候，就不会再有钉在窗户上的铁格栅了，也不会再有这种病袍了。毫无疑问，那样的时代迟早会到来的。"

伊万·德米特里奇嘲讽地笑了笑。

"您在开玩笑吧，"他眯缝着眼睛，说，"像您和您助手尼基塔这样的先生，跟将来是没有半点儿关系的，不过呢，仁兄，或许有一点可以肯定：更好的时代会到来的！我可能说得俗气——您尽管笑我——但新生活的曙光必将灿烂闪耀，真理必将获得胜利，到那时，我们的街上会像过节一样欢腾！我是等不到了，那时候我肯定断气了，但是会有别人的曾孙等到那一天的。我打心底祝贺他们，我高兴，为他们高兴！前进吧！愿上帝保佑你们，朋友们！"

伊万·德米特里奇眼神里放出光来，他站起身，将两只手往窗户那边伸去，用激动的声音继续说道：

"我从这些铁格栅后面祝福你们！真理万岁！我为你们高兴！"

"我找不到什么特别的理由可高兴的，"安德烈·叶菲梅奇说，在他看来，伊万·德米特里奇的动作像是在演戏，可他还是非常喜欢，"监狱和疯人院都将不复存在，而真理呢，正如您所说的那样，会获得胜利，但要知道，事情的本质是不会改变的，自然法则将照样继续存在。人还是会像现在一样生病、衰老和死亡。无论灿烂的黎明如何照亮您的生活，到头来您还是会被送进棺材钉起来，扔到墓穴里去。"

"那不朽这种说法呢？"

"唉，得了吧！"

"您不相信，好吧，可我是相信的。是陀思妥耶夫斯基还是伏尔泰的作品里，有个人这么说：'假如上帝并不存在，那就必须把祂造出来。'[1]而我深信：如果不朽尚不存在，那么伟大的人类智慧也迟早会把它创造出来的。"

1　出自伏尔泰诗体书简《致〈论三大骗子〉作者之信》（*Épître à l'Auteur du Livre des Trois Imposteurs*，1770）。陀思妥耶夫斯基曾在长篇小说《卡拉马佐夫兄弟》（*Братья Карамазовы*，1878—1880）中引用了该句的法语原文（"Si Dieu n'existait pas, il faudrait l'inventer"，被陀氏稍做改动写作"s'il n'existait pas Dieu il faudrait l'inventer"）。

"说得挺好，"安德烈·叶菲梅奇高兴地笑着说，"您有信心，这很好。有这样的信念，即便是被囚禁在高墙里的人，也能把日子过得很快乐。您之前是在什么地方读过书吧？"

"是的，我在大学读过书，但是没毕业。"

"您是个有头脑、有思想的人。您在任何状况下都能找到内心的平静。人类有两种至高无上的幸福：一是为了理解生活而进行的自由且深刻的思索，二是对世间种种愚蠢的奔忙完全的蔑视。即使生活在三道铁格栅后面，您也照样可以拥有这两种幸福。第欧根尼[1]住在一个木桶里，可他比世上所有的皇帝都要幸福。"

"您说的第欧根尼就是个蠢蛋，"伊万·德米特里奇忧郁地说，"您跟我说第欧根尼做什么？说理解生活做什么？"他突然生气了，暴跳起来，"我爱生活，热烈地爱生活！我是有被害妄想症，经常担惊受怕，但有些时候，我也会充满生活的渴望，这时我就害怕自己会发疯。我太想要生活了，太想了！"

他激动地在病房里走了一圈，压低嗓子说道：

"我幻想的时候，脑子里常常会出现一些怪影。一些什么人会来到我面前，我能听到说话声和音乐声，觉得自己像是在某片森林里，或是在沿着某个海岸散步，我热烈地渴望着奔忙，渴望着操劳……请和我说说，外边有什么新鲜事吗？"伊万·德米特里奇问道，"外边在发生什么？"

---

1 锡诺普的第欧根尼（Διογένης），活跃于公元前4世纪的古希腊哲学家，犬儒学派代表人物，相传其居住在一个木桶当中。

"您是想了解这座城市的情况呢，还是总体的情况？"

"噢，先和我说说这座城市的情况吧，然后再说说总体的情况。"

"怎么讲呢？这座城市无聊透顶……连个说话的人都没有，也没什么人说出的话是让你愿意倾听的。见不到一张新面孔。不过，最近来了个姓霍博托夫的年轻医生。"

"这人居然是在我还活着的时候来的。他怎么样？是个下流胚吗？"

"是的，他不是个有教养的人。也是奇怪，您知道吗……总的看来，我国的大城市并没有智力停滞的情况，一直在变化发展——这就意味着，那儿理应有真正的人才，可不知为什么，每次他们派到我们这儿的都是些看不上眼的人。真是个不幸的城市啊！"

"是啊，不幸的城市！"伊万·德米特里奇叹了口气，然后大笑起来，"那总体的情况又是怎么样的呢？报纸和杂志上都登些什么呢？"

病房里已经很暗了。医生起身，站着开始讲他读到的国外和俄罗斯的时事，讲他察觉到的当前的思想趋向。伊万·德米特里奇仔细地听着，不时提一些问题。可是突然，他好像想起了什么可怕的事，猛地抱住脑袋，背对医生躺到床上。

"您怎么了？"安德烈·叶菲梅奇问道。

"我不想再和您说一个字！"伊万·德米特里奇粗鲁地说，"别烦我了！"

"到底是怎么了？"

"我和您说：别烦我！真是见鬼！"

安德烈·叶菲梅奇耸耸肩，叹了口气，走了。穿过过道屋的时候，他说：

"要是能收拾一下这里就好了，尼基塔……简直臭气熏天！"

"知道了，大人。"

"真是个讨人喜欢的年轻人啊！"回家的路上，安德烈·叶菲梅奇心想，"我在这儿住了这么久，这似乎还是第一个可以说说话的人。他善于思考，并且对那些真正有价值的东西感兴趣。"

回到家读书的时候，还有接下来躺下睡觉的时候，他脑子里一直想着伊万·德米特里奇。第二天早上醒来，他回想起昨天认识了一个睿智、有趣的人，便决定一有机会就再去一趟他那儿。

十

伊万·德米特里奇还照昨天一样的姿势躺着，双手抱着脑袋，蜷着腿。看不见他的脸。

"您好啊，我的朋友，"安德烈·叶菲梅奇说，"您没在睡觉吧？"

"首先，我不是您的朋友，"伊万·德米特里奇把脸埋在枕头里，说，"其次，您就是在白费工夫：您不会从我嘴里问出什么东西来的。"

"奇怪……"安德烈·叶菲梅奇难为情地低声说道，"昨天我们谈得挺和睦，可您不知为何突然被冒犯到了，立马中断了我们的谈话……大概是我说了什么不合适的话吧，或许，是我说出的想法与您的观点不一致……"

"是啊，所以还叫我相信您什么！"伊万·德米特里奇稍微直起身子，嘲讽又惊恐地瞧着医生，双眼布满血丝，说道，"您大可到别处去搞您的侦察和拷问，您在这儿什么都得不到。我昨天就搞明白您为什么来了。"

"好奇怪的想象！"医生微微一笑，"所以说，您觉得我是密探？"

"是的，我是这么觉得……是密探也好，医生也好，总之都是派来审我的，没什么区别。"

"哎哟，您可真是个……恕我直言——怪人！"

医生在床边的圆凳上坐下，责怪地摇了摇头。

"不过，就算您说的是对的，"他说，"就算我是来阴险地套您的话，把您供给警察局好了。您将被逮捕，然后受审。可是，难道法庭和监狱对您来说要比这里更糟吗？假如您被终生流放，甚至被送去做苦役，难道就比关在这所厢房里更糟吗？我觉得是不会更糟了……那么有什么好害怕的呢？"

显然，这些话对伊万·德米特里奇起了作用。他平静地坐了起来。

那是下午四点多钟——这时候，安德烈·叶菲梅奇通常会在他家的各个房间里来回踱步，达留什卡会问他是不是该喝啤酒了。外面的天气平静、晴朗。

"午饭后我出门散了个步，就顺道过来了，如您所见，"医生说，"外头完全是春天的样子了。"

"现在是几月了？三月？"伊万·德米特里奇问道。

"没错，三月底了。"

"外头脏吗？"

"不是很脏。花园里的小路已经露出来了。"

"这个时候要是能坐上马车到城外的什么地方走一走就好了，"伊万·德米特里奇说，似醒未醒地揉着那双红眼睛，"然后回家，回到我温暖舒适的书房……然后找个正派的医生给我治治头痛……我已经好久没有像正常人一样生活了。这儿真恶心！恶心得叫人无法忍受！"

昨天的激动过后，他现在疲惫不堪，无精打采，不愿意说话。他的手指不停地颤抖，从面部表情能看出，他头疼得厉害。

"温暖舒适的书房跟这个病房没有任何区别，"安德烈·叶菲梅奇说，"人的平静和满足并不在人的外部，而是在人的内心。"

"这话是什么意思？"

"一个普通的人总是从外部——比如从马车和书房那里——期待事情的好坏，而一个有思想的人会从自己的内心出发来判断。"

"您去希腊宣扬这套哲学吧，那儿气候温暖，到处是酸橙的味道，在这儿讲这些恐怕要水土不服。我是和谁谈的第欧根尼来着？是和您谈的吗？"

"是啊，昨天和我谈的。"

"第欧根尼不需要书房，也不需要温暖的住所，那儿没有这些就已经够热的了，尽管躺在木桶里吃吃橙子和橄榄就行。可他要是有机会来俄罗斯生活，别说在十二月了，五月的时候他都会央求进房间里住。他恐怕得冷得缩成一团。"

"不，寒冷，还有其他任何一种痛苦，我们都可以不用去感受。马可·奥勒留[1]说过：'痛苦就是一种关于痛苦生动的观念，只要增强意志力，去改变这种观念，将它抛掉，停止抱怨，痛苦就会消失。'这话说得有理。智者，或者随便哪个有头脑、好思考的人，之所以与众不同，正是因为他蔑视苦难，永远乐天知命，波澜不惊。"

"就是说，我是个白痴，因为我痛苦、不满，对人类的卑鄙感到惊讶。"

"您这么说是没有根据的。如果您再多想一想，那么您就会明白，那些使我们不安的外在的一切是多么微不足道。应当去努力领悟生活，里面蕴藏着真正的幸福。"

"领悟……"伊万·德米特里奇皱起眉头，"什么外在的，内在的……对不起，我没听明白。我只知道，"他站起身，愤怒地看着医生说，"我只知道，上帝用温暖的血液和神经创造了我，是的，先生！如果机体组织是有生命力的，那么就应该能对任何刺激做出反应。我就是在做出反应啊！我用尖叫和眼泪来回应痛苦，用愤怒来回应卑鄙，用厌恶来回应龌龊。在我看来，这其实就是所谓的生活。机体越是低级，它就越是不敏感，对刺激的反应就越弱；机体越是高级，它对现实的反应就越敏锐，越有力。这道理您怎么会不懂呢？您是医生，怎么连这些小事都不知道呢！要蔑视苦难，永远乐天知命，波澜不惊，就应当先达到这样的状态，"伊万·德米特里奇指着那个满身肥油的胖农民说，"要

---

1 马可·奥勒留（Marcus Aurelius, 121—180），罗马帝国皇帝，哲学家，著有《沉思录》。

么就用苦难来把自己磨炼到这种程度，好彻底丢掉对苦难的感知力，或者换句话说——停止生活。对不起，我不是智者，也不是哲学家，"伊万·德米特里奇激动地继续说道，"我对这些东西一点儿也不懂，也没心思往深处想。"

"恰恰相反，您的所思所想妙极了。"

"您的说法是在模仿斯多葛派[1]，他们是些了不起的人，可他们的学说早在两千年前就已经停滞不前了，没有一丁点儿进步，也不会再有什么发展，因为它不实用，离实际生活太远。只有一辈子都在钻研和品读各种学说的少数人才会倾心于它，大多数人是不了解它的。一个宣扬漠视财富跟生活的舒适，蔑视苦难和死亡的学说，对绝大多数人来讲都是完全无法理解的，因为这大多数人从来不知道财富和生活中的舒适为何物；对他们而言，蔑视苦难就意味着蔑视生活本身，因为人的本质无外乎是由饥饿、寒冷、怨恨、失落等种种感觉，以及哈姆雷特式的对死亡的恐惧感构成的。在这些感觉之中蕴含着生活的全部：人可以因生活而苦恼，可以去憎恨它，但无法蔑视它。没错，所以我要再说一遍，斯多葛派的学说永远不会有未来，相反，正如您所见——从古至今，人类的生存竞争、对疼痛的敏感度、对刺激做出反应的能力倒是在日益增进……"

伊万·德米特里奇突然断了思路，语塞了一阵，懊丧地揉了揉额头。

---

1 古希腊和罗马帝国思想流派，由古希腊哲学家季蒂昂的芝诺（Ζήνων，公元前 335—公元前 263）创立于公元前 3 世纪早期，主张依照自然而生活，有宿命论和禁欲主义倾向。

"我想说一个关键的事情，不过跑题了，"他说，"我要说什么来着？对了！我是想说：有一个斯多葛派的人为了替亲人赎身，将自己变卖为奴。您看，就是说连斯多葛派也对刺激做出了反应，因为要做出这种毁灭自己来拯救亲人的慷慨之举，需要有一颗愤愤不平、悲天悯人的心灵。我关在这监狱里，已经把之前学过的东西都给忘了，不然我还能想起些别的什么来。我再举个基督的例子？基督用哭泣、微笑、悲痛、愤怒，甚至忧愁来回应现实，他没有带着微笑迎接苦难，也没有蔑视死亡，而是在客西马尼园祷告，祈求自己幸免于难。[1]"

伊万·德米特里奇笑起来，坐下。

"就算人的平静和满足不在他的外部，而是在于他的内心，"他说，"就算人应该蔑视苦难，遇事波澜不惊。可您宣扬这种思想的依据又在哪里？您是智者吗？是哲学家吗？"

"不，我不是哲学家，但每个人都应该宣扬这种思想，因为它是有道理的。"

"不，我想知道，为什么您认为自己在领悟生活和蔑视苦难等方面是内行呢？您受过什么苦吗？您对苦难有什么了解吗？请问，您小时候挨过打吗？"

"没有，我的父母非常厌恶体罚。"

---

1 根据《新约圣经》，客西马尼园为耶稣被钉十字架前夜、最后的晚餐之后的祷告地。见《马太福音26:36》："耶稣和门徒到了一个叫客西马尼的地方，祂对门徒说：'你们坐在这里，我到那边去祷告。'"或《马可福音14:32》："他们到了客西马尼园，耶稣对门徒说：'你们坐在这里，我要去祷告。'"亦见《路加福音22:44》："祂心中极其悲痛，祷告更恳切，汗珠如血滴在地上。"

"我就被父亲狠狠地打过。我父亲是个专横的、得痔疮的官吏，长着个长鼻子，脖子发黄。不过还是说说您吧——您一辈子都没被人用手指碰过一下，没被人恐吓过，没挨过打，您像公牛一样健壮。您在您父亲的庇护下长大，受他资助读了书，接着立马就得到了这个高薪又清闲的美差。二十多年来，您一直住在免费的寓所里，带供暖和照明设备，还有仆人，况且，您还有权自由决定自己的工作方式和时间，哪怕什么都不做也没问题。您天生是个懒惰、松散的人，因此试图将您的生活也塑造成这样，好让自己不受任何事的烦扰，安然而居。您把您的事业拱手让给医士和其他浑蛋，自己则坐在温暖又安静的地方，积累财富，饱览群书，沉迷于各种高深的鬼话，靠买醉来获得快乐（伊万·德米特里奇看了看医生的红鼻子）。总之，您没有见识过生活，您完全不了解它，对现实的理解只是停留在理论上。您之所以蔑视苦难，遇事波澜不惊，原因就很简单了。将凡世间的一切都看成是空虚啦，什么外在和内在啦，蔑视生活、苦难和死亡啦，领悟生活啦，真正的幸福啦——这些都是最适合于俄罗斯懒汉的哲学。比方说，您看到一个农民殴打妻子，为什么要打抱不平呢？就让他打好了，反正都一样，他俩早晚都会死；何况，动手打人的那位糟践的并不是他打的那个人，而是在伤他自己的体面。酗酒是愚蠢的、不成体统的，可喝酒会死，不喝酒也会死。来了个村妇，牙疼……可这又奈何呢？痛苦不过是一种关于痛苦的观念，再说了，在这个世界上活着不可能不得病，所有人都会死去，所以打发这婆娘走开便是，不要妨碍我思考，打扰我喝伏特加。有年轻人来寻求建议，问该做些什么，该如何生活；要是别人，在回答之前肯定得仔细思考一番，可您已经准备好了个现成的答案：'去努力领悟，或者去追寻真正的幸福吧。'可您这个玄妙的'真正的幸福'究竟是什么呢？当然，答案是没有的。我们被关在这里，关在这些铁格栅后面，受尽折磨跟虐待，可这却是极好的，是合理的，因为这个病房和温暖舒适的书房没有半点儿区别。多么便捷的哲学：无事可做还能良心清白，觉得自己聪慧过人……不，大老爷，这不是哲学，不是思想，不是视野开阔，而是懒惰，是托钵僧[1]走江湖，是浑噩迷糊……没错！"伊万·德米特里奇又生气了，"您蔑视苦难，但您的手指要是被门夹一下，您怕是得扯着嗓子号叫起来！"

"也许我不会叫。"安德烈·叶菲梅奇温柔地微笑着说。

"对啊，怎么可能呢！不过嘛，如果您突然瘫痪了，或者假设某个蠢货或无耻之徒利用他的地位和官级公开侮辱您，而且您知道他事后还能逍遥法外，那么到那个时候您就会明白，叫别人去努力领悟、去追寻真正的幸福是怎么一回事了。"

"您的话倒是别出心裁，"安德烈·叶菲梅奇说，高兴地笑着，搓着手，"您总结道理的天赋让我很是惊讶、喜欢，多承您方才对我性格特征的描述，简直太精彩了。我得承认，与您交谈带给了我极大的乐趣。怎么着，我听完了您的话，现在也劳您听听我的想法……"

---

1 又称法基尔，伊斯兰教苏菲派修士，以乞讨为生，主张守贫和禁欲。

十一

这场谈话又持续了将近一个钟头，看来给安德烈·叶菲梅奇留下了挺深的印象。他开始每天来这所厢房，早上去，午饭后也去，经常跟伊万·德米特里奇聊到傍晚天色暗下为止。一开始，伊万·德米特里奇在他面前表现得很腼腆，怀疑他有恶意，毫无顾忌地表现出对他的反感，不过后来就和他处熟了，对他的态度也从起初的尖酸刻薄变成了一种带着宽容的讥讽。

很快，一个流言传遍了整个医院，说安德烈·叶菲梅奇医生开始常去六号病房了。无论是医士、尼基塔，还是助理护士，没有一个人能理解为什么他要到那儿去，为什么他在那儿一坐就坐上好几个钟头，他们究竟在聊些什么，为什么他没开处方。他的举止显得很是奇怪。米哈伊尔·阿韦里亚内奇常常发现他不在家，这在之前是从来没有发生过的；达留什卡也觉得很忐忑，因为医生已经不再在一个固定的时间喝啤酒了，有时候甚至连吃饭都耽误了。

一天——这时已经是六月底了——霍博托夫医生来找安德烈·叶菲梅奇处理些公务，在家里没见到他，就去院子里找。院子里有人告诉他，说老医生到精神病人那儿去了。霍博托夫走进厢房，在过道屋里站着，听到了以下的谈话：

"我们永远也不会达成一致的，您永远不可能让我改信您所信仰的东西，"伊万·德米特里奇气愤地说，"您完全不了解现实，您也从来没受过苦，只是像只害虫一样，靠别人的苦难生存。而我呢，打出生起直到今日都在不停地受苦。所以我要坦白跟您

236

讲：我自认为比您要更高明，无论从哪一点来看都比您要更有资格。我用不着您来教导我。"

"我完全不会奢望您改信我所信仰的东西，"安德烈·叶菲梅奇平静地说，因为自己不被理解而感到遗憾，"重点不在于此，我的朋友。重点不是您受了苦，而我没有。苦难也好，快乐也罢，都是一时的。我们别管它们了，上帝自有安排。重点是，您和我都在思考。我们在彼此身上看到了一个特质：我们都是善于思考和推理的人，无论我们的观点多么不同，我们却能团结在一起。我的朋友，但愿您知道，我对那种普遍存在的狂妄、平庸、愚钝是多么厌恶，而我每次和您交谈却是多么愉快！您是个有头脑的人，我很欣赏您。"

霍博托夫把门推开了一条缝，朝病房里望了望。只见头戴尖顶睡帽的伊万·德米特里奇和安德烈·叶菲梅奇医生正并排坐在床上。那疯子不时做个怪相，哆嗦一下，快速将身上的病袍裹紧；而医生则一动不动地坐着，垂着头，满脸通红，虚弱无力，愁眉苦脸。霍博托夫耸了耸肩，冷冷一笑，和尼基塔相互使了个眼色。尼基塔也耸了耸肩。

第二天，霍博托夫和医士一块儿来到了厢房。两人一起站在过道屋里偷听。

"咱们这老前辈怕是已经彻底垮掉了！"霍博托夫从厢房里走出来，说道。

"上帝啊，宽恕我们这些罪人吧！"神色庄重的谢尔盖·谢尔盖伊奇叹了口气，他努力避开水坑，以免弄脏他擦得干净透亮的靴子，"老实说，尊敬的叶甫盖尼·费奥多雷奇，这一刻我已经等了很久了！"

十二

打这以后，安德烈·叶菲梅奇就开始觉察到周围出现了某种神秘的气氛。勤杂工、助理护士和病人们一见到他便会对他投来疑惑的眼神，然后窃窃私语。他先前每次在医院花园里遇见总务的女儿玛莎都会很开心，可如今，他只要面带微笑一走近她，要摸摸她小脑袋的时候，她都不知为什么迅速跑开。邮政局局长米哈伊尔·阿韦里亚内奇听他讲话的时候已经不再说"完全正确"了，而是莫名其妙地发窘，嘟囔道："是啊，是啊，是啊……"然后若有所思地、忧愁地望着他。不知为何，他开始劝告自己的朋友戒掉伏特加和啤酒，但要提这个建议的时候，他就跟个有礼貌的人似的，也不直说，而是发出各种暗示——一会儿说起某个品行优秀的营长，一会儿又讲到某个名声不错的随团教士，两人都因为酗酒得了病，不过戒酒以后又都彻底痊愈了。同事霍博托夫也来看过安德烈·叶菲梅奇两三次，也劝他戒酒，还无缘无故地建议他服用溴化钾[1]。

八月，安德烈·叶菲梅奇收到了市长寄来的一封信，请他来商议一件非常重要的事情。安德烈·叶菲梅奇按约定时间抵达市政厅，在那儿遇见了地方军事长官、县立学校的现任督学、一个市参议会的成员、霍博托夫以及一位淡黄色头发的胖先生——大

1　19 世纪末和 20 世纪初被广泛用作镇静剂。

家介绍说他是位医生。这位医生有个很难发音的波兰姓氏，住在离城三十俄里远的一座养马场里，现在刚好顺路经过这座城。

"这是一份涉及您工作部门的申请书，"等所有人都相互打过招呼，在桌前坐好，市议员就对安德烈·叶菲梅奇说，"叶甫盖尼·费奥多雷奇说，药房放在主楼里有点儿挤了，应该把它迁到一所厢房里。当然了，这倒也不是什么大问题，迁是可以迁的，但主要的问题是厢房需要修理了。"

"是啊，是得修一修了，"安德烈·叶菲梅奇想了想，说，"如果说，比方把拐角那个厢房拿来当药房用，那我想，至少得需要五百卢布的工程款。这笔花销是徒劳无益的。"

大家都沉默了片刻。

"我早在十年前就做过汇报，"安德烈·叶菲梅奇用平静的声音继续说道，"照现在的样子，这所医院对这座城来讲就是个与财力不相匹配的奢侈品。它建于四十年代，但要知道，那时候的经费可跟现在不一样。这座城市把太多钱花在不必要的建筑和多余的岗位上了。我认为要是换种用法，这些钱完全可以供得起两所示范医院。"

"所以嘛，您来提出些新的办法好了！"市议员赶忙说。

"我的汇报里已经说过了：把医疗部门转交给地方自治局来管理。"

"是啊，就把钱交给地方自治局好了，肯定会被贪污掉的。"淡黄色头发的医生大笑起来。

"他们毕竟是老手了。"市议员同意道，也笑了起来。

安德烈·叶菲梅奇无精打采、面色阴沉地看了看这位淡黄色头发的医生，说道：

"做事得讲道理。"

大家又沉默了。端来了茶。地方军事长官不知为何很难为情，隔着桌子碰了碰安德烈·叶菲梅奇的手说：

"您把我们全都给忘了，医生。不过嘛，您就是个修士：不打牌，不喜欢女人。和我们弟兄在一起您感到烦闷了吧？"

大家开始谈论一个正派的人住在这座城里会有多么无聊。这儿既没有戏剧，也没有音乐，上一次俱乐部里办的舞会来了大约二十位女士，却只有两位男舞伴。年轻人不跳舞，却总是三五成群地聚在小吃部附近，要么就打牌。安德烈·叶菲梅奇目光避开所有人，缓慢而平静地开始讲他心里感到多么遗憾，多么深切的遗憾：城里的居民们将自己的生命力、心思和智慧都花在了纸牌游戏和搬弄是非上，不善于也不愿意花时间来进行有趣的谈话和阅读，不愿享用智慧所提供的快乐。只有智慧才是有趣的、美妙的，其余的一切都是浅薄的、卑微的。霍博托夫专心听着同事讲话，然后突然问道：

"安德烈·叶菲梅奇，今天是几号？"

得到答复以后，他和淡黄色头发的医生用一种连自己都觉得笨拙的主考人一般的语气开始询问安德烈·叶菲梅奇今天是星期几，一年有多少天，问他是不是六号病房里住着一位卓越的先知。

在回答最后一个问题时，安德烈·叶菲梅奇的脸红了，说：

"是的，他是个得了病但很有趣的年轻人。"

他们不再问他更多问题了。

他在前厅穿外套的时候，地方军事长官把手搭在他的肩膀上，叹息地说：

"咱们这些老家伙，是时候该退休喽！"

从市政厅里出来的时候，安德烈·叶菲梅奇意识到这是一场专门为鉴定他智力水平而开的委员会。他想到他们向他提的那些个问题，脸变得通红，现在，不知为何，他平生第一次对医学感到痛心、遗憾。

"我的上帝啊，"他想，脑子里浮现出刚刚那些医生检查他的画面，"要知道，他们不久前才听过精神病学课程，考过了试，这十足的无知到底是从哪儿来的呢？他们对精神病学简直一窍不通！"

他平生第一次感觉到自己被侮辱，被激怒。

当天晚上，米哈伊尔·阿韦里亚内奇来到他家。这位邮政局局长招呼也没打，径直走到他面前，拉住他的双手，用激动的声音说：

"我亲爱的，我的朋友，请您向我证明：您相信我真心的好意，把我当成您的朋友……我的朋友！"他没让安德烈·叶菲梅奇接话，激动地继续说道，"我喜爱您，因为您有教养、品性高尚。请听我说，我亲爱的。因为得遵守科学惯例，那些医生对您隐瞒了实情，可是我要以军人的方式和您实话实说：您得病了！请原谅我，亲爱的，但这是事实，您周围的人早就已经注意到这一点了。方才，叶甫盖尼·费奥多雷奇医生和我说，为了您健康好，您必须得休息休息，散散心。完全正确！好极了！这些天我请了假，要换个地方呼吸呼吸空气。请您向我证明您是我的朋友，咱们一块儿去吧！就照以往那样，咱们一块儿走。"

"我觉得自己身体好得很，"安德烈·叶菲梅奇想了想，说道，"我不能走。请允许我用别的什么方式证明我对您的友谊吧。"

要到外地某处去，还不知道为什么去，没有书，没有达留什卡，没有啤酒，突然破坏已经持续了二十年的生活秩序——这主意一开头就让他觉得既疯狂又荒诞。但他想起在市政厅的谈话，想起从市政厅回家时所感受到的沉重心情，这个短期离开这座城市的想法便冲他展露了笑颜——反正城里那些愚蠢的人也认为他疯了。

"您具体打算去哪儿呢？"他问道。

"去莫斯科，去彼得堡，去华沙……我曾经在华沙度过了我一生中最快乐的五年。华沙真是座了不起的城市！一块儿走吧，我亲爱的！"

十三

一周后，安德烈·叶菲梅奇被建议休息一阵，其实也就是要他辞职，他对此淡然处之；再一周后，他和米哈伊尔·阿韦里亚内奇就已经坐上一辆四轮邮政马车，驶往最近的火车站了。天气凉爽，晴朗，天空湛蓝，远处的景致也尽收眼底。到车站两百俄里的距离他们走了足足两个昼夜，路上住了两晚。在驿站遇到端上来的茶杯洗得不干净，或者套马套了很久的时候，米哈伊尔·阿韦里亚内奇的脸便涨得通红，全身颤抖着，喊道："闭嘴！别狡辩！"坐在四轮马车上，他一刻也不停地讲他当年的高加索和波兰王国[1]之旅。那时冒过多少险，有过多少奇遇啊！他说话声很大，同时露出极其惊讶的眼神，让人不禁觉得他在撒谎。另外，他一边说着，一边往安德烈·叶菲梅奇的脸上呼气，对着他的耳朵高声大笑。这让医生感到很不舒服，没法思考和集中注意力。

为了省钱，他们火车坐的是三等车厢的非吸烟区。一半的乘客是正派人。米哈伊尔·阿韦里亚内奇很快就和所有人认识了，从一排座位窜到另一排座位，大声说他们不应该在这些可恶的铁路线上坐车。根本就是诈骗！骑马就完全不同了：一天之内可以跑一百俄里，然后还能感觉身体舒畅，神清气爽。说我们庄稼歉收是因为人们把平斯克沼泽[2]里的水给排干了。总的来说，处处是可怕的混乱。他越说越急躁，嗓门很大，不让别人接话。他这无休止的废话，掺和着隆隆的大笑声和富有表现力的手势，实在叫安德烈·叶菲梅奇腻烦。

"我们俩到底是谁疯了？"他恼火地想，"是我这个尽力不打扰其他乘客的人呢，还是这个自认为比这儿的所有人都聪明、有趣，所以不让任何人得到安宁的利己主义者呢？"

在莫斯科，米哈伊尔·阿韦里亚内奇穿了件没有肩章的军人制服和带红色绳边的裤子。他戴着军帽，穿着军大衣走在街上，引得士兵们向他敬礼。安德烈·叶菲梅奇现在觉得，这个人把他曾经拥有过的贵族作风中的一切优点都糟蹋尽了，只给自己留下

---

1 该处指存在于 1815—1915 年的波兰王国，即俄属波兰。

2 位于白俄罗斯和乌克兰边界，欧洲最大天然湿地之一。

了很坏的那部分。他喜欢被人伺候，即便这有时是完全没有必要的。火柴就在他面前的桌子上放着，他看到了，却喊仆人把火柴递给他；当着打扫房间的女仆的面，他只穿内衣却丝毫不觉得害羞；他对所有仆人——即便是老人——都一律用"你"来称呼，生气的时候就骂他们是蠢货、傻瓜。这些行为在安德烈·叶菲梅奇看来有倒是有老爷气派了，可真是惹人讨厌。

首先，米哈伊尔·阿韦里亚内奇带他的朋友去了伊维尔礼拜堂[1]。他热切地祷告，叩头，流泪。祷告完后，他深深地叹了口气，说道：

"就算不信神，祈祷祈祷也总能让你内心平静些的。来吻圣像吧，亲爱的。"

安德烈·叶菲梅奇感到尴尬，吻了吻圣像，而米哈伊尔·阿韦里亚内奇则噘起嘴唇，摇晃着脑袋，低声祷告，眼里再次涌出泪水。接着，他们去了克里姆林宫，看了那儿的沙皇炮和沙皇钟[2]，甚至还用手指摸了摸它们，欣赏了莫斯科河南岸市区的景色，参观了救世主大教堂和鲁缅采夫博物馆。

他们在捷斯托夫饭店吃午餐。米哈伊尔·阿韦里亚内奇看了很久的菜单，捋着络腮胡，用那种习惯把餐厅当成自个儿家的美食家的语气说：

"咱来瞧瞧，今天你们能上些什么好菜来给我们吃，天使！"

---

1 位于莫斯科红场入口的复活门之上，藏有著名的伊维尔圣母像摹本。

2 莫斯科克里姆林宫著名景观，又称"炮王"和"钟王"，分别铸造于16世纪和18世纪，为世界上最大的榴弹炮和最大的钟。

十四

不管怎么逛啊，看啊，吃啊，喝啊，医生心里都只有一种感觉：对米哈伊尔·阿韦里亚内奇感到恼火。他想要丢下朋友休息一下，远离他，躲起来，可他这位朋友却认为，不让他离开自己半步，并且尽可能多地帮他找乐子是自己的义务。当没什么可看的时候，他就用谈话的方式为他解闷。安德烈·叶菲梅奇忍了两天，到第三天，他向朋友宣称自己病了，想要一整天待在住处。朋友说，这种情况下他也要留在住处。实际上也确实是需要歇歇了，不然照这样下去腿脚会走不动路的。安德烈·叶菲梅奇在沙发上躺下，脸朝向靠背一边，咬紧牙关，听他的朋友滔滔不绝地讲话，一会儿向他担保说法国肯定迟早要打败德国，一会儿说莫斯科有很多骗子，又说根据马的外观无法判断它的优点。医生开始耳鸣、心悸，可出于礼貌，他又没法下决心叫朋友离开或安静。好在米哈伊尔·阿韦里亚内奇在房间里坐腻了，吃完午饭就出去溜达了。

就剩安德烈·叶菲梅奇一个人了，他终于沉浸在了放松的感觉里。在沙发上躺着一动不动，享受一个人待在房间的时光——这是多么惬意啊！没有孤独就不可能有真正的幸福。堕落天使背叛了上帝，或许就是因为他想要享有天使们不曾体验过的孤独吧。安德烈·叶菲梅奇想回忆一下最近几天自己的所见所闻，可米哈伊尔·阿韦里亚内奇却怎么也没法从他脑子里离开。

"要知道，他请假和我一起出来是出于友谊，出于慷慨，"医生气恼地想，"没有什么比这种朋友式的管束更糟糕的了。要知道，这种善良、慷慨又快活的人，或许恰好就是个无聊的人。简直无聊得叫人无法忍受。同样，有些人永远只讲聪明话和好话，可你却会觉得他们是蠢人。"

接下来的几天，安德烈·叶菲梅奇继续声称他病了，没有出房间。他面朝沙发靠背躺着，朋友每次用谈话的方式为他解闷，他就会感到苦恼，只有等朋友不在时，他才能休息。他恨自己同意了这次出行，也恨朋友每天变得越发聒噪，越发放肆。他怎么也没法把自己的头脑调整得严肃、高尚。

"我正遭受的这些也就是伊万·德米特里奇所说的现实吧，"他想，对自己的小家子气感到恼火，"不过嘛，说这也没用……我会回家，然后一切都会照旧……"

在彼得堡情况也是一个样：他整天都不出房间，躺在沙发上，只有想喝啤酒的时候才会起身。

米哈伊尔·阿韦里亚内奇一路都着急要去华沙。

"我亲爱的，我去那儿做什么呢？安德烈·叶菲梅奇用恳求的声音说道，"您一个人去得了，请让我回家吧！我求您了！"

"这怎么行！"米哈伊尔·阿韦里亚内奇表示抗议，"那是座了不起的城市。我在那儿度过了我一生中最快乐的五年！"

安德烈·叶菲梅奇缺乏坚持己见的毅力，满心不乐意地去了华沙。到了那儿，他也不出房间，躺在沙发上，生自己的气，生朋友的气，生那些坚决不承认听得懂俄语的仆人的气；米哈伊尔·阿韦里亚内奇则是像往常一样健康、精神、快活，从早到晚在城里溜达，找自己的老熟人。他好几次没在旅店过夜。一天，在一个不知是哪儿的地方过了一夜后，他大清早回到旅店，情绪十分激动，满脸通红，蓬头垢面。他在房间里踱来踱去，自言自语了好久，然后站住，说道：

"名誉是第一位的！"

他又走了一会儿，接着抱住自己的脑袋，用凄惨的声音说：

"是啊，名誉是第一位的！我当时是怎么想着要来这座堕落之城的，真该死！我亲爱的，"他转朝医生说，"您鄙视我吧：我把钱输光了！请给我五百卢布吧！"

安德烈·叶菲梅奇数出五百卢布，默默交给朋友。他这朋友还在因为羞愧和愤怒赤红着脸，语无伦次地诅下个没有必要的咒，戴上帽子出去了。大约两个钟头后，他回来了，往扶手椅上一倒，大声叹息了一声，说：

"名誉保住了！咱走吧，我的朋友！我一分钟也不想再在这座受诅咒的城里待了。净是骗子！奥地利特务！"

朋友俩回到自己城市的时候已经是十一月了，街上积了厚厚的一层雪。霍博托夫医生接替了安德烈·叶菲梅奇的岗位，他还住在旧的公寓里，等安德烈·叶菲梅奇来腾出医院的寓所。那个他称为"厨娘"的长相难看的女人，已经住进其中一间厢房里了。

城里到处在传关于医院新的流言蜚语。据说，那个长相难看的女人跟总务闹口角，总务好像是跪到了她面前请求原谅。

刚回来第一天，安德烈·叶菲梅奇就不得不去给自己找个新的住所。

"我的朋友，"邮政局局长怯生生地对他说，"请原谅我提个不礼貌的问题：您身上还有多少钱？"

安德烈·叶菲梅奇默默数了数自己的钱，说：

"还有八十六卢布。"

"我不是在问这个，"米哈伊尔·阿韦里亚内奇没明白医生的话，不好意思地说，"我是在问，您总共还有多少钱？"

"我告诉您了：还剩八十六卢布……没有更多的了。"

米哈伊尔·阿韦里亚内奇觉得医生是个诚实又高尚的人，可还是怀疑他至少有两万卢布的资产。现在，在得知安德烈·叶菲梅奇已经一贫如洗，断了生计后，他不知为何突然哭了起来，抱住自己的朋友。

十五

安德烈·叶菲梅奇住到了小市民别洛娃带三扇窗户的小房子里。不算厨房的话，这栋小房子只有三个房间。其中两个窗户朝街道的房间由医生住着，第三个房间和厨房则给达留什卡、女房东和她的三个孩子居住。有时候，女房东的相好会来找她过夜，他是个醉醺醺的农民，每到夜里都要大吵大闹，把孩子们和达留什卡吓坏了。他每次一来，往厨房里一坐，就开始要伏特加喝，这时大家就会觉得屋里挤得慌。出于同情，医生常把哭泣的孩子带到自己的房间里，让他们在房间地板上睡下，这么做给他带来了很大的快乐。

他仍旧八点起床，喝完茶便坐下读他的旧书和旧杂志。他已经没钱买新的了。不知是书太旧，还是大概因为换了环境，阅读已经不再能引起他极大的兴致了，甚至让他感到疲倦。为了不把时间花在无所事事上，他为自己的藏书编排了一份详细的目录，并在书脊上贴了小签，这种机械的、细致复杂的工作对他来说似乎要比阅读更有趣。单调且过细的工作莫名其妙地使他变得昏昏欲睡，他什么也不想，时间过得飞快。就连坐在厨房里和达留什卡一起削土豆，或者挑拣荞麦粒里的糟粕，在他看来都显得很有趣。每逢周六日他就去教堂。他在墙边站着，眯起眼睛，听着颂歌，心里想着父亲、母亲，想着大学时代，想着宗教信仰，心里觉得平静、忧愁。随后走出教堂的时候，他又为礼拜这么快结束而感到遗憾。

他去医院找过伊万·德米特里奇两次，想跟他说说话。可伊万·德米特里奇两次都表现得异常激动、凶狠，他要求一个人待着，因为他早就厌倦了空洞的废话，说他受尽种种苦难，只求那些该死的下流胚为此赏他一个奖励——把他单独关起来。难道就连这也要拒绝他吗？两次见面的最后，安德烈·叶菲梅奇和他道别并道晚安的时候，他都粗鲁地抢过话，说：

"见鬼去吧！"

安德烈·叶菲梅奇现在不知道还要不要去第三次。他心里是想去的。

之前，安德烈·叶菲梅奇习惯午饭后在各个房间里来回踱步，想心事；可现在，他从午饭到晚茶的这段时间里都躺在沙发上，脸朝着沙发靠背，沉湎在各种琐碎的思绪里，怎么也克制不住自己不去想它们。对于他工作二十多年却没拿到退休金，也没有一次性补偿，他感到很是恼火。的确，他是没有老老实实地工作，可要知道，所有职员——不管他们是不是老实人——都是能拿退休金的。当代的公正恰恰就在于——官级也好，勋章也好，退休金也好，都不是奖给道德品质和能力的，而是奖给工作这件事本身，不管做的是什么样的工作。为何他一个人就该是例外呢？他一点儿钱也没有了。每次走过店铺，看到女老板的时候，他都感到很羞愧。他已经欠了三十二卢布的啤酒钱，还欠了小市民别洛娃的钱。达留什卡在偷偷变卖旧衣服跟书，还向女房东撒谎说医生很快就会得到很多钱。

他生自己的气，因为他把积攒下来的一千卢布都花在了这趟旅行上，而这一千卢布放在现在会是多么有用啊！他觉得苦恼，因为人们还一直不让他消停。霍博托夫认为，时不时去探望一下生病的同事是他的职责。他身上的一切都叫安德烈·叶菲梅奇感到厌恶：那张肥嘟嘟的脸，那粗俗又傲慢的腔调，他说出的"同事"这个词，还有那双高筒靴；最令人憎恶的是，他觉得自己有责任给安德烈·叶菲梅奇治病，并认为自己的确是在为他治疗。每次来访，他都会带来一瓶溴化钾和一些大黄药丸。

米哈伊尔·阿韦里亚内奇也将探望朋友，并把为他解闷看作自己的责任。他每次都故作从容地走进安德烈·叶菲梅奇的房间，不自然地大笑，然后开始对他担保说他今天看起来很棒，说感谢上帝，情况正在好转。由此能得出结论：他认为自己朋友的状况已经无药可救了。他还没有还清在华沙时欠的债，被沉重的羞耻感弄得非常苦恼，由于紧张，他试图笑得更大声，把话说得更逗趣。他的笑话和故事如今显得如此冗长，无论是对安德烈·叶菲梅奇还是对他自己而言，都成了折磨。

他在的时候，安德烈·叶菲梅奇就照例躺在沙发上，脸冲着墙，咬紧牙关听着。怨气如水垢一般，一层一层盖在他的心灵之上，这位朋友每次拜访过后，他都觉得这积怨垒得越来越高，仿佛要抵到他的喉咙了。

为了消除这些琐碎的感觉，他急忙去想：不管是他自己、霍博托夫还是米哈伊尔·阿韦里亚内奇，迟早都得死去，在自然界中连一点儿痕迹都不会留下。设想一百万年后，某个生灵在太空中飞过地球，他就只会看到黏土和光秃秃的山崖。所有的一切——无论是文化还是道德法则——都将销声匿迹，甚至连牛蒡都长不出来。那么看到店铺老板时的羞愧也好，微不足道的霍博托夫也好，米哈伊尔·阿韦里亚内奇叫人难以消化的友谊也好，还有什么意义呢？这一切都是瞎扯淡，不值一提。

但是这么想已经无济于事了。他刚一想到一百万年后的地球，脑海里就浮现出穿着高筒靴的霍博托夫从光秃秃的山崖后面出现的样子，要么就是强作笑颜的米哈伊尔·阿韦里亚内奇的样子，甚至还听到了一句羞答答的悄悄话："华沙欠您的钱呀，亲爱的，我这几天就还您……一定的。"

十六

一天，米哈伊尔·阿韦里亚内奇午饭后来访，安德烈·叶菲梅奇正躺在沙发上。正巧这时候，霍博托夫带着溴化钾也来了。安德烈·叶菲梅奇艰难地起身，坐好，两只胳膊撑在沙发上。

"今天啊，我亲爱的，"米哈伊尔·阿韦里亚内奇开始说话，"您的脸色可比昨天好多了。您真是好样的！真的，好样的！"

"也是时候了，是时候该好起来了，同事，"霍博托夫打着哈欠说道，"恐怕您自己也对这件麻烦事感到厌烦了吧。"

"咱们会好起来的！"米哈伊尔·阿韦里亚内奇高兴地说，"咱们还能再活个一百年呢！没错！"

"一百年倒是活不了，再活个二十年是肯定可以的，"霍博托夫安慰道，"没事的，没事的，同事，不要灰心……您这病啊，就是纸老虎。"

"咱还要大显身手呢！"米哈伊尔·阿韦里亚内奇哈哈大笑起来，然后拍了拍朋友的膝盖，"咱还要大显身手呢！明年夏天，愿上帝保佑，咱到高加索去，骑马把它逛个遍——驾！驾！驾！从高加索回来，等着瞧有啥好事吧，估计到时候就得办婚礼了，"米哈伊尔·阿韦里亚内奇对他调皮地使了个眼色，"我们到时帮您娶个老婆，亲爱的朋友……帮您娶老婆……"

安德烈·叶菲梅奇突然感觉到，内心的积怨要抵到自己的喉咙了；他的心脏跳得厉害。

"太粗俗了！"他说，一边快速站起来，走到窗边，"难道您不明白您在说粗话吗？"

他想委婉、礼貌地继续说下去，可他突然事与愿违地握紧了拳头，举到自己的头上。

"让我一个人待着！"他大喊道，声音已经彻底扭曲，面红耳赤，浑身发抖，"滚！你俩都是，给我滚！"

米哈伊尔·阿韦里亚内奇和霍博托夫站起身，瞧着他，先是困惑，然后是害怕。

"你俩都给我滚！"安德烈·叶菲梅奇继续喊道，"蠢人！傻子！我不需要你的友谊，也不需要你的药，蠢货！粗俗！下流！"

霍博托夫和米哈伊尔·阿韦里亚内奇惊惶失措地面面相觑，退到房门口，出到了门厅去。安德烈·叶菲梅奇抓起一瓶溴化钾，朝他们身后扔去，瓶子砰的一声摔碎在了门槛上。

"见你们的鬼去吧！"他跟着跑进门厅，带着哭腔喊道，"见鬼去吧！"

客人们离开后，安德烈·叶菲梅奇像得了热病似的直哆嗦，他在沙发上躺下，还反复说了很久：

"蠢人！傻子！"

等他冷静下来，他脑子首先想到的是：可怜的米哈伊尔·阿韦里亚内奇眼下一定感到羞愧透顶，内心沉重；他觉得，这一切实在太可怕了。先前从来没有发生过类似的事。自己的理智和分寸都去哪儿了？对事物的领悟力和哲学家似的淡漠都去哪儿了？

医生觉得惭愧又懊恼，一整夜都没睡着。第二天上午十点左右，他出发到邮局去向邮政局局长道歉。

"咱别去想先前发生的事了，"深受感动的米哈伊尔·阿韦里亚内奇紧紧握着他的手，叹了口气说，"谁记旧怨，不得好果！柳巴夫金！"他突然大喊一声，把所有邮递员和顾客都吓得哆嗦了一下，"拿把椅子来。你等会儿！"一个村妇正透过格栅向他递来一封挂号信，他朝她喊道，"你没见我正忙吗？咱别去想那些旧事了，"他转向安德烈·叶菲梅奇，温柔地继续说，"我恳求您请坐下吧，我亲爱的。"

他默不作声地轻轻摩挲了一阵自己的膝盖，然后说道：

"我心里根本就没生您的气。疾病无情，这我是明白的。您昨天发病吓坏我跟医生了，后来我们谈了很久关于您的情况。我亲爱的，为什么您不想认真治一治您的病呢？难道就这么放任不管吗？请您原谅我出于友谊的坦诚，"米哈伊尔·阿韦里亚内奇低声说，"您现在的生活环境糟透了——拥挤、肮脏、没人照顾您、没钱治病……我亲爱的朋友啊，我和医生衷心恳求您，听一听我们的建议：去住院吧！那儿既有健康的食物，也有人照顾，能得到治疗。叶甫盖尼·费奥多雷奇虽说不大体面吧——这话只能在咱们之间讲讲——但他精通专业，是完全可以信赖的。他向我保证了，会好好治您的。"

安德烈·叶菲梅奇被这真切的同情和邮政局局长脸颊上突然闪现的泪水打动了。

"可敬的朋友，您别信啊！"他把手贴到自己的心口上，低声说道，"别相信他们！全是骗人的话！要说我有病，那也仅仅是因为：二十年来，我在全城只找到了一个睿智的人，而且那人还是个疯子。我什么病都没有，只不过是陷进了一个没有出路的迷魂阵里。我无所谓了，该怎样就怎样吧。"

"去住院吧，我亲爱的。"

"我无所谓，叫我进坟墓都成。"

"亲爱的，请您向我保证，您什么都得听叶甫盖尼·费奥多雷奇的。"

"就照您说的，我保证。不过啊，我可敬的朋友，我得再说一遍，我陷进一个迷魂阵里了。现在的一切，甚至是我朋友真切的同情，都只会引向一个结果——那就是我的死。我就要死了，这一点我是有勇气承认的。"

"亲爱的，您会好起来的。"

"您何苦这么说呢？"安德烈·叶菲梅奇愤愤道，"在生命尽头不经历跟我现在一样情形的人是不多的。当人们告知您，比如说您的肾不好，心脏增生，您开始治病的时候，要么说您是疯子或者罪犯的时候——总之，也就是说，当人们突然将注意力移向您的时候——您要知道，您就陷进一个摆脱不了的迷魂阵里了。您越是试图从里头出来，就会陷得越深。干脆投降吧，因为任何人力都救不了您了。我就是这么认为的。"

就在两人说话的时候，格栅旁边已经挤了好些个人了。为了不打扰办公，安德烈·叶菲梅奇站起来要道别。米哈伊尔·阿韦里亚内奇再次让他做了保证，然后将他送到外门。

就在当天，快到傍晚的时候，霍博托夫穿着短皮大衣和高筒靴突然来找安德烈·叶菲梅奇，用好似昨天什么事都没发生过的语气说：

"我找您有点儿事，同事。我是来邀请您的：您愿不愿跟我去参加会诊呢，嗯？"

安德烈·叶菲梅奇还以为霍博托夫想要拉他出去散步给他解闷，或者确实要给他个挣钱的机会，便穿好衣服，跟他一块儿出门了。他很高兴能有机会弥补昨天的过失，和他言归于好，而且心里很感激霍博托夫——他甚至都没提昨天的事，看来是原谅自己了。毕竟很难指望这个缺乏教养的人能展现出什么客气样。

"您的病人在哪儿呢？"安德烈·叶菲梅奇问。

"在我医院里。我早就想给您看看了……是个有趣的病例。"

他们走进医院院子，绕过主楼，朝收容精神病人的厢房走去。一路上，两人不知为何都默不作声。他们一进厢房，尼基塔还是像往常一样猛地跳起来，挺直身子。

"这儿有个人得了肺上的并发症，"霍博托夫小声说，和安德烈·叶菲梅奇一道走进了病房，"您在这儿稍等一下，我马上回来。我就是去取下听诊器。"

接着他便出去了。

十七

天色已变得昏暗。伊万·德米特里奇躺在床上，脸埋在枕头里；瘫子则一动不动地坐在那儿，轻声抽泣着，嘴唇微微颤动。胖农民和从前做分拣员的那位都睡着了。四下里很安静。

安德烈·叶菲梅奇坐在伊万·德米特里奇的床上等着。可半个钟头过去了，霍博托夫还没回来，倒是尼基塔抱着一件病袍、一身不知道是谁的内衣裤、一双便鞋走进了病房。

"请您更衣吧，老爷，"他轻声说，"这是您的床，请过来，"他指着一张明显是最近才放进来的空床，补充道，"没关系的，上帝保佑，您会好起来的。"

安德烈·叶菲梅奇全明白了。他一句话也不说，走到尼基塔指的那张床边坐下来。看到尼基塔还站在那儿等着，他只好脱光衣服，心里感到一阵羞耻。然后他穿上了医院的衣服。衬裤太短，衬衫又太长，病袍有股熏鱼的味道。

"您会好起来的，上帝保佑。"尼基塔又说了一遍。

他将安德烈·叶菲梅奇的衣服拿过来抱在怀里，走了出去，并带上了门。

"无所谓了……"安德烈·叶菲梅奇想，羞怯地把身上的病袍快快裹紧，觉得自己穿上这身新换的衣服看起来就像个囚犯，"无所谓了……不管穿燕尾服、穿制服，还是穿这件病袍，都是一个样……"

不过怀表怎么办？侧兜里的记事本怎么办？还有香烟呢？尼基塔把他的衣服拿哪儿去了？从现在起，或许到死的那一天，都不必再穿外裤、背心和靴子了。乍看之下，所发生的这一切都有些古怪，甚至叫人不能理解。安德烈·叶菲梅奇直到现在还坚信，小市民别洛娃家的房子和六号病房没有任何区别，坚信这世上的一切都是无稽之谈，是无谓的空虚，但与此同时，他的双手却在颤抖，双腿发冷，一想到伊万·德米特里奇很快会起来，看到自己身穿病袍，他就觉得可怕。他站起身，走了一阵，又坐了回去。

他就这样坐了半个钟头，一个钟头，烦闷至极。难道真有人能在这儿住上一天、一周，甚至像这些人一样住上好几年吗？看吧，他只得坐着，走一阵，又坐回去；也可以起来去望望窗外，接着再次从房间一角到对角来回踱步。然后做什么呢？就这样像个木偶似的一直坐着想心事吗？不，这样怕是不行的。

安德烈·叶菲梅奇躺了下去，但立马又坐起身，用袖子擦掉额头的冷汗，觉得自己整张脸上都有熏鱼的味道了。他又走了一阵。

"这是个误会吧……"他困惑地摊开双手，说，"得去说清楚，这是个误会……"

就在这时，伊万·德米特里奇醒了。他坐起来，用两个拳头托住脸颊。他啐了口吐沫，然后懒洋洋地瞧了医生一眼。看样子，他一开始什么都不明白，但很快，他那半睡不醒的脸上就显出了凶狠、讥讽的神情。

"啊哈，他们把您也关进来了，亲爱的！"他眯起一只眼睛，用刚刚睡醒的嘶哑嗓音说道，"太高兴了。您过去吸别人的血，现在轮到人家吸您的血了。真是好极了！"

"这是个误会……"安德烈·叶菲梅奇被伊万·德米特里奇的话吓坏了，他耸了耸肩，又说了一遍："是个误会……"

伊万·德米特里奇又啐了一口，然后躺下。

"该死的生活！"他嘟囔道，"真叫人痛苦，叫人难过，要知道这生活到头来不会因为你受了苦而给你嘉奖，也不会像歌剧里演的那样有一个壮丽的尾声，它会以死亡告终。到时会来几个医院的勤杂工，给死人拉胳膊拽腿，拖到地下室里去。呸！唉，算了……不过到了另一个世界，欢天喜地的就该是我们了……我到另一个世界就要变成幽灵，来这儿吓唬这些个恶棍。我要把他们头发都给吓白。"

莫伊谢伊卡回来了，他看到医生，就伸出一只手。

"给我一个戈比吧！"他说。

十八

安德烈·叶菲梅奇走到窗边，朝田野那儿望了望。天色已经暗了下来，地平线右侧正在升起一轮冰冷的、紫红色的月亮。离医院围墙不远，大概一百俄丈的地方，矗立着一栋高大的白房子，周围是一圈石头墙。那是座监狱。

"这就是现实吧！"安德烈·叶菲梅奇想，心里觉得害怕。

月亮、监狱、围墙上的钉子，还有远处烧骨厂的火光——这些都可怕极了。身后传来一声叹息。安德烈·叶菲梅奇回头一看，只见一个胸前别满闪耀的星星和勋章的人，正朝他微笑，狡黠地眨巴着一只眼睛。这看起来也可怕极了。

安德烈·叶菲梅奇极力暗示自己：月亮上和监狱里没什么特别的，精神健康的人也佩戴勋章，一切都会逐渐腐朽，终将变为泥土。可是，他心中突然被绝望填满，他双手抓住铁格栅，使尽全身力气摇了几下。坚固的铁格栅纹丝不动。

接着，为了让这恐惧消缓一些，他走到伊万·德米特里奇的床边，坐下。

"我太难过了，我亲爱的，"他喃喃道，颤抖着擦去头上的冷汗，"太难过了。"

"那您来谈点儿哲学问题呗。"伊万·德米特里奇嘲讽地说。

"我的上帝，我的上帝啊……没错，没错……您先前是说过，俄罗斯没有哲学，可是每个人——甚至小老百姓——都在思考哲学问题。但要知道，小老百姓思考思考哲学，对任何人都是没有坏处的，"安德烈·叶菲梅奇带着哭腔说，像是要引起人家怜悯似的，"可是为什么呢，我亲爱的，为什么要发出这种幸灾乐祸的笑声？如果小老百姓感到不满，那他们怎么就不能思考哲学问题呢？一个聪明的、受过教育的、有自尊心的、热爱自由的人，一个照上帝的样子被塑造出来的人，却别无选择，只能到一个又脏又蠢的小破城里去做大夫，一辈子都在跟拔罐啊，水蛭啊，芥末膏药打交道！招摇撞骗，肤浅狭隘，庸俗卑鄙！噢，我的上帝啊！"

"您净说些蠢话。如果您厌恶做大夫，那就去做个部长好了。"

"不行，我什么都是做不成的。我们太软弱了，亲爱的……我也曾心平气和，也曾精神饱满地揆情度理，可只要生活一对我动粗，我就立马泄了气……就意志消沉……我们太软弱了，我们糟透了……您也是，我亲爱的……您睿智、高尚，自幼养成了美好的心性，但是刚一进入生活，您就疲倦了，得病了……我们太软弱，太软弱了！"

除了恐惧和屈辱感，还有一种讨厌的感觉从傍晚开始就一直折磨着安德烈·叶菲梅奇。最后他明白过来，这是因为他想喝啤酒，想抽烟。

"我要从这儿出去，亲爱的，"他说，"我就说，得让人在这儿点个灯……这样我受不了……简直太难受了……"

安德烈·叶菲梅奇走到门口，把门打开，可尼基塔立刻就跳了起来，堵住他的去路。

"您要到哪儿去？不行，不行！"他说，"到睡觉的时候了！"

"可是我就出去一小会儿，去院子里走一走！"安德烈·叶菲梅奇不知所措。

"不行，不行，这是禁止的。您自己是知道的。"

尼基塔砰的一声关上了门，用背抵在门上。

"可即使我从这儿出去了，会碍着谁什么事吗？"安德烈·叶菲梅奇耸耸肩，问道，"我不懂！尼基塔，我得出去！"他用颤抖的声音说，"我必须出去！"

"别捣乱，这可不好！"尼基塔用训斥的口吻说。

"鬼知道这是在干吗！"伊万·德米特里奇突然大叫一声，

跳下床，"他有什么权利不放人？他们又有什么权利把我们关在这儿？法律里好像是明确写着——未经审判，任何人都不得被剥夺自由！这是暴力！是专断！"

"没错，这是专断！"安德烈·叶菲梅奇被伊万·德米特里奇的喊叫鼓舞了，说，"我要出去，我必须出去！他没有权利这么做！我跟你说：放我出去！"

"你听到没，愚蠢的畜生？"伊万·德米特里奇喊道，然后握起拳头敲门，"开门，否则我就把门砸开！残忍的屠夫！"

"开门！"安德烈·叶菲梅奇浑身发抖地喊，"我叫你开门！"

"你给我再说一遍！"尼基塔在门后答道，"说啊！"

"你起码去把叶甫盖尼·费奥多雷奇给叫过来！你告诉他，我请他来……来一会儿！"

"明天他们自己会来的。"

"他们永远不会放我们出去的！"伊万·德米特里奇这时继续说道，"他们要在这儿把我们折磨死！噢，上帝啊，难道另一个世界里真的没有地狱，这些恶棍会得到宽恕吗？公道何在啊？开门，你个恶棍，我要喘不过气来了！"他用嘶哑的声音喊道，身子使劲往门上靠，"我要把我的头撞碎！杀人犯！"

尼基塔迅速打开了门，用双手和膝盖粗鲁地将安德烈·叶菲梅奇推开，接着抡起一只拳头，重重打在他的脸上。安德烈·叶菲梅奇觉得，一道有咸味的巨浪劈头盖脸地涌了过来，把他拽到床边上去。他嘴巴里真的有一股咸味：大概是牙齿出血了。他就像要极力游上岸似的，挥动起胳膊，一把抓住了某个人的床。就在这时，他感觉尼基塔又打了他的后背两下。

伊万·德米特里奇猛地大叫一声。想必他也挨了打。

然后一切都安静了下来。淡淡的月光透过铁格栅照进来，在地板上投射出一个网状的影子，看着很是瘆人。安德烈·叶菲梅奇躺下去，屏住呼吸，惊恐地等着再次挨打。这就像是有人拿了把镰刀刺进他的身体，还在他的胸口和肠子里拧了好几下。他疼得咬住枕头，闭紧牙关。突然间，在他那一片混乱的脑海中清晰地闪过一个可怕的、叫人难以忍受的念头：这些现在在月光下好似黑影一般的人，多年来肯定天天都在经受这样的痛苦。这些事他怎么会二十多年都不知道，也不想知道呢？他不知道，也不了解那种痛苦，所以这并不能怪他；可是，他那跟尼基塔一样无情、拙劣的良心却让他从头到脚一阵发凉。他跳了起来，想使尽全力大喊一声，想迅速冲去杀死尼基塔，接着是霍博托夫、总务跟医士，然后自杀，可他的胸膛里发不出一点儿声音，两条腿也不听使唤。他喘不上气来，将胸前的病袍和衬衫猛地一拽，撕了个粉碎，然后倒在床上，失去了知觉。

十九

第二天早上，他头疼、耳鸣，感到浑身不舒服。想起昨天自己的软弱，他竟一点儿也不觉得羞耻。昨天他是很怯懦，连月亮都怕，可却坦率地说出了他以前从未料到自己会有的情感和想法。比方说，他想到，一个小老百姓之所以思考哲学问题，是出于不满。可现在，他什么都无所谓了。

他不吃不喝，躺着一动不动，一声不吭。

"我无所谓，"每次有人问他问题，他就心想，"我不会回答的……我无所谓了。"

午饭后，米哈伊尔·阿韦里亚内奇来了，带来了四分之一俄磅的茶叶和一俄磅水果软糖。达留什卡也来了，她在床边站了足足一个钟头，脸上呆滞地挂着悲伤的神情。霍博托夫医生也探望他了。他拿来一瓶溴化钾，还吩咐尼基塔点些什么烟来熏一熏病房。

临近傍晚的时候，安德烈·叶菲梅奇因中风死了。一开始，他感到了一阵极其强烈的寒战和恶心，一种特别不舒服的感觉似乎穿透他的全身，甚至钻到了手指，从胃部弥漫到脑袋，充满他的眼睛和耳朵。他两眼发黑。安德烈·叶菲梅奇明白，他死期已到。他想起伊万·德米特里奇、米哈伊尔·阿韦里亚内奇和千百万人还对人的不朽怀抱信念。可万一它真的存在呢？不过，他并不想要不朽，他只不过是在一个瞬间想到了它。他昨天读到过的一群非常漂亮优雅的鹿从他身边跑过，然后一个村妇手里拿着封挂号信向他递了过来……米哈伊尔·阿韦里亚内奇说了些什么。接着，一切都消失了，安德烈·叶菲梅奇永远地睡了过去。

来了几个勤杂工，抓住他的胳膊和腿，把他抬到了小礼拜堂。他躺在礼拜堂的桌子上，睁着双眼，夜晚的月光照亮他的身体。早上，谢尔盖·谢尔盖伊奇来了，虔诚地对着耶稣受难十字架祈祷了一番，然后为他的前任上司合上了眼睛。

隔天，他们埋葬了安德烈·叶菲梅奇。送葬的只有米哈伊尔·阿韦里亚内奇和达留什卡。

1892 年

15   在峡谷里

一

乌克列耶沃村坐落在一个峡谷里，因此，从公路和火车站上只能看到教堂钟楼和印染厂的烟囱。每当有路人问起这是哪个村庄时，他们总会听到这样的回答：

"这就是那个教堂执事在葬礼上吃光了所有鱼子酱的村子。"

有一次，在工厂老板科斯秋科夫的葬礼酬客宴上，教堂执事老头一眼看中了藏在冷盘里的成粒的鱼子酱，便贪婪地大吃起来。有人用胳膊肘碰他，拉扯他的袖子，但他似乎因大快朵颐带来的满足感而麻木了，竟什么感觉也没有，只顾埋头苦吃。他吃光了所有的鱼子，那一罐可有约略四磅之多呢。后来，好多年过去了，教堂执事也早就死了，但每个人都还记得鱼子酱的事。也许是因为这里的生活过于贫乏，抑或是因为人们除了发生在十年前的这一小事，不知该如何注意别的事，反正关于乌克列耶沃村再无其他逸事可讲了。

村子饱受热病困扰，即便在夏天也满地泥泞，尤其是在围墙下面——在那些歪歪扭扭的老柳树投下的宽阔的阴影里。这里散发着工厂废料和印染花布用的醋酸的气味。这些工厂——三个印染厂和一个制革厂——并不在村子里，而是在边缘地带，离村子有一段距离。它们都是一些小厂子，一共也才雇用了大约四百名工人。从制革厂排出的污水使小河常常发臭，废料污染了草地，农民的牛因此患上了炭疽病，于是制革厂被命令关闭。表面上是关闭了，但这工厂其实仍在秘密开工，且得到了县警察局局长和县里医生的默许，因为厂主每月会付给他们每人十个卢布。整个村子中只有两栋像样的房子，用砖头砌的，屋顶盖了铁皮。其中的一栋是乡政府，另一栋是座两层楼房，正好就在教堂对面，里边住着从叶皮凡镇搬来的小市民格里高利·彼得洛维奇·齐布金。

格里高利开了一间食品杂货店，但这只是为了掩人耳目，实际上贩卖的是伏特加、牲口、皮革、谷粒面包和猪，反正碰上什么就卖什么。比如，国外需要喜鹊羽毛制作女帽，他就去卖喜鹊，每对能赚三十戈比。他还买下了树林砍伐权，各种投资使他财源滚滚，总而言之，他是一个善于趁机谋利的老头。

他有两个儿子。大儿子阿尼西姆供职于警察局的侦缉队，很少在家。小儿子斯捷潘做生意，帮助父亲，但没人指望他提供实质性的帮助，因为他身体虚弱且耳聋；他的妻子阿克西尼娅是个漂亮苗条的女人，总是戴着礼帽，举着阳伞参加节庆活动，她早起晚睡，整天提着裙摆跑来跑去，弄得钥匙叮当作响，一会儿去仓库，一会儿去地窖，一会儿去店里，老齐布金高兴地望着她，眼里闪着光，这时他便会感到一阵惋惜——娶她的不是大儿子，而是耳聋的小儿子——显然，小儿子对女人的美并不十分了解。

这位老人向来喜欢家庭生活，他爱自己的家庭胜过爱世上的一切，尤其中意当密探的大儿子和儿媳。阿克西尼娅自打嫁给了聋子，就立即展现出了极其精干的一面，知道谁可以赊账，谁不可以，她把钥匙都收得好好的，甚至连丈夫也信不过，她噼噼啪啪地拨算盘，像庄稼汉一样给马看牙齿，不停地大笑或大喊。不管她做什么或者说什么，老人家都只有感动，并喃喃地说：

"多好的儿媳妇啊！好一个美女，小可人儿……"

他原本是个鳏夫，不过在儿子结婚一年后，他自己也忍不住结婚了。有人在离乌克列耶沃村三十俄里的地方给他找了一个好人家的姑娘瓦尔瓦拉·尼古拉耶芙娜，姑娘年纪已经不小了，但长相美丽，举止大方。自打她搬进楼上的小房间，屋里的一切都变得明亮起来，仿佛所有的窗户都装上了新玻璃。圣像前的小油灯开始发光，桌面都铺上了洁白如雪的桌布，窗台和屋前小花园里出现了带红色斑纹的花，晚餐再也不是一家子从一个大钵里挑着吃，而是每个人面前都有自己的盘子了。瓦尔瓦拉·尼古拉耶芙娜笑起来愉快而亲切，好像屋子里的一切都在跟着笑似的。从前的院子空荡荡的，如今却不断有乞丐、流浪和朝圣路过的男男女女走进来，窗户下面不时传来乌克列耶沃村村妇们哀怨的、富于旋律的声音，也能听见因为酗酒被工厂开除的虚弱、枯瘦的庄稼汉们愧悔的咳嗽声。瓦尔瓦拉施舍他们钱、面包和旧衣服，后来她在这儿住惯了，便开始从店铺里拿东西。有一次，聋子看见她偷走了四分之一俄磅的茶叶，开始变得不安起来。

"妈拿走了四分之一磅茶叶，"他随后和父亲禀报，"这笔账记到哪儿呢？"

老头没有回答，他站了一会儿，想了想，眉毛微微颤动，然后上楼去见他的妻子。

"瓦尔瓦鲁什卡[1]，亲爱的，"他亲切地说，"如果你需要店里的什么东西，尽管拿走吧。随便拿，别犹豫。"

第二天，聋子跑过院子时对她喊道：

"妈，如果您需要什么就尽管拿吧！"

她施舍人的方式有些新奇、欢快和轻松，就像圣像前的小油灯和那些红色的小花一样。在斋戒期前最后一次荤食日或持续三天的建堂节[2]上，他们卖给农民的却是腐烂发臭的腌牛肉，这些肉的气味之浓烈，以至于站在肉桶旁边都会招架不住。酒鬼们用镰刀、帽子和老婆的头巾做抵押，工厂工人因为喝了劣质伏特加而神志不清，在泥浆里打滚。罪恶变得越发浓重，就像雾气一般飘荡在空中，但人们只要一想到在那栋房子里有这么一位恬静整洁的女士，就立马变得没那么痛苦了——她和腌牛肉、伏特加一点儿都沾不上边。在这些沉重、昏暗的日子里，她的施舍就像机器里的安全阀一样起效。

齐布金家每日都有忙不完的活计。太阳还没升起，阿克西尼娅就已经开始在门厅洗脸了，鼻子发出呼哧呼哧的声音，厨房里的茶炊沸腾翻滚，嗡嗡作响，好像预示着什么不好的事会发生似的。格里高利·彼得洛维奇老头身着黑色长上衣和印花裤子，脚

———

1 瓦尔瓦拉的爱称。

2 纪念教会历史事件或与教区教堂相关圣人的宗教节庆日。

踩一双锃亮的高筒靴。他矮小精干，在房间里踱来踱去，不时磕几下鞋后跟，活像是一首著名歌曲里唱的那种老公公。店铺门开了。天快亮时，一辆轻巧的二轮马车已经抵达了门廊前，老头矫健地坐了上去，用自己带遮檐的大便帽包住耳朵，谁瞧见他都不会说他已经有五十六岁了。妻子和儿媳送他上车，他穿着一身漂亮、整洁的常礼服，轻便马车上套着一匹价值三百卢布的黑色大公马，每逢这时，老头都不喜欢农民跑来找他请求什么事，或是诉什么苦。他讨厌农民，嫌恶他们，要是看到有哪个农民堵在门口等他，他就会生气地大喊：

"你在这儿站着干啥？给我闪开！"

如果是乞丐，他则会吼道：

"上帝才会周济你！"

他坐车外出办事去了。他的妻子穿着深色衣服，黑色围裙，打扫房间或在厨房帮忙。阿克西尼娅在店里卖货，院子里能听到玻璃瓶和钱币发出的丁零声，能听到她大笑或尖叫，以及被她埋怨的顾客发出的愤怒声；与此同时人们便可知道，店铺里兜售伏特加的秘密买卖已经在进行中了。聋子也坐在店铺里，或者不戴帽子，双手插在口袋走在街上，心不在焉地时而瞅瞅农舍，时而抬头望望天空。他们一家人一天在屋里约莫喝六次茶，吃四顿正餐。到了晚上，他们清点收益，记账，然后沉沉地睡去。

乌克列耶沃的三间印染厂以及厂主老赫雷明、小赫雷明和科斯秋科夫的家宅里统统都接通了电话。乡政府里也有一台电话，但很快就无法使用了，因为里边生了臭虫和蟑螂。乡长是半个文盲，他在文书上写的每个单词都以大写字母开头，可是得知电话坏了的时候，他却说道：

"好吧，现在电话没了，我们可能会有点儿困难了。"

老赫雷明一家子不断和小赫雷明家发生法律纠纷，有时小赫雷明家内部也发生争执，开始打官司，然后他们的工厂便停工了一两个月，直到他们再次和解，这可让乌克列耶沃的村民们高兴坏了，因为他们每次吵完架都会有很多新的话题和八卦可讲。节庆日时，科斯秋科夫和小赫雷明家会组织驾车出游，马车在乌克列耶沃村飞驰，压死了好几头小牛。阿克西尼娅打扮得漂漂亮亮的，穿着浆洗过的裙子在自己店铺附近的街上溜达，裙摆簌簌作响；小赫雷明一家人就把她拉上车，好像要把她给绑走似的。然后，齐布金老头也驾车出去了，目的是展示他的新马，他也会带着瓦尔瓦拉一起坐车。

在出游后的晚上，当他们躺下睡觉时，小赫雷明家的院子里有人演奏起昂贵的手风琴。如果这时有月亮，那么灵魂便能在这些乐声中感到些许震动和快乐，乌克列耶沃村便显得不再像一个泥坑了。

二

大儿子阿尼西姆很少回家。他只在重要的节日才回来，不过倒是经常托同乡捎来小礼物和信件。信都是别人代笔的，字迹非常漂亮，每次都像呈文一样工整地写在书写纸上。这些信文藻丰富，用的都是阿尼西姆在讲话时从来不会用到的说辞："亲爱的父亲、母亲大人，兹向您呈上花茶一磅，以满足您身体之需要。"

每封信下面都有好像是用坏掉的笔头歪歪斜斜写的"阿尼西姆·齐布金"，签名下面再次出现了漂亮的笔迹，写着："侦探"。

所有信都要被大声朗读上好几遍，老头听了深受感动，兴奋得满脸通红，说道：

"瞧，他不愿待在家里，跑去干文化人的活计去了。也好也好，随他去吧！一个萝卜一个坑。"

谢肉节[1]前的某天暴雨倾盆，还掺着冰雹，老头和瓦尔瓦拉走到窗前看了看，忽然瞧见阿尼西姆坐着雪橇正从车站那边来。谁也没料到他会回来。他走进房间，一副慌慌张张的样子，似乎有什么事让他心神不宁，接下来好些天也一直是这副模样；同时，他又始终保持漫不经心的态度。他并不着急离开，看起来就像被开除了似的。瓦尔瓦拉对他的到来感到高兴，她用一种故弄玄虚的眼神瞟他，又叹气又摇头。

"这到底是怎么回事哟，我的老天爷？"她说道，"啧啧，这小伙子都已经二十八岁了，还在那儿自顾自地打着光棍呢，唉，啧啧……"

从另一个房间里传出的她轻柔、平静的说话声听起来也像是"唉，啧啧"。她开始跟老头和阿克西尼娅窃窃私语，他俩的面孔也露出了阴谋家那样的故弄玄虚、神秘莫测的表情。

他们决定给阿尼西姆找个老婆。

"唉，啧啧！……弟弟倒是早就娶媳妇了，"瓦尔瓦拉说，"你却还是形单影只的，就像集市上的公鸡一样。这像什么话？啧

---

1 又称送冬节，东正教大斋期开始前的一周，可纵情娱乐，享受肉食。

啧，只要你结婚了，你想干什么都成，随你便，你去做你的差事，把老婆留家里打打下手不就行了。小伙子，你这样没条没理地生活，我看你怕是所有规矩都忘却了。唉，啧啧，你们这些城里人真是造孽啊。"

齐布金家但凡有男人要结婚，他们必定像所有富人家一样，要挑最漂亮的女子做老婆。自然，给阿尼西姆选姑娘也必须得寻个漂亮的。他自己呢，长得平淡无奇、乏善可陈；他身形孱弱、病态，个头也不高，相较之下，脸颊倒显得饱满、肿胀，像充了气似的；他几乎不眨眼，目光十分锐利，胡须棕红、稀疏，他总是在想事情的时候把它们塞进嘴巴里嚼；此外，他经常喝酒，这从他的脸和步态上就能明显地感觉出来。但当他被告知他已经有了一个未婚妻，还特别漂亮的时候，他这样说道：

"得了吧，我自己长得也还不赖。我必须说，咱们齐布金家的人都很漂亮。"

紧挨着城市有一个叫托尔古耶沃的村子，村子的一半在不久前被并入了城市，另一半仍然是一个村庄。在并出去的那一半村子里头，有一个寡妇住在自己的小屋里，她有个姐妹，很穷，靠给别人打零工过活，这位姐妹有个女儿，叫作丽帕，也是个打零工的姑娘。关于丽帕的美早就在托尔古耶沃村传开了，但追求者们知道她穷得叮当响后就又立马打了退堂鼓。人家议论纷纷，认为只有某个上了年纪的人或者鳏夫才会愿意不顾她的贫穷娶她进门，或者和她以"那样的"关系同居，这样她的母亲也就能跟着她混上口饭吃了。瓦尔瓦拉从媒人那里听说了丽帕，随即便乘车去了趟托尔古耶沃。

然后，他们在姑娘的姨妈家里安排了一场像模像样的相亲会，配有小吃冷盘和葡萄酒，丽帕穿着一件专门为相亲缝制的崭新的粉红色连衣裙，大红的缎带像火焰一样，在她的头发里闪闪发光。她瘦瘦小小，一副弱不禁风的样子，面无血色，但长相清秀、温柔，因常年的户外劳作而肤色黝黑；她的脸上总是挂着忧郁而羞怯的微笑，眼神里充满了童真——好奇且易轻信于人。

她年纪很小，还是个小女孩，乳房几乎看不到，但已经可以结婚了，因为到了年纪。她确实很漂亮，大概只有一处地方不招人喜欢——她有一双庄稼汉一般的大手，现在无事可做，就随意向下垂着，像两只螃蟹的大螯。

"没有嫁妆，我们倒不在意，"老头对姨妈说，"先前给我们家儿子斯捷潘还不是选了个穷人家的老婆，现在夸都夸不过来呢。不论家务还是生意上的事，她的那双巧手可都应付得妥妥的。"

丽帕站在门口，似乎是想说："随您把我怎么办吧，我相信您。"而她的母亲普拉斯科维娅，这位打零工的女人，却躲到了厨房里，因为胆怯而动弹不得。有一次，当她还年轻的时候，她给一位商人洗地板，这厮突然动怒，朝她狠狠地踩起脚来，她受到了严重的惊吓，周身发麻，这恐惧在她往后的日子里从未消散。每次感到害怕的时候她总是手脚哆嗦，脸颊颤抖。她坐在厨房里，试着偷听客人们在说些什么，同时不停画着十字，用手指压住额头，不时望一望圣像。微醺的阿尼西姆打开了厨房门，漫不经心地说：

"您在这儿坐着干什么呢，亲爱的妈妈？您不在我们特别无聊。"

普拉斯科维娅怯怯地把手按在自己干瘪、枯瘦的胸脯上，答道：

"哪儿的话，怎么会呢……您可真是位好姑爷。"

相亲过后便定下了婚礼的日子。在这以后，阿尼西姆还是不停在家里走来走去，时而吹声口哨，或者突然想起了什么事，然后陷入沉思，一动不动地望着地板，好像要用目光穿透到地底深处似的。对于马上要在复活节后第一个礼拜日成亲，他既没表现出高兴的样子，也没有任何想要见到新娘的意思，只是在那儿吹口哨。很显然，他之所以结婚，是因为父亲和继母要他结婚，因为村子里有这样的习俗：儿子结婚是为了家里能多个帮手。他要走的时候，一点儿也不匆忙，而且举止和之前每次回来时都大有不同——不知怎么，他显得特别漫不经心，说话也有些不着调。

三

什卡洛沃村住着两个做裁缝的姐妹，她们是鞭笞派[1]教徒。为婚礼制作新衣的活就交由她俩来做，为此，她们经常上门来量尺寸，并喝很久的茶。她们给瓦尔瓦拉缝了一条带黑色花边和小玻璃珠串的棕色连衣裙，给阿克西尼娅缝了一条带黄色前襟和拖地长后襟的浅绿色礼裙。裁缝完工交货时，齐布金没付她们钱，

1　从俄罗斯东正教会分离出的一个基督教派，行自我鞭笞礼，不承认教皇仪式，遵循禁欲主义，节制饮食。

而是给了些自己店里的货品。她们愁闷地走了，手上提溜着几小捆她们完全不需要的硬脂蜡烛和沙丁鱼，出了村子走到田地里时，她俩坐在小丘上忍不住哭了。

婚礼前三天，阿尼西姆穿着一身新回来了。他脚蹬一双锃亮的橡胶套鞋，系了条装点着小圆珠的红色细带来替代领带，外套搭在肩膀上，没把手伸进袖子里，这外套也是新的。

庄重地做了一番祷告后，他过来和父亲打招呼，并送给他了十个银卢布和十个五十戈比的硬币；他把同样数量的钱也给了瓦尔瓦拉一份，阿克西尼娅则拿到了二十枚二十五戈比的硬币。这份礼物最迷人的地方就在于，所有的硬币都是全新的，就像一套收藏币似的，在阳光下闪闪发光。阿尼西姆试图表现得稳重、严肃，他绷紧脸，鼓起双颊，他身上能闻见酒味——大概他每到一站都跑去小卖部喝上那么一杯。他还是那样一副随随便便的做派，不像个正经人。随后，阿尼西姆和老头喝茶，吃点心，瓦尔瓦拉则在手里一个个翻看这些新钱币，一边探问住在城里的同乡的情况。

"还不错，感谢上帝，他们过得都挺好的，"阿尼西姆说，"只有伊万·叶戈罗夫大家发生了些变故：他的老伴索菲亚·尼基弗罗芙娜死了。得了肺痨。他们为了灵魂的安息办了丧宴，丧宴是花钱请做糖点的厨子操办的，一位宾客要价两个半卢布。现场还有葡萄酒呢。我们的同乡，就那些个庄稼汉也去了，也给他们点了两个半卢布的饭菜。但他们什么都没吃。庄稼汉哪儿懂得什么好滋味啊！"

"两个半卢布哟！"老头说，摇了摇头。

"可不嘛！那儿毕竟不是乡下。您进餐馆随便点点儿东西吃，这个要点儿，那个要点儿，再叫上三两好友，喝上个几杯——反正随随便便就待到天亮了，得嘞，最后您得替每个人付三四个卢布呢。还不说每次有萨莫罗多夫的时候，他这厮又喜欢在饭后喝一杯加白兰地的咖啡，光那白兰地就得六十戈比一小杯呐，先生。"

"就瞎说吧，"老头絮絮地说，一副神往的样子，"就瞎说吧！"

"我现在老和萨莫罗多夫待在一起。代我给你们写信的就是这个萨莫罗多夫。他笔头功夫了得。我跟您讲，妈，萨莫罗多夫这人吧，"阿尼西姆把头转向瓦尔瓦拉，兴致勃勃地继续说道，"我说出来您肯定不相信。我们都管他叫穆合塔尔，因为他就像个亚美尼亚人，浑身上下都是黑皮肤。我把他给看得透透的，对他就像自个儿的五个手指一样了解，妈，他倒也明白，然后就一直跟随我，形影不离的，我俩现在如胶似漆，分都分不开啦。他好像有点儿怕我，但是离了我根本活不下去。我到哪儿，他就到哪儿。妈，我的眼睛看人真准、真对。我在跳蚤市场上看见有个汉子在卖衬衫，'嘿，你这衬衫是偷来的！'果不其然，这衬衫真就是偷来的。"

"你是从哪儿知道的？"瓦尔瓦拉问。

"不是从哪儿知道的，我的眼睛就是这么好使。我也不晓得那是件什么样的衬衫，只是不知怎么地就被它勾过去了，直觉告诉我：那是件赃物。我们侦缉队里的同事常说：'嗬，阿尼西姆跑去打山鸡了！'意思是——去找赃物了。是啊……偷东西谁不会，但藏东西可没这么简单！这世界天大地大，赃物却哪儿都藏不住。"

"上周在咱们村，贡托列夫家的一只公羊和两只小母羊被人偷走了，"瓦尔瓦拉叹了口气，说道，"结果连去找的人都没有……唉，啧啧……"

"那有什么？我可以去找。没事，我可以去。"

婚礼的日子到了。那是个凉爽但晴朗、令人愉悦的四月天。从大清早开始，乌克列耶沃村里就到处跑着三驾马车和双套马车，马铃丁零作响，车辀和马鬃上绑着五颜六色的彩带。被这车水马龙惊扰到的白嘴鸦在柳树上喳喳叫唤，椋鸟也在那儿使劲叫个不停，就像为齐布金家的婚礼感到高兴似的。

屋里桌上已经摆满了长条的鱼、火腿和填了馅的禽肉、一盒盒油浸的熏鲱鱼罐头、各种腌菜和醋渍食品，还有许多瓶伏特加和葡萄酒，空气中弥漫着熏香肠和酸味龙虾的味道。老头在各桌间来回穿梭，不时磕几下鞋后跟，手握两把刀子相互磨着。瓦尔瓦拉被呼来喊去，总有人找她要这要那，她眼神慌慌张张，喘着粗气，跑进了厨房——从天亮开始，就有一个科斯秋科夫家的厨子和一个小赫雷明家雇的女厨在那儿忙活着了。阿克西尼娅烫了头鬈发，没穿外裙，单穿着紧身胸衣，踩着双吱吱作响的新皮鞋，像旋风一样在院子里跑来跑去，裸露的大腿和胸部时隐时现。到处都很嘈杂，污言秽语和骂誓裹挟在一起；行人在敞开的大门处停下来，一切都让人觉得好像马上就要发生些什么不寻常的事情。

"他们驾车接新娘去啦！"

马车铃铛声此起彼伏，出了村子好远才渐渐消失……两点多的时候，人们又跑了起来，因为他们又听到了铃铛声——新娘接来了！教堂里人满为患，枝形吊灯上的蜡烛统统被点亮了，唱诗班按齐布金老头的意思，对着谱子唱起歌来。闪耀的火光和亮丽的裙子让丽帕头晕目眩，对她来说，唱诗班响亮的歌声就好像榔头一般不停敲着她的脑袋；她生平头一次穿的紧身胸衣还有那双皮鞋挤得她直难受，她的表情就像是刚从昏厥中醒来一样——眼前发生的一切她都没法理解。阿尼西姆穿着黑色礼服，系了那条用来代替领带的红色细带，眼睛一直盯着某个地方瞧，若有所思的样子，唱诗班每次高声唱起来时，他就快速在自己胸前画个十字。他内心深受感动，想哭出来。他从小就对这座教堂很熟悉。从前，他已故的母亲常带他来这儿领圣餐，他也曾经和其他男孩一起在教堂唱诗班唱过歌；这里的每个角落、每幅圣像都令他难忘。如今，他结婚了，他需要按规矩娶妻成亲，但他现在没在想这些，不知怎么，他好像什么都不记得了，全然忘了这是在婚礼现场。泪花模糊了他看圣像的视线，他心里感到憋闷得慌；他向上帝祈求、祷告，希望那些不可避免的、迟早会在他身上爆发的不幸能以某种方式绕过他，就像雷雨云绕过干旱时节的村庄，不赐给土地一滴雨水。过去已经堆积了太多的罪过，这些罪过如此之多，难以摆脱也无法弥补，以至于用哪种方式请求宽恕都是不得当的。但是他仍然在请求宽恕，甚至抽泣了起来，不过没人注意到这一切，因为大家都以为他喝醉了。

从哪儿传来一个孩子惊慌的哭叫声：

"妈妈呀，带我离开这里吧，好妈妈！"

"嘘，安静！"牧师喊道。

他们从教堂回来的路上，后边追着好些个村民，店铺附近、家门口和窗户下的院子里也挤着好大一群人。村妇们跑来唱喜歌。俩新人刚刚踏过门槛，已经带着谱子在门厅站好的唱诗班便开始使出全身力气放声大唱；屋子里响起音乐，乐队是专门从城里请来的。倒在高脚杯里的顿河起泡酒被端了上来，这时，做木匠包工活计的叶利扎罗夫——这位又高又瘦、浓密的眉毛几乎盖住眼睛的老人过来对这俩新人说道：

"阿尼西姆，还有你，姑娘，你们要相亲相爱，遵循上帝的指示生活，孩子们呐，圣母会一直与你们同在。"他靠在老头的肩膀上，抽泣起来。"格里高利·彼得洛维奇，咱们一起哭吧，为了这高兴的时刻哭一场吧！"他细声说道，然后又突然大笑起来，用低沉的嗓音继续大声说："哈哈哈！你儿媳妇儿真漂亮哟！瞧她，有胳膊有腿，全身顺溜溜的，不会轰一声散架了，整个机器运转挺好，螺丝钉挺多的。"

他生在叶戈里耶夫县，但打小就在乌克列耶沃的工厂和县里面做工了，已经在这儿住惯了。老早以前，他就已经是这副沧桑、干瘦的模样了，人们一直叫他"拐棍儿"。也许是因为四十多年以来，他都只能在工厂做做维修的活儿，他便只会从机器坚固与否的角度来评判每个人、每件东西，看看是否需要修理。在上桌前，他试了好几把椅子，要看看它们是不是够结实，就连桌上的白鲑他也去摸了摸。

喝完起泡酒，所有人都坐上了桌。宾客们相互聊天，椅子晃来晃去。唱诗班一直在门厅唱歌，乐队不停演奏曲子，同时在院子里，村妇们也在齐声唱着喜歌——各种声音绞缠在一起，听起来可怕又吵闹，听得人脑子发晕。

"拐棍儿"坐在椅子上左转右转的，胳膊肘老是拐到邻座，打扰他们说话，他一会儿哭，一会儿又笑。

"孩子们，孩子们，孩子们呐……"他快声嘟囔着，"亲爱的阿克西纽什卡[1]，还有瓦尔瓦鲁什卡，愿你们生活和和睦睦，我可爱的小斧子们……"

他喝得不多，将将干下一杯英国苦味酒就醉了。这酒里的苦味真是让人反胃，不晓得是用什么东西酿造的，反正每个喝了它的人都迷迷糊糊的，好像被打晕过去了似的，说话的时候舌头都开始不利索了。

宾客里有神职人员、携妻子一起来的工厂职员、生意人，还有从别村来的小饭馆老板。乡长和文书官现在坐到了一块儿，他俩一起共事已有十四年，每次给人签署什么文件，或者把人从乡政府放走的时候，都要对他们欺诈、侮辱一番。两人都长得膘肥体壮，似乎因为在谎话坛子里泡得太久了，以至于脸上的皮肤都显得有那么些与众不同，一副狡诈的模样。文书官的老婆是个斜眼的瘦女人，她把所有的孩子都带来了，像一只猛禽似的，斜眼盯着盘子看，把所有能够得着的吃食一个劲地抓过来往自己和孩子们的口袋里装。

丽帕跟石头似的一动不动地坐在那儿，脸上表情和在教堂里一个样。阿尼西姆自打认识她以来没和她说过一个字，所以到现

---

1 阿克西尼娅的爱称。

在都不知道她的嗓音是什么样的。现在两人并排坐着，可他还是闷不作声，只顾喝那英国苦味酒，喝到有些醉醺醺的时候，他开始和坐在对面的姨妈讲话：

"我有个朋友，姓萨莫罗多夫。他可不是一般人，拿到了非世袭名誉公民的头衔，能说会道的。姨啊，我把他可是看得透透的，他也明白得很。我们一起干一杯吧，姨，为萨莫罗多夫的健康干杯！"

瓦尔瓦拉围着桌子走来走去招呼客人，看起来又疲惫又慌张，但显然，她对满桌子的菜肴感到满意，一切都是那么丰盛——没人会说一声挑剔的话。太阳落山了，宴会还在继续。大家已经不知道自己在吃什么，喝什么了，旁人在说些什么也完全听不见，只有偶尔当音乐暂停的时候，能明显地听到有个村妇在院子里大喊大叫：

"我们的血都被你们吸干了，这些恶棍，不得好死！"

傍晚时分，宾客们伴着音乐跳起舞来。小赫雷明一家带着自己的酒也来了，在跳卡德里尔舞[1]的时候，他们中的一人双手各攥一个酒瓶，嘴里还叼着个酒杯，把所有人都给逗笑了。卡德里尔舞还没跳完，人们又突然蹲下跳踢腿舞[2]。一身绿裙的阿克西尼娅飞也似的闪过，裙摆带起一阵风。不知是谁踩坏了她后襟的褶边，"拐棍儿"大喊道：

"哎，下边的墙脚板叫人给扯掉了，孩子们！"

1　一种源自法国的民间宴会群舞。

2　东斯拉夫民族流行的一种民间舞蹈步法，跳舞时蹲下轮流向前伸两腿。

阿克西尼娅长着双天真幼稚的灰色眼睛，很少眨眼，脸上总是挂着稚气的微笑。正是她这对一眨不眨的眼睛，还有那长在长脖子上的小脑袋，加上她苗条的身形，整个看起来就像一条蛇似的；她周身绿色，胸脯泛黄，带着微笑，她看人的模样像极了春日里从嫩嫩的黑麦田中探出身体、仰着脑袋望着行人的蝮蛇。赫雷明一家子在她跟前倒是丝毫不拘束，大家都看得明明白白，她和这家年纪较大的那位关系早就非同一般了。聋子啥也不明白，他根本没在看她，只见他坐在那儿，将一条腿搭在另一条腿上，正在吃坚果。他嗑坚果的声音之大，就像在放枪。

这时候，齐布金老头亲自走到人群中间，挥舞着手帕，看样子像要开始跳俄罗斯舞了，整个房子和院子里的人群无不发出轰隆隆的称赞声：

"他自个儿要跳了！自个儿！"

瓦尔瓦拉跳了起来，老头只挥挥手帕，颤颤脚跟，在院子里的那些个人便一个扒着一个地朝窗户里边看，他们高兴极了，一时间原谅了他的一切——他的财富和欺辱。

"真棒呀，格里高利·彼得洛维奇！"人群里有人叫道，"就这样，跳起来吧！看呐，你这不是能跳嘛！哈哈！"

宴会结束的时候已经很晚了，都夜里一点多了。阿尼西姆步履蹒跚地过去跟歌手和乐师们一一道别，给了他们每人一枚崭新的五十戈比硬币。老头身子倒是没晃悠，但还是一拐一拐重心不稳地走去送客，他对每个人说：

"这场婚礼可是花了我两千卢布呢。"

就在宾客散去的时候，什卡洛沃村小饭馆老板的好外套被人用一件旧的给调包了，阿尼西姆突然涨红了脸，大声嚷道：

"站住！我现在就把你给揪出来！我知道是谁偷的！站住！"

他冲到街上，追着什么人跑，然后人们拦住了他，挽他回家去，把这个满脸通红、怒气冲冲、全身汗湿的醉鬼推进房间，锁起门来，那里，姨妈已经在给丽帕宽衣解带了。

四

过了五天，就要动身离开的阿尼西姆上楼和瓦尔瓦拉道别。她把圣像前的所有小油灯都点亮了，屋里满是熏香的气味，她自个儿坐在窗边，织着红色的羊毛长袜。

"你回家里也没住上个几天，"她说道，"怕不是腻歪了吧？唉，啧啧……我们过得很好，什么都不缺，你的婚事也办得妥当，什么都按规矩来的。老头子说他花了两千卢布呢。总之，我们靠做买卖过活，只是我们这儿乏味得很。我们把老百姓真是欺负得不浅啊。我心里痛，我亲爱的，怎么把他们欺负成那样哟，我的上帝！跟人换马也好，买卖什么东西也好，雇人做工也好——全部都要骗人。骗过来骗过去。店里卖的素油¹味道发苦，一股子哈喇味，别人家的焦油都比这强。亲爱的你倒是说说看，为什么咱就不能卖点儿好油呢？"

"一个萝卜一个坑呗，妈。"

"反正谁最后都得死，不是吗？唉唉，你真该和你父亲谈

———
1 供斋戒期食用的植物油。

一谈！……"

"您最好自己去跟他谈。"

"嘻，得了吧！这些话我都和他说过，他呢，就跟你一样，只会说：一个萝卜一个坑。死后到了另外那个世界，谁还管你是哪个坑里的哪个萝卜？上帝的裁判可是公正的。"

"当然，没人会管你这些的，"阿尼西姆说道，叹了口气，"要知道，上帝反正是不存在的，妈，怎么会有人管你这些事！"

瓦尔瓦拉惊讶地看着他，大笑起来，举起两手轻轻一拍。由于她真的对他的话感到诧异，并且像看怪人一样地看着他，他反倒是觉得难为情了。

"或许，上帝是存在的，只是单单没有信仰这种东西，"他说，"就在婚礼仪式那会儿，我觉得很不舒服。就像从母鸡下面取走一颗蛋，而蛋里已经发出了小鸡仔吱吱的叫声，我的良心也突然开始吱吱作响。婚礼仪式的时候，我一直在想：上帝是存在的！但当我离开教堂时，我又觉得没什么事了。况且我怎么知道上帝到底存不存在？从小也没人教过我们这些东西。婴儿还在吃妈妈的奶的时候，大家只会教给他一个道理：一个萝卜一个坑。爸爸他也不信上帝。您先前说，贡托列夫家的公羊被偷了……我给找到了：是什卡洛沃村的一个农民偷走的。羊是他偷的，但羊皮却跑到爸爸那儿去了……这就是您说的信仰！"

阿尼西姆丢了个眼色，摇摇头。

"乡长也不信上帝，"他继续说，"文书官也一样，连教堂执事也一样。就算他们去教堂，就算他们遵守斋戒的规矩，那也只是为了人们不说他们的坏话，而且防备着，万一真会有最后的审判呢。现在说得好像世界末日要来都是因为人们变得松懈软弱，因为人们不尊重父母云云。这些都是胡说八道。妈，我倒是觉得，所有苦难的发生都是因为人们心中缺乏良知。这些我都看得透透的，妈，我可都明白。如果谁的衬衫是偷来的，我一眼就能看出。有人往饭馆里那么一坐，您看着还以为他单单在那儿喝茶来着，而我呢，喝茶归喝茶，我还能一眼看到他没有良心。在路上走上个一整天，你连一个有良心的人都见不到。原因就一个——他们不知道上帝是不是存在……好吧，妈，再见了。您保重身体，我哪儿做得不好还请您多多包涵。"

阿尼西姆在瓦尔瓦拉跟前行了个跪拜大礼。

"妈，我们对您真是样样事都感激不尽，"他说，"自打有了您，家里得了很大的好处。您是个正派的女人，我对您很满意。"

动了情的阿尼西姆刚走出门，又转过身来对她说：

"萨莫罗多夫把我牵扯进一件事里去了：我要么发财要么完蛋。要是出了什么事，妈，拜托您一定要好好安慰我爸。"

"嘻，听听你在说些什么！唉，啧啧……上帝是仁慈的。你呀，阿尼西姆，你也该好好宠宠你老婆，不要只会大眼瞪小眼，一声不吭的。说真的，至少也该对彼此笑一笑啊。"

"对了，她也是个古怪丫头……"阿尼西姆说道，叹了口气，"什么都不懂，闷葫芦一个。她还太小啦，等她慢慢长大吧……"

门廊旁边已经备好了一驾轻便马车，套上了一匹高大壮实的白色公马。

齐布金老头跑了几步，矫健地一跃上车，拉好缰绳。阿尼西姆亲吻了瓦尔瓦拉、阿克西尼娅和他兄弟。丽帕也在门廊那儿站着，她站着一动也不动，眼睛望着别的方向，好像不是出来送人的，而是莫名其妙刚好出现在那儿似的。阿尼西姆走近她，用嘴唇似碰非碰地轻轻吻了吻她的脸颊。

"再见了。"他说。

她呢，看也不看他一眼，脸上挂着某种奇怪的微笑。她的脸发颤，不知为何，所有人都开始可怜起她来。阿尼西姆也嗖地一下跳上了车，他双手叉腰，觉得自己是个美男子。

他们的马车渐渐驶出峡谷，阿尼西姆还是不停地回头望着村子。这是温暖晴朗的一天。村民们头一次把牲畜放出来赶，女孩和村妇们穿着节日的衣服在牲畜旁边走着。一头褐色的公牛哞哞地叫，用前蹄刨地，为自由而欣喜。云雀上蹿下跳，四处放歌。阿尼西姆回头望着教堂——它挺秀而洁白，最近刚被粉刷过，他想起了五天前在里头祈祷的场景。他回头望着绿色屋顶的学校，望着那条小河——他曾经在里边游过泳，钓过鱼。他胸中摇曳着欢乐，多希望这时从地里突然升起一面墙，堵住他远行的路，让他永远留在对过去的念想中。

到了车站，父子俩走进小卖部，每个人喝了一杯雪利酒。老头伸手从口袋里掏出钱包准备付钱。

"我来请吧！"阿尼西姆说。

老头深受感动，拍了拍他的肩膀，对小卖部服务员使了个眼色，就像在说："瞧瞧我的好儿子。"

"阿尼西姆啊，你要是留在家里做生意，"他说道，"那真就是我的无价宝贝了！我肯定让你从头到脚都镀上金呢，好儿子。"

"这可办不到啊，老爸。"

雪利酒有些发酸，闻起来有股火漆的味道，但他们还是一人又喝了一杯。

老头从车站回到家，竟一下子认不出自己新娶进门的小儿媳妇了。丈夫刚坐车离开院子，丽帕就跟换了个人似的，突然变得开朗了起来。她打着赤脚，身穿一条破旧的裙子，袖子卷到肩头，正在门厅擦洗楼梯。她用银铃般的尖细嗓音唱着歌，当她端着一大木盆脏水出来，望着太阳露出她孩童似的笑容的时候，看起来也像极了一只云雀。

一个老工人刚好走过门廊，摇了摇头，发出嘎嘎的声音称赞道：

"你的这些儿媳妇儿哟，格里高利·彼得洛维奇，都是上帝派给你的！"他说，"她们可不是村姑娘，完全是宝贝啊！"

五

七月八日，星期五，绰号"拐棍儿"的叶利扎罗夫和丽帕一块儿从喀山村做礼拜回来，那天是当地教堂纪念喀山圣母[1]的节日。丽帕的母亲普拉斯科维娅远远地在后面走，因为身子弱又气喘，她老是被落在后头。天色将近傍晚时分。

"啊啊！……"听着丽帕讲话，"拐棍儿"连连惊呼，"啊！……真的吗？"

---

1 俄罗斯东正教最受尊崇的圣像，画中的圣母玛利亚被视作喀山市的主保圣人和全俄守护神。俄罗斯有众多以"喀山"命名的教堂，作为对该圣像的献祭。

"伊利亚·马卡雷奇,我特别喜欢吃果酱,"丽帕说道,"我坐在我的小屋里,一直喝茶呀,吃果酱。有时和瓦尔瓦拉·尼古拉耶芙娜一块儿喝茶,她总爱跟我讲她的心事。他们的果酱可真多,足有四罐呢。他们和我说:'吃吧,丽帕,尽管吃。'"

"啊啊!……四罐呢!"

"他们过得可真富。茶点总吃小白面包,牛肉也是要多少有多少。他们过得可真富,可是我在那儿害怕极了,伊利亚·马卡雷奇,唉,真是害怕极了。"

"你到底害怕些什么啊,孩子?""拐棍儿"问道,然后回头望了望,看看普拉斯科维娅是否被落远了。

"办完婚礼后,我先是怕阿尼西姆·格里高利伊奇。他倒也没怎么样,不曾欺负过我,只是他一靠近我,我就浑身冷得慌——那种彻骨之寒。我一个晚上都没睡着过,一直哆嗦,不停向上帝祈祷。现在我怕阿克西尼娅,伊利亚·马卡雷奇。她也没怎么样,一直笑呵呵的,只是她每次盯着窗外瞧的时候,眼睛看起来那样凶狠,像羊棚里的羊一样,闪着绿光。小赫雷明家的人老是怂恿她说:'你们家老头在布乔基诺那儿有一块儿地,大约四十俄亩的一块儿地,'他们说,'那边沙子和水都有,你呀,阿克秀莎[1],'他们说,'自个儿在那儿盖一座砖厂呗,然后我们来入股。'砖头现在卖到了二十卢布一千块儿呢,是个赚钱的生意。昨天吃午饭的时候,阿克西尼娅对老爷子说:'我打算在布乔基诺那儿盖座砖厂,'她说,'我要搞个自己的营生。'她说着,脸

---

1 阿克西尼娅的爱称。

上还一直挂着笑。格里高利·彼得洛维奇的脸却变黑了，看样子他不喜欢这个主意。'只要我还活着就别想分家，'他说，'干什么事都得大家一起。'然后她瞅了老爷子一眼，牙齿咬得嘎吱响……端上了油炸馅饼，她连吃都不吃一口！"

"啊啊！……""拐棍儿"惊讶地说，"居然都不吃一口！"

"还有啊，您倒是说说看，她哪儿来的时间睡觉呢？"丽帕接着说，"她将将睡上半个小时就跳起来，在那儿走来走去的，一会儿看看农民是不是把什么给烧了，一会儿瞅瞅是不是有人把什么东西偷走了……和她待在一块儿真可怕啊，伊利亚·马卡雷奇！小赫雷明一家子在婚礼后也没上床睡过觉，跑到城里打官司去了。听人闲谈的时候说，好像都是阿克西尼娅闹出来的事。那家有两兄弟答应帮她建厂，另一个兄弟生气了。他们的工厂因此停工了一个月，我叔叔普罗霍尔没活儿可做，只能挨家挨户去要饭。'叔叔啊，'我和他说，'你就暂时去种种地或者砍砍柴吧，何必在这儿丢人呢！''庄稼活儿我早就生疏了，'他说，'我什么也不会干了，丽萍卡[1]！……'"

他们在一小片新生的山杨林附近停下来休息，顺便等普拉斯科维娅。叶利扎罗夫做了好久的包工活，却连一匹马都没有，全县都是靠脚走过来的。他随身带一个小口袋，里面装着面包和洋葱。他大步大步地走，两只胳膊来回摆动。和他一块儿走路是很难跟得上的。

林子的入口处立着一个界桩，叶利扎罗夫碰了碰它，看它是

---

1 丽帕的爱称。

否结实。普拉斯科维娅终于赶了上来，不停喘着粗气。她那满是皱纹、总是担惊受怕的脸此时却洋溢着幸福的光芒：她今天跟别人一样去过教堂，然后逛了集市，还在那儿喝了梨汁格瓦斯[1]！她很少显出这副模样，现在她甚至觉得，今天是她人生中第一次感受到快乐的一天。休息片刻后，三个人并排继续走。太阳渐渐西沉，暮光穿透了树林，照在树干上。前方传来阵阵响亮的人声。乌克列耶沃村的姑娘们早就走到了前边，但在树林里停了一阵子，大概在采蘑菇。

"嘿，姑娘们！"叶利扎罗夫喊道，"嘿，漂亮姑娘们！"

姑娘们听到直发笑。

"'拐棍儿'过来了！'拐棍儿！'这糟老头子！"

笑声在空中回荡。过了那片林子，就能看见工厂屋顶上的烟囱了，教堂钟楼上的十字架闪闪发亮——村子快到了，"就是那个教堂执事在葬礼上吃光了所有鱼子酱的村子"。马上就走到家了，只要下了坡，走进这个大峡谷里便是。打赤脚走的丽帕和普拉斯科维娅坐到草地上穿鞋，做包工的也跟她们一块儿坐下。倘若从上面俯瞰，乌克列耶沃在村里的柳树、白色教堂和小河的衬托下倒显得美丽又宁静，只是那些个工厂的屋顶实在扰乱了这美景——为了省钱，它们被漆上了阴沉、怪异的颜色。山坡的另一侧能看到垛成垛或绑成一捆捆的黑麦，它们被堆得到处都是，像被暴风雨刮得七零八落似的，而那些刚刚被割下来的黑麦则一排排地在地里躺着。燕麦已经成熟了，麦穗像珍珠贝一样在阳光下

1　俄罗斯和其他东欧国家常见饮品，用黑麦面包发酵制成，常辅以水果或香草调味。

熠熠闪耀。正是农忙时节，还赶上了今天过节，明天周六，人们得来收黑麦、拉干草，然后礼拜日又到了，又是假日。每天都能听见远方的隆隆雷声，天气闷热得很，似乎要下大雨。现在每个人看着这片田地都在想，愿上帝保佑我们及时收完庄稼。人们既感到快乐、欢喜，又觉得心里惴惴不安。

"割麦子现在可是个赚钱多的活计，"普拉斯科维娅说，"一天能挣到一卢布零四十戈比呢。"

从喀山村集市归来的人群络绎不绝，有村妇，有头顶新便帽的工人，有乞丐，还有孩子们……时而驶过一辆四轮大车，扬起一阵灰尘，后面跑着一匹尚未售出的马，仿佛在为它没有被卖掉感到高兴；时而走过一头母牛，被人拉着犄角，脾气很犟；时而又跑来一辆大车，上边尽是些喝得醉醺醺的庄稼汉，耷拉着腿在那儿坐着。一位老妇牵着个头戴大帽、脚套大靴的小男孩；因为酷暑和厚重的靴子，男孩显得疲惫不堪——这靴子让他双腿无法弯曲，但他还是竭尽全力，不停吹着玩具喇叭；人们都已经下坡拐到街上去了，但仍然能听到吹喇叭的声音。

"咱们这些工厂老板看起来都心烦气躁的……"叶利扎罗夫说，"糟糕得很！科斯秋科夫对我发火。他说：'房檐用太多薄木板了。''怎么就多了？瓦西里·丹尼雷奇，'我回他，'该用多少我就用了多少。这薄板我也没法就着粥吃啊。''你怎么能对我说这样的话？'他说，'蠢货，好个混账东西！你可别忘了，是我赏你的这包工活计！'他大叫。'这算什么稀罕事！'我说，'我没做包工那会儿，还不是能天天喝上茶。''你们都是些骗子……'他说。我不吭声了，心想，在这一世上我们是骗子，死了到另外那个世界就该你们是骗子了。哈哈哈！第二天他态度和缓了些，对我说：'你别因为我和你说这些话生我的气，马卡雷奇，如果我说话有什么过火的地方，'他说，'你要知道，说实在的，我可是个一等行会的商人[1]，比你上流，你呀，就不应该回嘴的。''您是一等行会的商人，'我说，'我呢，就是个木匠，话是没错。圣若瑟[2]也是个木匠。我们的行当是正派的，合乎神意的。'我说，'如果您乐意比我更上流，那您请便吧，瓦西里·丹尼雷奇。'后来，我是说在这次谈话过后，我就想，到底谁更上流呢？是一等行会的商人呢，还是木匠？当然是木匠啊，孩子们！"

"拐棍儿"想了想，又补充道：

"是这样的，孩子们。谁劳动，谁会忍受，谁就更上流。"

太阳完全落下了，河面上、教堂围墙里和工厂附近的林间空地上升起了乳白色的浓雾。现在，夜幕快速笼罩了大地，峡谷里灯火闪烁，雾气仿佛盖住了一个无底的深渊。也许在这一刻，丽帕和她的母亲——这两个出身赤贫，就准备这样过完她们的余生，除自己担惊受怕的温顺的灵魂外，可以将一切都献给别人的人——会隐约感到，在这广大而神秘的世界中，在这无穷无尽的生命轮回中，她们也是一种力量，她们要比某些人更加上流。坐在峡谷上边她们感觉轻松舒畅，她们幸福地微笑着，一时忘记了自己还得走回峡谷底下。

她们终于回到了家。大门口和店铺附近，一些割麦工人坐在

1　1917年十月革命前，俄国按资本大小，将商人分为三个行会等级。

2　《新约圣经》记载中圣母玛利亚之夫，耶稣的养父，木匠。

地上。乌克列耶沃本地的村民向来不肯给齐布金家做工，他们只得去雇些其他地方的人。现在往暗里一瞧，坐在那儿的人好像都留了又黑又长的胡子似的。店铺开着门，能看见门里头聋子正在和一个男孩下跳棋。割麦工们轻声唱歌，声音弱到几乎听不见，要不就大声吵着讨要昨天的薪水，但这家人怎么也不付给他们，生怕他们明天没到就跑了。齐布金老头没穿外衣，单穿了件背心，和阿克西尼娅一起在门廊前的桦树下喝茶。桌上点着一盏灯。

"老爷子啊！"一个割麦工在大门外逗弄说，"好歹也付给我们一半的工钱吧！老爷子啊！"

工人们立即发出一阵大笑，然后又用弱到几乎听不见的声音唱歌……"拐棍儿"也坐下来喝茶。

"所以，我们去了集市，"他开始讲话，"赶了集，孩子们，逛得挺开心，感谢上帝。但出了这样一件不好的事：铁匠萨什卡去买烟叶，给了五十戈比，我是说，付给那个卖货的。结果那五十戈比硬币是假钱，""拐棍儿"继续说道，并环顾了下四周——他本想用悄悄话的声音说，不料他用压低的嗓门和嘶哑的声音讲起来，反倒让旁人都能听得清了。"那五十戈比结果是假钱。人们问他：'你打哪儿得来的这钱？'他说：'阿尼西姆·齐布金给我的。就是我去他婚宴上玩儿，'他说，'他那时候给的……'有人报了警，把他带走了……当心点儿啊，彼得洛维奇，可别出什么事，别生出些闲话来……"

"老爷子啊！"大门外又传来了那个逗弄的声音——"老爷子啊！"

接着是一阵沉默。

"哎哟，孩子们，孩子们，孩子们呐……""拐棍儿"快声嘟囔起来，然后站起，他已经倦得不行了。"嗯，谢谢你们的茶和糖，孩子们。该睡觉了。我困得快要朽掉了，我的身板儿都要烂完啦。哈哈哈！"

他一边往外走，一边说：

"我是到死的时候咯！"

然后他抽泣了起来。齐布金老头没喝完茶，他又坐了一阵，想了一想。他的表情看起来就像他正留心听着"拐棍儿"的脚步声。"拐棍儿"已经在街上走远了。

"这个铁匠萨什卡大概是在胡说八道。"阿克西尼娅识破了他的心意，说道。

他走进屋子，过不一会儿拿了一包东西回来。他打开包，只见里边全是闪闪发光的崭新的卢布硬币。他拿起一个，用牙齿咬了咬，扔到了托盘上。然后又扔了另一个……

"这些个卢布当真是假钱……"他看着阿克西尼娅说道，心中似乎有些困惑。"这些是……阿尼西姆那会儿带来的，是他给的礼物。孩子啊，你把它们拿走，"他小声说，把包塞到她手里，"拿走，把它们扔进井里……去它的！当心啊，别生出些闲话来。可别出什么事……把茶炊收了吧，把灯给熄了……"

丽帕和普拉斯科维娅坐在板棚里，看着灯火一个接一个地熄灭；只有楼上瓦尔瓦拉的房间里，圣像前那些个蓝色和红色的小油灯还在闪着光，散发出一丝丝安谧、满足、不谙世事的气息。普拉斯科维娅怎么也无法适应女儿嫁给有钱人的事实，每次来家里时，她总是害羞地缩在门厅那儿，脸上挂着恳求般的微笑，他们就把茶和糖送到她跟前去。丽帕也怎么都适应不了，丈夫离开后，她就没在自己的床上睡过觉，而是跑去她舒服的地方睡——要么在厨房，要么在板棚里。她每天都洗地板或洗衣服，觉得自己就像是在这儿打零工似的。现在呢，她们做了礼拜回来，在厨房里和厨娘一起喝过了茶，随后去了板棚，在雪橇和矮墙之间的地板上躺下。棚子里很黑，能闻到套马夹板的味道。房子附近的灯火也熄灭了，然后传来聋子锁店铺的声音，割麦工也在院子里安顿下来睡觉了。小赫雷明家那边传来了昂贵手风琴拉出的阵阵乐声……普拉斯科维娅和丽帕进入了梦乡。

外面月色正明，她俩突然被不知是谁的脚步声吵醒了。只见阿克西尼娅站在板棚门口那儿，手里抱着被褥。

"这儿大概要比屋子里凉快些……"她说道，然后走了进来，在几乎是门槛的位置躺下，月光照亮了她的全身。

她睡不着，烦闷地直叹气，因为浑身燥热，她摊开四肢，把身上能脱的衣服都给脱了——在月亮奇妙光辉的照耀下，这是一只多么美丽、多么高傲的动物啊！过了一会儿，又听到了另一人的脚步声：穿了一身白的老头出现在门口。

"阿克西尼娅！"他叫她，"你是在这儿吗？"

"咋了？"她生气地答道。

"我方才和你说，让你把钱扔井里，你扔了吗？"

"什么啊，这不白瞎了吗！我把它们分给割麦工了……"

"嗐呀，我的老天爷！"老头惊恐地说，"你这个瞎胡闹的娘儿们……嗐呀，我的老天爷哟！"

他两手一拍，走了，一边走还一边在叨咕些什么。过了一会儿，阿克西尼娅坐了起来，懊恼地长叹一声，然后站起，抱上她的被褥出去了。

"你为什么要把我嫁到这里哟，我的好妈妈！"丽帕说道。

"总该是要嫁人的啊，女儿。这是由不得我们的。"

一种极度悲痛的情绪开始在她们心中涌动。但是她们觉得，好像一直有个人从那高高的青天之上，在那星辰栖息之处看着这一切，监视着在乌克列耶沃所发生的事。不管那恶多么巨大，夜晚依然恬静美好，在上帝创造的世界中，同样恬静美好的真理也依然存在，并将一直存在，世间的万物都在期待与那真理融为一体，就如月光与夜黑融为一体一样。

于是，母女俩都平静了下来，相互依偎着，睡着了。

六

早就传来了消息，说阿尼西姆因为伪造和私卖假币进了监狱。几个月过去了，大半年过去了，漫长的冬天过去了，春天来了，家里和村子里都已习惯了阿尼西姆入狱的事实。每当有人晚上经过家门或店铺时，都会想起阿尼西姆正待在监狱里；每逢乡村墓地响起钟声，不知为何，人们也会想起他正在监狱里，等待着审判。

院子里好像覆盖了一层阴影。房子变得暗淡发黑，屋顶生了锈，店铺那扇包着铁皮的、厚实的大门失去了光泽，绿漆褪了色，或者就像聋子说的——"起了茧子"。就连齐布金老头自己也看着面色发乌。他已经很久没有修剪头发和胡须了，毛发长得满脸都是，他上四轮马车的时候再也不用跳的了，也不再朝乞丐大吼："上帝会周济你的！"他的精力开始衰减，这在方方面面都表现得很明显。人们已经不那么害怕他了，县警也跑来搜集店铺的违法证据，尽管还是像往常一样收他的贿赂。他被三次传唤进城，因为交易私酒接受审讯，整个审理流程由于证人的缺席一拖再拖，老头为此搞得疲惫不堪。

他常常坐车去看儿子，雇个什么律师，向谁递个呈文，给某某教堂捐一面神幡[1]。他送给阿尼西姆那间监狱的典狱官一个银制的杯托，上面用珐琅刻着"灵魂知晓尺度"的字样，还配了一把长长的小勺。

"都找不到人帮我们张罗一下，奔走奔走，"瓦尔瓦拉说，"唉，啧啧……要是能求求哪位老爷，给哪位长官写写信就好了……能在审判前放人也好啊！何必要折磨那小伙子哟！"

她也伤心，但反倒变得更胖更白了。她照旧在自个儿房间里的圣像前点小油灯，确保屋子里的一切干净，并用果酱和苹果软糕招待客人。聋子和阿克西尼娅还在店铺里做买卖。他们开辟了一项新的业务——在布乔基诺经营砖厂。阿克西尼娅几乎每天都坐四轮马车去那儿。她自己驾车，每次遇到熟人的时候都伸长了脖子，活像嫩嫩的黑麦田中的一条蛇，天真而神秘地微笑着。丽帕在大斋前生了个孩子，没事就在逗孩子玩。这孩子又小又瘦，瞧着可怜，奇怪的是他居然会哭叫，会看，他们居然把他当作一

1　带有耶稣、圣母或圣徒形象的宗教旗帜，被东正教视作战胜死亡和魔鬼的象征物。

个人了，甚至给他取了个名字，叫尼基弗尔。他躺在摇篮里，丽帕走去门前，向他鞠躬，说道：

"您好呀，尼基弗尔·阿尼西梅奇！"

然后快快跑到他身边去吻他。接着又走去门前，向他鞠了个躬，再次说：

"您好呀，尼基弗尔·阿尼西梅奇！"

他抬起红红的小腿，哭声混合着笑声，就像木匠叶利扎罗夫一样。

终于，审判的日子定了。老头提前五天赶了过去。然后，听说村里的几个庄稼汉被当作证人，受到传唤；一个老工人也收到传票，被唤了去。

审判在星期四进行。但是星期天都过去了，老头仍然没有回来，也没有任何消息。星期二临近傍晚的时候，瓦尔瓦拉坐在敞开的窗户旁，听着老头回来没有。丽帕在隔壁房间逗她的孩子玩。她双手托住孩子高高举起，喜悦地说：

"你会长得大——大的！长成个壮——小伙儿，咱们一块儿去打零工！去打零工咯！"

"嘿——哟！"瓦尔瓦拉不乐意了，"还打什么零工啊？亏你想得出来，小傻瓜。他将来得是个商人！……"

丽帕轻声唱起歌来，过了一会儿，她忘记了这话，又一次说：

"你会长得大——大的，长成个壮——小伙儿，咱们一块儿去打零工！"

"嘿——哟！你怎么老说这个！"

丽帕抱着尼基弗尔停在了门口，问道：

"妈，我为什么会这么爱他？我为什么这么心疼他？"她眼里闪着泪光，用颤抖的声音继续说，"他是谁？他是个什么样的人？他那么轻，像羽毛一样，像块儿小面包，但是我好爱他，像爱一个真正的人一般爱他。瞧，他还什么都不会做，不会说，但我什么都能理解，理解他用小眼睛告诉我的他想要的一切。"

瓦尔瓦拉认真听着窗外的声响：传来了晚班火车进站的声音。是老头到了吗？她听不见也听不懂丽帕在说些什么，她不记得时间是如何流逝的，只在那儿浑身发抖——不是出于恐惧，而是出于强烈的好奇。她看到一辆四轮大车疾驰而过，发出辘辘的声响，车上挤满了庄稼汉。这辆车是从车站开过来的，上边坐着的都是从城里回来的证人。大车经过店铺时，跳下来一位老工人，径直走进了院子。能听见院里有人和他打招呼，向他询问些什么事情……

"判决剥夺公权，没收所有财产，"他大声说道，"然后流放西伯利亚做苦役六年。"

只见阿克西尼娅从店铺后门走了出来。她方才在卖煤油，一只手拿着个瓶子，另一只手拿着漏斗，嘴里还叼着几枚银币。

"爸在哪儿呢？"她轻声问。

"在车站，"工人答道，"他说过会儿等天黑了再回来。"

家里的人在得知阿尼西姆被判苦役后，厨娘在厨房里突然像哭丧一样大声哭叫起来，以为得这样做才合乎礼节：

"离了你我们去指望谁哟，阿尼西姆·格里高利伊奇，我们的好小伙儿啊……"

狗子受到了惊扰，狂吠起来。瓦尔瓦拉跑到窗户前，难过又焦急地踱来踱去，使尽浑身力气扯着嗓子朝厨娘大喊：

"你别吵了，斯捷潘尼达，别吵了！看在基督的分上，别折磨我们了！"

他们忘了摆茶炊，什么也顾不上了。只有丽帕一个人弄不明白到底发生了什么事，继续把心思放在照顾孩子上。

当老头从车站回到家时，他们什么也没问他。他打了声招呼，然后默不作声地把所有房间都走了个遍，晚餐也没吃。

"都找不到人帮我们张罗一下……"瓦尔瓦拉等屋里就剩他俩的时候开口说道，"我就说过，应该去求求哪位老爷的，你当时不听……要是能递一份呈文上去……"

"该试的我都试过了！"老头说，挥了挥手，"阿尼西姆一被定罪，我就去找了他的辩护官，'没办法了，'他说，'现在什么忙都帮不上，晚了。'阿尼西姆自己也这么说：晚了。一出法庭，我还是去请了个律师，付了他一笔定金……还得再等一周，然后我再去。上帝会安排好一切的。"

老头又默不作声地把所有房间都走了个遍，然后回到瓦尔瓦拉跟前，说道：

"我一定是得病了。脑袋里边有点儿……蒙蒙的。心里乱得很。"

他关上门，免得让丽帕听见，然后小声继续说道：

"我担心那钱的事。你还记得阿尼西姆在婚礼前，也就是复活节后那个星期给我带了好些新卢布，还有五十戈比硬币吗？我当时把一部分钱藏到了一个小包里，其余的和我自己的钱给混一块儿了……当年，我叔父德米特里·费拉迪奇还在世的时候——但愿他上了天堂——经常到莫斯科啊、克里米亚啊去办货。他有一个老婆，在他外出办货的时候这女的老是勾搭别的男人。她生了六个孩子。结果呢，我叔父每次喝醉的时候都开玩笑说：'我根本分不清哪几个是我的孩子，哪几个是别人的。'瞧，他就是这么个随和的性格。我现在也是这样啊，根本分不清自己的钱里哪些是真的，哪些是假的。看起来好像全都是假钱。"

"嗐，别瞎说了，上帝保佑你！"

"我在车站买票，付了三卢布，我当时就在想，难不成它们都是假钱。我害怕极了。我一定是得病了。"

"再怎么说也没用，上帝自有安排……唉，啧啧……"瓦尔瓦拉说道，摇了摇头，"你该好好想想这事啊，彼得洛维奇……天有不测风云，保不定会发生什么，你年纪也不轻了。你要哪天不在了，可别让人欺负你孙子才好。哎呀，我怕尼基弗尔肯定会被人欺负的，肯定得受欺负！你想啊，他父亲也没了，母亲呢，又年轻又糊涂……你该给他，给这孩子留下点儿什么才好，哪怕留块儿地，把布乔基诺或是哪儿的地留给他，彼得洛维奇，说真的！你想想看！"瓦尔瓦拉接着劝他，"这孩子多漂亮，真是可怜哟！你明天就去一趟，去立个遗嘱吧，还等什么？"

"我连孙子这事都给忘了……"齐布金说，"该去跟他打个招呼才是。你刚刚说孩子长得挺漂亮？也好，也好，让他长吧。愿上帝保佑！"

他打开门，勾了勾手指把丽帕唤到自己跟前。她抱着孩子走了过去。

"你呀，丽萍卡，如果需要什么你就尽管问，"他说，"想吃什么你就去吃，我们没啥舍不得的，你身子健健康康的才好……"他对着孩子画了个十字，"好好照顾我孙子。我儿子没了，就剩这么个小孙子了。"

泪水从他脸颊上流了下来。他哽咽着走开了。过不一会儿，他上床去睡觉了，在经过了七个不眠之夜后，他头一次睡得这么踏实。

七

老头去了趟城里，没过多久就回来了。有人告诉阿克西尼娅，说他进城是去找公证人立遗嘱去了，要把布乔基诺的地——正是她盖砖厂那片地——遗赠给孙子尼基弗尔。她得知这个消息是在早晨，老头和瓦尔瓦拉正坐在门廊旁的桦树底下喝茶。她把店铺的正门和后门都给锁了起来，收起她所有的钥匙，一股脑地摔到老头脚边。

"我再也不会给你们工作了！"她大声喊，然后突然痛哭起来，"看来我根本不是你家的儿媳妇，就是个来打工的！所有人都嘲笑我，'看呐，'他们说，'齐布金家给自己找了个多棒的女工哟！'我可不是你们雇来的！我不是要饭的，也不是什么下三烂的女人，我也有父母。"

她眼泪也不擦，直盯着老头，那双眼睛里充满了泪水，露出凶狠的目光，眼珠子愤怒地斜向一边。她的脸和脖子涨得通红，绷得很紧，因为她使出了全身力气在哭叫。

"我再也不要给你们当奴婢使唤了！"她继续说，"我累得要命！一天到晚在店里忙活，晚上还得偷偷摸摸跑去进伏特加，这些活儿就得我来做。好，到了说要分地的时候，好处就全让那个苦役犯的老婆和她生的小鬼东西给捞去了！她才是这儿当家的，是太太，我呢，就是伺候她的丫头！你们把所有东西都给她吧，给这个囚犯老婆，噎死她才好，我回娘家去了！你们去找别的蠢蛋吧，该死的恶棍！"

老头这辈子一次都没责骂或惩罚过孩子，甚至想都没想过家里人可以对他说粗话或举止不恭敬。现在他被吓坏了，跑进屋子，躲在柜子后面。瓦尔瓦拉惊慌失措，以至于都没法从自己的座位站起，只能不停挥动双手，就像在保护自己免受蜜蜂的攻击。

"啊呀，这是干吗呢，我的老天爷？"她惊恐地喃喃自语，"她为啥要尖叫？唉，啧啧……人家会听到的！小声点儿……啊呀，小声点儿！"

"既然你们把布乔基诺的地给那苦役犯的老婆，"阿克西尼娅继续大骂，"那就把所有东西都给她吧，你们的东西我一样都不稀罕！你们都滚蛋吧！你们就是一伙子强盗！我算是见识到了，看得够够的了！你们抢劫来来往往的人，这群强盗，老的少的都要抢！是谁在倒卖没有特许证的伏特加？还有那些个假币呢？你们的箱子里装的全是假钱——现在好了，不需要我了！"

在敞开的大门周围已经聚集了一群人，正朝着院子里看。

"让大家伙瞧瞧吧！"阿克西尼娅大喊，"我要让你们丢尽脸！我要把你们钉在耻辱柱上烧！让你们趴在我脚跟前向我求饶！唉，斯捷潘！"她叫聋子，"我们马上回家去！去我父亲母亲那里，我不想和这些囚犯住在一起！快去收拾东西！"

院里拉起的绳子上挂着晾晒的内衣。她扯下自己那些还湿漉漉的裙子和短上衣，将它们扔给聋子抱着。然后，她怒冲冲地在院子里那些晾着的内衣旁边跑来跑去，把不属于她的衣服统统扯下来，扔到地上用脚踩。

"啊呀，我的老天爷，让她打住吧！"瓦尔瓦拉呻吟道，"她怎么这样啊？把布乔基诺的地给她吧，看在基督的分上给她吧！"

"嗬，好个婆娘！"门口的人说，"居然有这样的婆娘！撒起泼来可真吓人！"

阿克西尼娅跑进厨房，那儿正在洗衣服。这会儿只有丽帕一人在那儿洗，厨娘到河边用清水涮内衣去了。洗衣盆和炉灶附近的锅上冒着蒸汽，厨房里闷热，因为滚滚浓雾而显得阴沉。地板上还有一堆没洗的衣服，尼基弗尔就躺在旁边的长凳上，抬着他的两条小红腿，如果他就这么摔下来，也不会伤到自己。阿克西尼娅进来的时候，丽帕刚好从脏衣服堆里抽出她的衬衫放进洗衣盆，已经伸出手去拿放在桌上的一大勺开水……

"拿过来！"阿克西尼娅说，用憎恨的眼神看着她，然后从洗衣盆里抢走了衬衫。"不许你碰我的衣服！你是囚犯的老婆，该知道自个儿几斤几两，晓得自己的身份！"

丽帕看着她，不知所措，不明白发生了什么，但她突然察觉到这女人投向孩子的眼神，才猛然明白过来，她浑身僵住了……

"你抢了我的地，那我就给你点儿厉害看看！"

说完，阿克西尼娅抓起那勺开水，灌到尼基弗尔身上。

在这之后，只听见一声惨叫——乌克列耶沃村人从来没听过的一声惨叫——没人相信像丽帕这样又小又弱的人能发出这样的叫声。院子里顿时变得安静了。阿克西尼娅一声不吭地走进屋子，脸上挂着她往常那般天真的微笑……聋子不停在院子里走来走去，两手抱着衣服，然后开始一声不吭、不紧不慢地将它们一件一件挂好。在厨娘从河边回来之前，没有人敢进厨房看一看那里的情况。

八

尼基弗尔被送往地方自治会管辖的医院，临近傍晚的时候死在了那里。丽帕没等到有人来接她，便用小被包裹住死去的孩子，抱起往家走。

医院是新建的，不久前刚盖好，安有大窗户，高高地立在一座山上。整栋建筑在夕阳的照射下熠熠发光，就像里头在燃烧似的。山下是一个村庄。丽帕顺着路走下山，在抵达村庄前，她在一个小池塘边坐了下来。一个女人牵着一匹马过来喝水，马却没有喝。

"你还想怎么样呢？"女人困惑地轻声说道，"你到底想怎么样呢？"

一个穿红色衬衫的男孩坐在水边，洗父亲的靴子。此外，村里或山上都再见不到一个人影了。

"它不喝……"丽帕看着马说。

不一会儿，那女人和洗靴子的男孩都走了，这下彻底看不到一个人了。太阳落下了，盖着一条暗红色的金丝织锦缎睡觉去了，红色和浅紫色的长云在天际延伸，守卫着它的安宁。远处某个不为人知的地方传来了麻鳽的叫声，这声音凄凉而低沉，好似囚禁在板棚里的母牛发出的哀号。每年春天都能听到这种神秘的鸟的叫声，但没人知道它长什么样、住在什么地方。在医院顶上、在灌木丛中的这个池塘附近、在村庄后面和田野四周，夜莺开始婉转悠扬地啼鸣。杜鹃数着什么人的岁数，数着数着就乱了套，然后又从头开始数。池塘里，青蛙正怒冲冲地拼命大叫，呱呱声此起彼伏，甚至可以听出这样的话："你就这个样！你就这个样！"多么嘈杂！似乎所有这些生物都是在故意叫唤，故意唱歌，好让人无法在这个春夜里入眠，好让每个人，甚至是愤怒的青蛙，都珍惜和享受每一分钟：毕竟生命只有一次啊！

　　银色的新月在天上闪闪发光，今夜星辰漫天。丽帕不记得自己在池塘边坐了多久，但当她起身要走的时候，村里的所有人都已经睡下了，一点儿灯火也没有了。到家大概有十二俄里路，但她没了力气，不知道该怎么走。月亮时而在前方，时而在右边闪烁着，刚刚那只杜鹃还在不停啼叫，声音都嘶哑了，还带着笑，好像在嘲弄她："哎哟，当心呐，你会迷路的！"丽帕飞快地走着，脑袋上的头巾都掉了……她望向天空，心想，自己孩子的灵魂现在会在哪里呢：是跟在她后头，还是飞到了天上，在星星周围飘荡，已经不再想起他的母亲了？哦，夜里在旷野上走路可真寂寞，特别是周围歌声缭绕，可你自己却无心歌唱，到处是不绝于耳的喜悦鸣响，可你自己却高兴不起来，还有那弯同样寂寞的月亮——无论现在是春天还是冬天，无论人们是活着还是死了，它都无所谓，只管从天上望着这人间……当内心充满悲伤时，周围没人做伴就更显艰难。要是母亲普拉斯科维娅，或者"拐棍儿"、厨娘，或者有某个农民在她身边就好了！

"咘——呜！"麻鹭叫道，"咘——呜！"

然后突然能清楚听到有人讲话的声音：

"套车，瓦维拉！"

就在前边，在这条路附近，烧着一堆篝火，火焰已经没了，只剩红色的煤块在发亮。能听到马咀嚼的声音。黑暗中出现了两驾拉货大马车的轮廓，一驾带个油桶，另一驾矮一点儿的装着些麻袋；还有两个人，一人牵着一匹马正在套车，另一人定定站在篝火旁，双手背在后面。一条狗在马车旁边呼噜呼噜地叫起来。那个牵马的人停下来说：

"好像路上有人在走。"

"沙里克，别叫了！"另一个人朝狗喊道。

听声音能判断，这另一个人是位老者。丽帕停了下来，说：

"愿上帝保佑您！"

老人走近她，顿了顿，答道：

"你好啊！"

"您的狗不咬人吧，爷爷？"

"没事，走吧，它不会碰你。"

"我去了医院，"丽帕沉默一会儿，说道，"我的儿子在那里死了。现在我把他带回家去。"

老人八成是不乐意听这个，因为他走开了，匆忙地说：

"没事的，亲爱的。这是上帝的旨意。你怎么这么磨蹭，小伙子！"他转身对旅伴说，"你倒打起精神啊！"

"你的车辐没了，"小伙说，"不见了。"

"真是拿你没辙，瓦维拉。"

老人捡起一小块儿炭，朝它吹了吹，只有他的眼睛和鼻子被照亮了，然后，他们找到了车辐，他带着这点儿光亮朝丽帕走去，看了看她。他的目光流露出怜悯和温柔。

"你当妈了，"他说，"哪个当妈的不心疼自个儿的孩子哟。"

说着，他叹了口气，摇了摇头。瓦维拉向火里扔了什么东西，拿脚踩了踩——立刻，四下里就变得一片漆黑。眼前的景象消失了，和刚才一样，只有田野、布满繁星的天空和鸟儿那种吵得彼此无法入睡的叽喳喧哗声。好像在那片点篝火的地方，一只长脚秧鸡也在不停地叫唤。

不过一分钟后，马车、老人和高个子的瓦维拉又都能看见了。大车走上马路了，发出咯吱咯吱的声音。

"你们是信主的人吗？"丽帕问老人。

"不是。我们从费尔萨诺沃过来的。"

"方才你那样看我，我的心都软了。小伙子也很文静。我就想，你们一定是信主的人。"

"你还远吗？"

"我去乌克列耶沃。"

"坐上来吧，我们把你顺到库兹明基。到了那儿你直走，我们左拐。"

瓦维拉坐上装油桶的车，老人和丽帕上了另外一驾。车子慢慢地走着，瓦维拉已经到前面去了。

"我的儿子遭受了一整天的折磨，"丽帕说，"他用那小眼睛看着，一声不吭，想说又不会说。上帝啊，圣母啊！我痛苦极了，老是倒在地上。站着站着就摔倒在床边。你说说看，爷爷，为什么一个小孩子要在死前受这么大的折磨？大人受折磨——男人也好，女人也好——他们的罪过就会得到宽恕，但是为什么要让个没有罪过的小孩子受折磨？为什么？"

"谁知道呢！"老人回答。

他们坐在车上半个钟头都一言不发。

"没人能把每件事都弄得明明白白，为什么啊，怎么样啊，"老人说，"一只鸟不应当有四个翅膀，而是两个，因为两个翅膀飞着方便。人也是这样，注定不能把每件事都弄得明明白白，只能知道一半或者四分之一。人活着该明白多少事，那就明白多少事。"

"爷爷，我还是下去走比较舒服。现在我的心颤得慌。"

"没事，好好坐着。"

老人打了个哈欠，在嘴前画了个十字。

"没事的……"他又重复了一遍，"你的苦还算不上那么坏。日子长着呢，将来会有好事，也会有坏事，什么事都会发生。俄罗斯母亲真大啊！"他说，朝左右两边望了望，"我到过俄罗斯各地，把她看了个遍，亲爱的，你相信我的话。将来会有好事，也会有坏事。我做村里的农民代表[1]，去过西伯利亚，去过阿穆尔

———

1 俄国至苏联土地改革前受村社委托请愿或外出勘察新地的代表。

河[1]，去过阿尔泰山，在西伯利亚住过，在那儿耕地，然后我想念俄罗斯母亲，就又回到了故乡。我们走着回到俄罗斯，我记得有一次我们坐渡船，我又干又瘦，浑身上下破破烂烂的，光着脚，整个人都冻僵了，含干硬的面包皮充饥。船上有一位过路的老爷——如果他已经死了，愿他升入天堂——怜悯地看着我，眼泪直流。'唉，'他说，'你的面包是黑的，你的日子也是黑的……'我回到家，就像老话说的那样：贫无立锥之地。我有过老婆，她留在了西伯利亚，埋在了那儿。所以呢，我就靠做长工过日子。你猜怎么？我告诉你吧：后来我这儿也有过坏事，也有过好事。我偏就不想死，亲爱的，我还想再活上个二十年。这样说来，还是好事更多。俄罗斯母亲真大啊！"他说着，又一次向两边望了望，还回头看了一眼。

"爷爷，"丽帕问，"人死了，灵魂要在地上飘多少天呢？"

"这谁知道呢！咱们问问瓦维拉好了，他上过学。现在学校里可是什么都教。瓦维拉！"老人叫他。

"哎！"

"瓦维拉呀，人死了，灵魂要在地上飘多少天呢？"

瓦维拉停下马，然后回答道：

"九天。我叔叔基里拉死的那会儿，他的灵魂在我们的小木屋里还住了十三天。"

"你怎么知道？"

"炉子里咚咚响了十三天呢。"

1　中国称黑龙江。

"好吧。走吧，"老人说。显然，他完全不相信这些话。

在库兹明基附近，车子拐到大马路上去了，丽帕继续往前走。天已经蒙蒙亮了。她下到峡谷里的时候，乌克列耶沃的农舍和教堂都被雾气笼罩着。天很冷，她觉得先前那只杜鹃好像还在那儿叫似的。

丽帕回到家时，牲畜还没被赶出来。所有人都还在睡觉。她在门廊上坐下，等着。先出来的是老头，他只瞧一眼就立即明白发生了什么，好久都说不出一句话，只在那儿吧嗒嘴唇。

"唉，丽帕，"他说，"你没保护好我的孙子……"

瓦尔瓦拉被叫醒了。她两手一拍，号啕起来，然后马上开始给孩子穿洗。

"这孩子多好看啊……"她说，"唉，啧啧……你就这么一个孩子，可连这一个孩子你都保护不好，小蠢蛋啊……"

早上和晚上做了安灵弥撒。第二天，孩子被埋葬了。葬礼结束后，客人和神职人员贪婪地大吃特吃，就像好久没吃过饭了一样。丽帕在桌旁招呼客人，一个神父举起叉子，上面还插着个咸松蘑，对她说：

"别为那小娃娃难过了。这样的娃娃肯定是会上天堂的。"

只有当所有人都散去了，丽帕才真切地感觉到，尼基弗尔已经不在了，再也回不来了，她明白过来，开始号啕大哭。她不知道该去哪间屋子里哭，因为她觉得孩子死后，这栋房子里就再没有她的位置了，这里的一切都与她无关了，她成了一个多余的人。其他人也这么觉得。

"喂，你在那儿号个什么劲？"阿克西尼娅突然出现在门口，大喊道。为了参加葬礼，她穿了一身新衣服，还扑了粉。"给我住口！"

丽帕想停下来，但她根本停不了，反而哭得更大声了。

"你听到了吗？"阿克西尼娅大喊，狂怒着跺了一下脚，"我在跟谁说话？你给我滚出院子，不许再踏进这家一步，苦役犯的老婆！滚出去！"

"唉，算了，算了！……"老头慌了神，说，"阿克秀塔[1]，你安静些吧，我亲爱的……她哭，也是人之常情……孩子死了……"

"人之常情……"阿克西尼娅学着他的话说，"那就许她过个夜，明天赶紧让她消失得无影无踪！还人之常情！……"她又学着老头的话说了一次，然后挂上笑容，往店铺那边走去。

第二天一大早，丽帕便离开到托尔古耶沃的母亲那里去了。

九

现如今，店铺的屋顶和门都已粉刷一新，熠熠发光，窗台上照旧快活地盛开着天竺葵，三年前在齐布金家的房子和院子里发生的一切都几乎被人遗忘了。

格里高利·彼得洛维奇老头还和先前一样被当作一家之主，但实际上，所有事情都交给了阿克西尼娅掌管。家里的买卖全由她来做，没有她的同意就什么也办不了。砖厂办得挺好，因为修

---

1 阿克西尼娅的爱称。

铁路要用砖，砖价已经涨到了二十四卢布一千块；村妇和村姑们将砖头运送到车站然后装车，一天跑下来能赚上个二十五戈比。

阿克西尼娅和小赫雷明一家合伙做生意，他们的工厂如今叫作"赫雷明兄弟公司"了。他们在车站附近开了间小饭馆，那架昂贵的手风琴已经不在工厂里演奏了，而是搬来了这个小饭馆里。邮局局长经常光顾这里，他也开始做起某样生意来，火车站站长也是。小赫雷明家送给聋子斯捷潘一块儿金表，他时不时地将它从口袋里掏出来，放在耳朵边听一听。

村子里的人都在谈论阿克西尼娅，说她成了有头有脸的人物。确实是这样——每逢她清晨带着那天真的微笑坐车去自己工厂的时候，她看起来多么美丽，多么幸福；而她随后在工厂里发号施令的时候，又让人感到她周身充满力量。无论是家里、村子还是工厂，每个人都怕她。当她到邮局办事时，邮局局长从座位上跳起来对她说：

"快请坐，十分欢迎，克谢尼娅·阿布拉莫芙娜！"

一位地主——爱穿轻薄呢绒外套和高筒漆皮靴子的花花公子，年纪已经很大了——有次要卖给她一匹马，和她谈着谈着，生了好感，以至于她把价格压到多低都决定成交了。他握住她的手久久不松开，看着她那高兴、狡猾、天真的眼睛说：

"对于像您这样的女人，克谢尼娅·阿布拉莫芙娜，我随时准备好满足您的任何意愿。只要您告诉我，我们什么时候能再见面？没人打扰我们的那种。"

"就看您什么时候方便呗！"

在那以后，年老的花花公子几乎每天都顺道坐车来店里喝啤酒。那啤酒苦极了，像艾蒿一样苦。地主摇了摇头，但还是喝了下去。

齐布金老头不再过问任何事了。他随身不带一分钱，因为他怎么也没法区分真钱假钱，但他保持沉默，不告诉任何人他的这一弱点。他变得有些健忘，如果不给他东西吃，他自己也不会要来吃。家里人已经习惯了吃饭的时候没有他，瓦尔瓦拉经常说："我那老伴儿昨晚又没吃东西就睡下了。"

她冷冷地说，因为已经习惯了。不知何故，无论是在夏天还是冬天，他都穿着毛皮大衣，只有在特别炎热的日子才不出门，待在家里。平日里，他就穿上毛皮大衣，竖起领子，掩好衣襟，然后在村子里闲逛，要么沿着大路走去火车站，或者从早到晚就坐在教堂大门附近的长椅上。他坐着一动也不动。路人向他鞠躬，他也不回应一下，因为他依旧不喜欢农民。当被问起什么事的时候，他会相当通情达理地、客客气气地作答，但回答都很简短。

村子里有传言，说他的儿媳妇把他从自己的房子里赶了出去，不给他吃东西，他好像在讨饭。一些人高兴坏了，也有人感到惋惜。

瓦尔瓦拉变得越发富态和白皙了，还像往常一样在做善事，阿克西尼娅从不干涉她。现在果酱实在太多了，以至于在新一批浆果成熟之前根本来不及吃完。果酱结成了糖块，瓦尔瓦拉差点儿急哭了，不知拿它们怎么办才好。

人们已经开始忘记阿尼西姆了。有一次，家里收到了他的一封来信，信是用诗一样的语言写的，写在一张大纸上，就像封呈文，字迹还是和先前一样漂亮。显然，他的朋友萨莫罗多夫正和他一起服刑。诗文下面，是用难看的、勉勉强强能辨认出来的笔迹写着这么一行字："我在这儿老是生病，我难过极了，看在基督的分上帮帮我吧。"

有一天，那是一个晴朗的秋日，临近傍晚，齐布金老头坐在教堂大门附近，他把毛皮大衣的领子竖起来，只能看见他的鼻子和鸭舌帽的帽檐。长椅另一端坐着干包工活的叶利扎罗夫，旁边是给学校守大门的雅科夫，他是一个约莫七十岁的老人，牙齿已经没了。"拐棍儿"和守门的人在闲谈。

"孩子理应赡养老人，要给吃给喝才行……得孝敬自己的爹和娘，"雅科夫愤愤地说，"可那个儿媳妇呢，却把公公赶出了自个儿的房子。不给老头吃，不给老头喝。叫他上哪儿去哟？都快三天没吃饭咯。"

"都快三天没吃了！""拐棍儿"惊讶地说。

"他就这么坐着，吭也不吭一声。已经没一点儿力气了。为什么不吭声呢？告她一状去啊——看法庭上还有没有人夸赞她。"

"谁在法庭上被夸赞？""拐棍儿"没听清楚，问道。

"什么？"

"那婆娘倒是不错的，挺勤奋。干他们那一行不这样可不行……我是说，不造孽是不可能的……"

"把人家从他自个儿的房子里赶出去，"雅科夫继续愤愤说道，"那你也得攒够钱，先把房子买下来，再去赶人呐。瞧瞧，还有这样的女人啊，你想想看！好个祸害啊！"

齐布金听着，一动不动。

"自己的房子也好，别人的房子也好，都一样，只要里头暖和，婆娘不骂人……""拐棍儿"说，然后大笑了起来。"还年轻那会儿，我可疼我的娜斯塔西娅了。我老婆她特别文静。她老是说啊：'买栋房子吧，马卡雷奇！买栋房子吧，马卡雷奇！买匹马吧，马卡雷奇！'她快死的时候还一直在说呢：'给自个儿买驾轻便马车坐吧，马卡雷奇，别靠走的了。'除了蜜糖饼，我一样东西都没给她买过。"

"她那丈夫，就是那聋子，真蠢啊，"雅科夫没在听"拐棍儿"的话，自顾自地继续说道，"简直是个大蠢货，和只蠢鹅一个样。他什么都不明白的吗？用棍子打那蠢鹅的脑袋，就这样他也不会明白！"

"拐棍儿"站起来，准备回他住的工厂。雅科夫也站了起来，两人一起往前走，继续闲聊。他们走了大约五十步的时候，齐布金老头也站起来，慢慢地跟在他们后面走，他步伐踟蹰，就像在光滑的冰面上走似的。

村子已经被暮色淹没了，路像蛇一样在山坡上蜿蜒盘旋，太阳只能照到这条路高处的那一部分。老太婆们带着孩子正从森林里往回走，手里提着装满不同种乳菇的篮子。村妇和村姑成群结队地从车站那边走来——她们刚刚在那儿把砖头装完车，鼻子和眼睛下面的脸颊蒙上了一层红色的砖灰。她们放声歌唱。丽帕走在所有人前边，用尖细的嗓音唱着，歌声婉转悠扬，她抬头望向天空，仿佛在庆贺，在赞美——谢天谢地，这一天终于结束了，可以歇息歇息了。她的母亲，打零工的普拉斯科维娅，也在人群之中，抱着个小包袱走着，一如既往地喘着粗气。

"你好，马卡雷奇！"丽帕看见了"拐棍儿"，说道，"你好啊，亲爱的！"

"你好，丽萍卡！""拐棍儿"高兴了起来，"姐妹儿们，姑娘们，来爱这个富有的木匠吧！哈哈！我的孩子们，孩子们呐（"拐棍儿"哽咽了）。我可爱的小斧子们。"

"拐棍儿"和雅科夫走远了，但还能听见他们说话的声音。就在他们身后，齐布金老头走到了人群跟前，大家突然安静了下来。丽帕和普拉斯科维娅稍微落在后面了一点儿，然后，等老头和她们并排走着的时候，丽帕向他深深鞠了一躬，说：

"您好，格里高利·彼得洛维奇！"

母亲也鞠了个躬。老头停了下来，什么话都没说，看着她们母女俩。他的嘴唇在颤抖，眼里噙满了泪水。丽帕从母亲的包里掏出一块儿谷浆馅饼，递给了他。他接过去，吃了起来。

太阳已经完全落下了，留在高处那段路上的余晖也消失殆尽了。天色渐暗，变得清冷。丽帕和普拉斯科维娅往前走着，她们在胸前画了很长时间的十字。

1900 年